Gabrielle Allmendinger

Regionalkrimi us de Stadt Bade – 1. Fall
Kaltes Herz

www.novumverlag.com

Bibliografische Information
der Deutschen Nationalbibliothek:

Die Deutsche Nationalbibliothek
verzeichnet diese Publikation in
der Deutschen Nationalbibliografie.
Detaillierte bibliografische Daten
sind im Internet über
http://www.d-nb.de abrufbar.

Alle Rechte der Verbreitung,
auch durch Film, Funk und Fernsehen,
fotomechanische Wiedergabe,
Tonträger, elektronische Datenträger
und auszugsweisen Nachdruck,
sind vorbehalten.

© 2015 novum Verlag

ISBN 978-3-99048-278-0
Lektorat: Katja Kulin
Umschlagfoto:
Franzisca Guedel | Dreamstime.com
Umschlaggestaltung, Layout & Satz:
novum Verlag

Gedruckt in der Europäischen Union
auf umweltfreundlichem, chlor- und
säurefrei gebleichtem Papier.

www.novumverlag.com

Es ist besser, Unrecht zu erleiden,
als Unrecht zu tun.

Sokrates, 469–399 v. Chr., griechischer Philosoph

Einleitende Bemerkung

Selbstverständlich gibt es die Kantonspolizei in Baden. Auch die Badefahrt, ein großartiges Volksfest, fand an diesem 26. August 2012 ihr Ende. Natürlich existieren auch die beschriebenen Plätze, Gebäude und Orte.

Doch darf diese Tatsache nicht darüber hinwegtäuschen, dass es sich beim vorliegenden Regionalkrimi um reine Fiktion handelt. Alle agierenden Personen und Institutionen sowie deren Verbindungen zueinander sind frei erfunden. Mögliche Übereinstimmungen oder Ähnlichkeiten mit lebenden oder verstorbenen Personen sowie mit Handlungen (in der Gegenwart oder in der Vergangenheit) sind rein zufällig und vom Autor nicht beabsichtigt.

Prolog

Badefahrt

Die Badefahrt wird in der Stadt Baden seit 1923 gefeiert. Sie findet mehr oder weniger regelmäßig alle zehn Jahre statt. Dazwischen gibt es manchmal die „kleine Badefahrt". Zu dieser zählt die Badefahrt 2012.

Die Badefahrt gehört zu den größten Volksfesten der Schweiz, zu welchem jeweils rund eine Million Besucher kommen. Die ganze Stadt, vor allem die Altstadt, wird zum Festplatz. Ein wesentlicher Bestandteil sind die vielen Beizli, welche meist von verschiedenen Vereinen sehr individuell, liebevoll und kreativ zum jeweiligen Motto schon Monate vor dem Fest geplant und Tage vorher erstellt werden. Dabei trägt das Können von Architekten, Bauingenieuren und Handwerkern unter den Vereinsmitgliedern wesentlich zum guten Gelingen bei.

Auch zahlreiche kulturelle Veranstaltungen kann man auf einer Badefahrt besuchen: Theater, Konzerte und auch die sonntäglichen Umzüge, bei denen sich die Vereine präsentieren.

Natürlich hat dieses Volksfest einen historischen Hintergrund. So wurde 1937 das neunzigjährige und 1947 das hundertjährige Bestehen der Spanisch-Brötli-Bahn, der ersten Eisenbahnlinie in der Schweiz, gefeiert. Dass dies die erste Eisenbahn war, hatte seinen Grund: Man fuhr, wie bereits die Römer vor 2000 Jahren, gerne nach Baden zur Kur. Das Thermalwasser ist noch heute eines der mineralreichsten und sorgt für ein gutes Wohlbefinden. Es waren vor allem die Zürcher, die nach der Reformation regelmäßig nach Baden fuhren. Ab 1847 war das mit dem Zug möglich. Im katholisch gebliebenen Ort konnte man sich eine Weile den strengen zwinglianischen Sittenvorschriften entziehen. Man begab sich zur Kur nach Baden und genoss das vielseitige Wellnessangebot. Es wird auch erzählt, dass Baden eine Art Heiratsmarkt gewesen sei, wo man sich umsehen und zeigen konnte. Baden und Lust ist eine erfolgreiche Kombination, welche sich Jahrtausende gehalten hat.

Die Fröhlichkeit und das Genießen stehen bei der Badefahrt im Vordergrund. Wer dieses Volksfest schon einmal besucht hat, konnte spüren, dass diesem etwas Magisches anhängt. Die Leute sind zugänglich und lustig, aber auch charmant und herzlich. So kommt es oft vor, dass man in einem Beizli hängen bleibt, auch wenn man das nicht vorhatte, und einen Abend erlebt, den man jahrelang schön in Erinnerung hat.

Entgegen den Gerüchten, dass die nächste Badefahrt wie damals 1957 wegen großer baulicher Maßnahmen ausfallen könnte, wird das Volksfest 2017 stattfinden können.

Das Fest dauert zehn Tage – doch für die Menschen, welche in der Nähe wohnen, beginnt der Zauber bereits in den Tagen zuvor, in denen die Stadt ihr Festkleid erhält.

Montag, 27. August 2012,
Ländliweg 2, KaPo Baden

„Wie heißt die Tote?"
„A-y-l-i-n S-c-h-m-i-d ... Kennst du sie?"
Uschi Frei hat diesen Namen schon einmal gehört, aber wo?
„Nein, aber der Name kommt mir bekannt vor ..."
„Sie ist mit dem Kopf auf einer Mauer gelandet, gestern Nacht, hinter dem Casino. Es ist möglich, dass sie etwas zu viel geschluckt hat zum Ende der Badefahrt und dann unglücklich gestürzt ist. Ich muss gleich wieder weg zur Sitzung." Urs macht ein leidendes Gesicht. „Kannst du mir bitte in der Zwischenzeit ein paar Unterlagen zu dieser Aylin Schmid zusammenstellen? Sie ist der Presse bekannt ... Vielleicht hast du ihren Namen mal in der Zeitung gelesen?"

Mit diesen Worten verabschiedet sich Urs Leu und ist schon aus der Tür, als seine Assistentin sagt: „Mach ich. Wann kommst du zurück?"
Das hat er nicht mehr gehört.

Uschi beendet noch kurz das E-Mail, welches sie schrieb, als Urs mit der Meldung in ihr Büro eilte, sie kurz begrüßte und gleich loslegte, weil er ja eigentlich schon wieder weg sein sollte. So begannen die Wochen seit nun mehr als drei Jahren. Urs ist kein Freund von Sitzungen, doch der Abteilungsleitersitzung am Montagmorgen kann er nicht ausweichen.

Sie haben damals fast gleichzeitig ihre Arbeit bei der Kantonspolizei aufgenommen. Anfänglich empfand sie Urs als ziemlich komischen Kauz. Er wirkte auf sie zerstreut und sie bekundete oft Mühe, seinen Gedankengängen zu folgen. Bevor er nach Baden kam, arbeitete er bei der Stadtpolizei Zürich. Er berichtete ihr manchmal von unglaublichen Geschichten, die er dort erlebt haben wollte. Bei einigen Dingen hat sie recherchiert, weil sie einfach nicht glauben konnte, was er erzählte. Natürlich behielt sie das für sich. Dabei hat sie jedoch festgestellt, dass er offensichtlich die Wahrheit gesagt hat.

Mit der Zeit begann sie, Urs immer mehr zu mögen. Auch wenn ihr die Art, wie er Dinge anpackte, eher linkisch erschien, so erkannte sie schon bald, dass er ein liebenswerter, ehrlicher und einfühlsamer Mensch ist. Wenn sie anfänglich dachte, dass er wie ein blindes Huhn auch mal ein Korn fand, so waren es schon nach kurzer Zeit ihrer Zusammenarbeit doch viele Körner, die er gefunden hatte. Sie konnte nicht mehr an Zufall glauben und begann sein intuitives, oft weit hergeholtes Handeln zu schätzen.

Es macht ihr Spaß mit ihm zu arbeiten. Er schenkt ihr viel Vertrauen und bezieht sie in alle seine Fälle mit ein, soweit dies zulässig ist. Schnell wird sie zu seiner rechten und linken Hand, weil auch er bemerkt, dass ihre hohe Kompetenz im logisch analytischen Denken eine ideale Ergänzung zu seiner oft unkonventionellen und chaotischen Art bildet. Er hört auf sie, nimmt sie ernst, und gemeinsam bilden sie ein erfolgreiches Team.

Bei Gesprächen mit Zeugen oder Verdächtigen ist sie immer mit dabei. Sie hält sich zurück und lässt Urs die Gespräche führen. Sie hört aufmerksam zu, erstellt ein Gesprächsprotokoll und manchmal weist sie auf etwas hin, doch vor allem dienen ihnen die gemeinsam gehörten Informationen für ihre Auswertungen nach den Gesprächen. Zu Sitzungen und Besprechungen mit dem Staatsanwalt kann er Uschi nicht mitnehmen, weshalb er sich dort auch immer etwas verloren vorkommt und diese Besprechungen als Zeitverschwendung taxiert. Auch die Fleißarbeit im Büro liegt ihm nicht besonders. Hier ist ihm Uschi eine willkommene Hilfe, denn ihr macht das Zusammentragen von Daten Spaß. Er ist viel lieber draußen bei den Menschen und hört sich ihre Geschichten an.

Weihnachten 2010

Auf der Weihnachtsfeier 2010, sie arbeiten damals schon mehr als ein Jahr zusammen, erhält Urs einen Anruf von seiner Mutter. Sie haben gerade gegessen. Er steht auf und bewegt sich mit seinem Handy Richtung Ausgang. Uschi, die am anderen Ende des Tisches sitzt und sich mit einer Kollegin unterhält, nimmt dies wahr. Sie beendet das Gespräch und entschuldigt sich. Vor dem Lokal sieht sie Urs, welcher gerade sein Handy vom Ohr nimmt und es in der Hosentasche verschwinden lässt. Er sieht Uschi auf die Straße treten. „Meine Mutter." Er weist mit dem Kopf Richtung Baldegg. „Ich muss mich leider verabschieden. Sie ist gestürzt und sagt, sie müsse ins Spital. Ich geh und schau mal nach ihr."
„Oje ... Hoffentlich ist es nichts Schlimmes!"
„Ja. Ich geh dann mal. Kannst du mich bitte drinnen entschuldigen? Dann könnte ich gleich losfahren."
„Klar. Gute Besserung für deine Mutter!"
Uschi geht zurück ins Lokal, nachdem Urs Richtung Ländliweg verschwunden ist, wo er sein Auto parkiert hat, und setzt sich wieder an ihren Platz. Knapp fünfzehn Minuten später kommt Urs etwas atemlos zurück und geht gleich auf Uschi zu. „Sorry ..." Er musste sehr schnell gelaufen sein „Mein Auto springt nicht an. Darf ich deinen Wagen haben? Der steht doch auf dem Parkplatz der oberen Halde."
„Ähm, ja ..." Uschi hat eine spontane Eingabe. Sie mag Betriebsfeiern nicht besonders und seit dem Essen sucht sie eine Möglichkeit, von hier zu verschwinden.
„Ich komme mit!"
„Das brauchst du nicht. Es ist möglich, dass wir ins Spital fahren und ich weiß nicht, wie lange das dann dauern würde ..."
„Und wie komm ich wieder zu meinem Wagen?" Uschis praktische Art ist für Urs wie immer überzeugend und er bringt nur noch ein „Okay" über die Lippen.

Uschi verabschiedet sich flüchtig, holt ihren Mantel und verlässt mit Urs das Lokal. Sie laufen den kurzen Weg zu ihrer Wohnung in die obere Halde, um den Autoschlüssel zu holen, und kurz darauf sind sie unterwegs zu seiner Mutter. Urs hat während des ganzen bisherigen Abends nichts Alkoholisches getrunken, weshalb er den Wagen lenkt. Auf dem Weg sieht Uschi ihren Chef von der Seite an. Er ist ein gut aussehender, großer Mann mit klaren Gesichtszügen. Sein dunkles, nicht sehr kurz geschnittenes Haar beginnt sich an den Schläfen grau zu verfärben. Meist trägt er einen Dreitagebart, welcher ihm etwas Verwegenes gibt. Seine dunklen Augen strahlen Wärme aus, und sie kann nicht verstehen, warum Urs keine feste Beziehung hat. Zumindest meint sie das zu wissen. Dieser Mann ist ihr in vielem ein Rätsel. Er ist ohne Zweifel scheu und zurückhaltend und auch etwas eigen. Sie ist sehr gespannt auf seine Mutter. Vielleicht kann sie ihn dann besser einschätzen.

Sie finden Flora Leu im Flur des Hauses, gleich neben der Treppe, die nach oben führt. Sie liegt am Boden, neben ihr das Handy, welches Urs ihr kürzlich zu ihrem Geburtstag geschenkt hat.

„Da bist du ja endlich!", begrüßt Flora ihren Sohn. „Und wer ist das?" Sie zeigt mit ihrem Kinn Richtung Uschi. Die Hände braucht sie, um sich am Boden abzustützen.

„Ich bin Uschi Frei. Die Assistentin von Urs. Guten Abend Frau Leu", stellt sich Uschi gleich selber vor.

„Ja", meint Urs und reibt sich das Kinn, während er auf das rechte Bein seiner Mutter schaut, welches in einem ungesunden Winkel absteht.

„Hast du Schmerzen?", fragt er sie, ohne die Hand vom Kinn zu nehmen.

„Was glaubst du denn? Natürlich habe ich Schmerzen! Fräulein Uschi ..." Flora Leu hat sich das *Fräulein* noch nicht abgewöhnt. Wie sie denn sonst sagen solle, fragt sie jeweils, wenn sie darauf angesprochen wird: Frau, Sie, he, ... da töne doch Fräulein bedeutend besser!

„... Helfen Sie mir aufzustehen, während mein Sohn sich überlegt, was als Nächstes zu tun ist!"

„Ich bin nicht der Meinung, dass sie aufstehen sollten, Frau Leu. Das Bein ist gebrochen. Ich rufe den Krankenwagen." Uschi verliert keine Zeit, holt ihr Handy hervor und wählt die Notrufnummer.

„Sie sind bald da, Frau Leu." Zu Urs gewandt sagt sie: „Bring deiner Mutter doch ein Kissen, damit sie sich hinlegen kann."

„Genau das hab ich mir jetzt auch gerade überlegt. Mutter, welches Kissen soll ich holen?"

„Nimm das von der Couch, das grüne ..."

Urs holt das Kissen und schiebt es seiner Mutter unter den Kopf. Er zieht aus seiner Jackentasche einen Notizblock und einen kleinen Bleistift. Dies ist eine typische Handbewegung, welche Urs schon ganz automatisch macht, sobald er in eine Situation kommt, wo er einen Hergang oder einen Tatbestand beobachtet. Er bedient sich stets dieser Handbewegung, wenn er zu einem Tatort gerufen wird. Doch er tut es auch, wenn er beobachtet, wie ein Velofahrer die rote Ampel überfährt oder wenn er sonst eine außergewöhnliche Situation antrifft. Meist hält er einfach Block und Bleistift in der Hand, manchmal notiert er auch etwas. Uschi ist zum Schluss gekommen, dass ihm diese Handbewegung Sicherheit gibt und er so besser nachdenken kann. Er erzählte ihr einmal, dass er als Jugendlicher ein großer Fan von Inspektor Columbo war und das mit dem Block und dem Bleistift habe er ihm abgeschaut.

„Was willst du denn aufschreiben, mein Junge?", fragt seine Mutter mit sarkastischem Ton. „Leg doch den Block beiseite. Bring mir lieber noch eine Decke, ich friere."

Urs steckt den Block ein und geht zurück in das Wohnzimmer. In diesem Moment klingelt es auch schon an der Haustür und die Ambulanz ist da. Der Notarzt stellt einen komplizierten Beinbruch fest.

Flora Leu wuchs in der Allmendstraße, Richtung Baldegg, auf. Mit zwanzig Jahren lernte sie den Vater von Urs kennen und zog mit ihm nach Zürich. Sein Vater war Monteur und oft unterwegs in Asien und Nordafrika. Als Urs vierzehn Jahre alt war, kehrte er nach einem tödlichen Arbeitsunfall nicht mehr aus Tunesien zurück. Urs hatte keine Geschwister und lebte fortan mit seiner Mutter weiterhin in Zürich. Er wurde erwachsen und älter, besuchte schließlich die Polizeischule und wechselte nach einigen Berufsjahren zur Kriminalpolizei.

Er wurde dreißig und wohnte noch immer bei seiner Mutter. Diese sorgte sich zwar manchmal um ihren Sohn und hätte es gerne gesehen, wenn Urs eine Frau gefunden und eine Familie gegründet hätte, doch andererseits wollte sie sich einen Alltag ohne ihren Sohn nicht vorstellen müssen. Sie unternahm nichts ... und Urs auch nicht. Als vor vier Jahren seine Großmutter starb, erbte seine Mutter das Elternhaus in Baden. Es war für beide klar, dass Urs mit seiner Mutter nach Baden zog.

Erst an diesem Abend wird Uschi bewusst, dass ihr Chef bei seiner Mutter wohnt. Nun wird ihr einiges klar. Er ist jetzt dreiundvierzig Jahre alt.

Montag, 27. August 2012, Ländliweg 2

Schnell verschafft sich Uschi einen Überblick über die Pendenzen und entscheidet sich, sofort mit dem Sammeln der Unterlagen über Aylin Schmid zu beginnen. Im Internet findet sie unzählige Einträge über die Tote. Eine attraktive Frau, auf jedem Bild gut gekleidet, offensichtlich erfolgreich ... Und doch findet Uschi sie unsympathisch. Ihre Gedanken schweifen ab und sie fragt sich, wie es ihrer Mutter wohl geht.

Sie hat sie vor zwei Tagen zuletzt gesehen. Sie waren gemeinsam bei einem Konzert auf der Badefahrt. Obwohl Uschi vor über zwölf Jahren von zu Hause ausgezogen ist, pflegt sie regelmäßigen Kontakt zu ihrer Mutter. Sie unternehmen gemeinsame Spaziergänge, gehen zusammen ins Kino oder besuchen Feste in der Umgebung. So wie vorgestern. Obwohl ihre Mutter erst absagen wollte, weil sie Kopfweh hatte, konnte sie sie überreden, doch mitzukommen. Mam nahm zwei Schmerztabletten und zog sich um. Sie wirkte in sich gekehrt und Uschi schob dies auf die Kopfschmerzen. *Wenn die Tabletten Wirkung zeigen, wird sie es nicht bereuen und das Konzert genießen*, dachte sie und behielt recht: Nach dem Konzert wollte ihre Mutter noch nicht nach Hause. Sie zogen durch Baden und kehrten in verschiedenen Beizli ein. Ihre Mutter wirkte aufgedreht, um nicht zu sagen überdreht, wollte immer weiter und es begann bereits zu tagen, als sie sich verabschiedeten und nach Hause gingen. Für Uschi war das Verhalten ihrer Mutter zwar eher außergewöhnlich, aber sie freute sich, dass sie sich offensichtlich amüsierte. Am Sonntag hatte Uschi sowieso nichts vor, und obwohl die Sonne schien, verbrachte sie den ganzen Tag mehr oder weniger bei geschlossenen Jalousien im Bett. Ab und zu stand sie auf, um etwas zu trinken oder zu essen. Sie hatte einen ziemlichen Kater ... und ihre Mutter wohl auch.

)O(O(

Uschi Frei lebt seit vier Jahren wieder als Single. Noch immer trauert sie manchmal ihrer langjährigen Beziehung nach und es gibt Tage, an denen sie nicht fassen kann, dass Bernd sie verlassen hat.

Sie lernte ihn mit neunzehn Jahren im Hirschli in Baden kennen. Es war ein Samstagabend und eigentlich wollten sie und ihre Kollegin, welche ein Jahr vor ihr die Banklehre begann und nun im letzten Lehrjahr war, schon nach Hause gehen. Sie waren im Kino. Der Film war so schlecht, dass die Kolleginnen beschlossen, das Kino Sterk in der Pause zu verlassen. Es war Herbst und schon empfindlich kalt. Außerdem begann es zu regnen. Sie liefen über die Straße und kehrten im Hirschli ein, um noch eine Tasse Tee zu trinken und etwas zu tratschen. Im Gegensatz zu heute trug Uschi damals ihre Haare lang. Die leichten Sommersprossen auf ihrer Nase gaben ihrem Gesicht ein keckes Aussehen und ihre Augen harmonierten mit dem olivgrünen Rollkragenpullover. Sie hatte sich am Nachmittag eine neue Jeans gekauft, und dazu trug sie ihre Lieblingsschuhe: braune Biker Boots mit einer silbernen Schnalle als Verschluss. Sie liebte diese Schuhe, in die sie einfach nur reinschlüpfen konnte. Außerdem waren die Absätze nicht hoch, was sie bei ihrer Körpergröße von eins achtundsiebzig sehr schätzte.

„Noch eine letzte Zigarette, dann gehen wir, okay?" Uschi hätte Lust gehabt, noch etwas tanzen zu gehen, doch sie spürte, dass ihre Kollegin nicht gut drauf war. „Nein, echt nicht. Ich glaube, ich werde krank. Komm, lass uns gehen." Silvie, ihre Kollegin, hatte ganz glänzende Augen und wirkte krank und müde.

„Ja, du siehst fiebrig aus. Du gehörst wirklich ins Bett – hoffentlich bist du dann am Montag fit. Du hast doch diese Englisch-Prüfung ..."

„Eben ... und ich muss noch lernen morgen. Ich für meinen Teil hab jedenfalls genug. Und der Zigarettenrauch stresst mich."

Silvie war eine leidenschaftliche Nichtraucherin und die Tatsache, dass Uschi rauchte, hatte schon ein paar Mal zu Unstimmigkeiten zwischen den Kolleginnen geführt.

„Wäre es für dich okay, wenn ich noch etwas bleibe? Ich nehme dann den Bus." Silvie besaß ein Auto und hatte Uschi heute Abend in Ennetbaden abgeholt.

„Ja, klar, es ist ja noch nicht mal 22.00 Uhr. Kein Problem – also tschüss Uschi, bis Dienstag."

„Tschau Silvie, gute Besserung und toi toi für deine Prüfung!" Die Kolleginnen verabschiedeten sich. Uschi bestellte sich einen weiteren Tee und zündete sich eine Zigarette an. Gerade, als sie sich umsehen wollte, ob weitere Kollegen da sind, sah sie vier junge Männer hereinkommen, welche offensichtlich einen freien Tisch suchten. Das Hirschli begann sich zu füllen und es waren nur noch vereinzelte Plätze frei. Einer der jungen Männer steuerte direkt auf sie zu und fragte, ob sie sich an ihren Tisch setzen dürften.

„Guten Abend, schöne Frau, ist hier noch Platz für ein paar durstige Männer?" Uschi schaute in ein fröhliches, offenes Gesicht. Sie war etwas überrumpelt. Doch der junge Mann strahlte sie einfach an und setzte sich zu ihr an den Tisch, bevor sie etwas erwidern konnte. Seine Kollegen taten ihm dies nach, und als gleich darauf die Serviertochter kam, bestellten sich die Männer ein Bier – und eins für Uschi dazu.

„Ich wollte gerade gehen", log Uschi, denn diese Gesellschaft war ihr nicht sehr angenehm. Doch die Männer ließen dies nicht gelten und der junge Mann, der sie angesprochen hatte, stellte die Gruppe vor: „Das ist Heinz." Er zeigte auf den Mann, welcher links neben ihr Platz genommen hatte. „Das ist Stefan, das Marc und mein Name ist Bernd. Und wie heißt du? Ich darf doch du sagen?" Uschi nickte zur Begrüßung, und obwohl sie die Männer als aufdringlich empfand, ließ sie sich auf ein Gespräch mit ihnen ein. Bernd war ein sehr gut aussehender Mann, mit lockigem braunen Haar und grünen Augen, wie sie selber. Außerdem begann ihr die Art, in der er sprach, langsam zu gefallen. Sie erfuhr im Laufe des Abends, dass die vier Männer Assistenzärzte im Kantonsspital Baden waren und Bernd erst seit fünf Jahren in der Schweiz wohnte. Seine Eltern zogen damals von Wien nach Baden, weil sein Vater – ebenfalls ein Arzt – im Uni-Spital Zürich an einem Forschungsprojekt teilnahm.

Um 23.30 Uhr meinte Marc: „Leute, für mich ist es Zeit zu gehen. Ich habe morgen Dienst."
„Wir kommen auch", meinte Bernd und wandte sich an Uschi.
„Bleibst du noch?"
„Nein ... Ich gehe dann auch."
Sie verließen das Hirschli und Uschi hoffte, dass Bernd sie nach ihrer Telefonnummer oder ihrer Adresse fragen würde. Doch die Männer verabschiedeten sich vor dem Lokal von Uschi, bedankten sich für den lustigen Abend und wollten gehen, als Uschi sich sagen hörte: „Bernd, hast du noch Lust auf einen Casino-Besuch?" Uschi erschrak ob ihres eigenen Muts. „Casino?" Bernd drehte sich zu ihr um. „Willst du spielen gehen?" Uschi wäre am liebsten im Boden versunken. Sie war noch nie im Casino gewesen und wusste überhaupt nicht, wie dort gespielt wurde. Sie wollte einfach noch etwas Zeit mit Bernd verbringen und nun hatte sie sich in eine äußerst peinliche Lage gebracht.
„Nein ... nicht spielen. Ich weiß ehrlich gesagt gar nicht, wie das geht. Wir könnten aber etwas trinken gehen?" Zu ihrem Erstaunen kam Bernd auf sie zu und legte seinen Arm über ihre Schultern: „Klar!" Er lächelte sie an und zu seinen Kollegen rief er: „Also dann, tschüss, wir sehen uns! Ich begleite die junge Dame noch ins Casino!"

Das war der Beginn einer großen Liebe. Schon zehn Monate später bezog sie mit Bernd eine Wohnung in der oberen Halde in Baden, in der sie heute noch wohnt, obwohl ihre Mutter nichts unterließ, sie davon abzuhalten. Mam hatte nichts gegen Bernd, im Gegenteil, doch sie fand, dass Uschi zuerst ihre Ausbildung zu Ende bringen sollte, bevor sie zu Hause auszog. Uschi sah darin keine Notwendigkeit. Sie war noch immer sehr verliebt in ihren schönen, charmanten Bernd und wollte unbedingt ganz nahe bei ihm sein.

Sie beendete ihre Ausbildung, obwohl ihr die zusätzliche Hausarbeit oft Mühe machte. Bernd war nicht der Typ Mann, der sich mit Putzen, Waschen und Kochen aufhielt, was mehrmals zu Unstimmigkeiten führte. Die Wochenenden verbrachte sie nebst den Hausarbeiten vielfach mit Lernen und Schlafen und Bernd ging immer öfter alleine aus. Uschi war deswegen sehr eifersüchtig. Als sie schließlich nach der Lehre eine Teilzeitstelle in einem Reisebüro annahm und sich entlastet fühlte, entspannte sich diese Situation wieder und sie verbrachte mit Bernd eine sehr schöne Zeit.

Bernd beendete sein Studium und hatte eine gute Anstellung im Kantonsspital Baden. Sein Traum war es, später als Arzt in Australien zu wirken, weshalb er auch eine Pilotenausbildung absolvierte. Doch Uschi wollte nicht nach Australien. Für sie war Bernds Traum unrealistisch und sie hoffte, dass er dies irgendwann einsehen würde. Doch Bernd verfolgte weiterhin seinen Plan.

Schließlich trennten sich ihre Wege nach acht Jahren. Bernd wanderte nach Australien aus und sie blieb in der Altbauwohnung in der oberen Halde zurück. Uschi hoffte noch eine lange Zeit, dass Bernd bald wieder zu ihr zurückkommen würde. Doch in einem Brief vor zwei Jahren teilte er ihr mit, dass er in Australien eine neue Liebe gefunden habe und demnächst heiraten werde. Danach schrieb sie ihm keine Briefe mehr und hörte auch nichts mehr von ihm.

)(*)(*)(

Uschis Augen gleiten wieder über die Interneteinträge. Sie versucht es mit dem Mädchennamen, Aylin Pamuk. Hier gibt es weniger Ergebnisse, und gerade als Uschi auf *weiter* klicken will, erblickt sie an der unteren Seite einen Eintrag der Bezirksschule Nussbaumen. Schlagartig weiß sie, woher sie den Namen Aylin kennt: Mam hat von ihr gesprochen! Uschi kann sich nicht mehr erinnern, *was* ihre Mutter über Aylin gesagt hat – doch sie erinnert sich wieder an ihren Gesichtsausdruck und die Tonalität der Worte. Sie klang verbittert, enttäuscht, und ihr Blick erstarrte. *Das ist DIE Aylin!* Uschi nimmt ihr Handy und wählt die Nummer ihrer Mutter. Nach dem dritten Läuten hört sie die Combox und beendet den Anruf, ohne eine Nachricht zu hinterlassen.

Kurz nach 8.30 Uhr hat sie etliche Interneteinträge ausgedruckt, Wesentliches gelb markiert und alles chronologisch in ein neues Dossier abgelegt. Das Personalienblatt, welches pro Fall jeweils den Akten vorangeht, konnte sie bis auf wenige Daten bereits ausfüllen. Sie legt das Dossier auf den Schreibtisch von Urs und beschließt ihre Kaffeepause in der Bäckerei Moser zu machen, weil sie noch ihre Schuhe vom Schuhmacher abholen will, und die Sekretärinnen, mit denen sie sonst einen Kaffee trinkt, heute frei haben.

Als sie ihren Job bei der Kantonspolizei damals angenommen hatte, stand ihr Bürotisch im Großraumbüro des Sekretariates, wo zwei Teilzeitmitarbeiterinnen, Ilona und Anita, ebenfalls ihren Arbeitsplatz hatten. Die zwei waren ihr schon damals unterstellt und erledigten mit ihr die gesamte Administration. Nach einem halben Jahr kamen sie überein, dass das Pult von Uschi im Büro von Urs untergebracht werden sollte, weil Urs und Uschi sehr eng zusammen arbeiteten und es nützlich und hilfreich sein würde, dass sie sich das große Büro von Urs teilten. Dafür haben die beiden Mitarbeiterinnen jetzt etwas mehr Platz im Sekretariat. Zu Ilona und Anita pflegt sie einen herzlichen Kontakt, und die Zusammenarbeit mit den beiden fällt ihr leicht. Sie muss sie nicht für die Arbeit motivieren, weil beide eine gute Eigenmotivation und ebenso gute Sach- und Fachkenntnisse mitbringen. Uschi weiß, dass alles mit großer Umsicht erledigt wird und dass sie sich jederzeit auf die beiden verlassen kann.

Auf dem Weg zum Kaffee versucht sie erneut ihre Mutter zu erreichen. Doch sie hat wieder kein Glück. Sie überlegt, nach Feierabend kurz bei ihr vorbeizuschauen.

Gerade als sie wieder zurück ins Büro will, klingelt ihr Handy. Sie sieht, dass ihre Mutter zurückruft: „Hallo Mam. Alles gut bei dir?"

„Hallo Uschi. Ja, alles bestens." Das klingt nicht so überzeugend, doch bevor Uschi nachhaken kann, fragt ihre Mutter, weshalb sie angerufen habe.

„Stell dir vor: Heute, ganz früh am Morgen, haben zwei Werkmitarbeiter beim Aufräumen im Stadtpark eine Tote gefunden! Sie muss wohl gestürzt sein und hat sich dabei den Kopf aufgeschlagen. Ich glaube, du kennst sie – sie heißt Aylin Schmid, damals Aylin Pamuk."

„…"

„Hallo? Bist du noch da?"

„Ja, ja … Ich kenne eine Aylin … Sie ist *tot*?"

„Ja. Wir vermuten einen Unfall. Sie hat wohl am Sonntag noch etwas zu ausgelassen gefeiert und möglicherweise zu viel getrunken. Sie wurde wenige Meter vor dem Lift zur Casinogarage gefunden. Ob sie wohl noch mit dem Auto nach Hause fahren wollte? Jedenfalls muss sie gestürzt sein und hat sich dabei den Kopf an der kleinen Mauer aufgeschlagen. Hattest du noch Kontakt zu ihr? Ich kann mich erinnern, dass du mal von ihr gesprochen hast. Ihr habt zusammen die Schule besucht, nicht?"

„Ja … Nein … Ich habe sie schon lange aus den Augen verloren. Habe nur mal gehört, dass sie geheiratet hat."

Nachdem Uschis Mutter vor einundzwanzig Jahren geschieden wurde, lebte sie eher zurückgezogen. Ihr Vater wollte, dass Uschi in Ennetbaden weiter zur Schule gehen konnte, und überließ seiner Exfrau das Haus. Ihre Mam begann kurz nach der Scheidung zu arbeiten und fand eine Stelle in Zürich. Ihre Kollegschaft pflegte sie in Schlieren und Dietikon und hatte wenig bis keinen Kontakt zu früheren Bekannten, weshalb die Antwort ihrer Mutter Uschi nicht erstaunte.

„Kann ich dich heute nach Feierabend kurz besuchen? Wann bist du zu Hause?"

„Ich war heute gar nicht arbeiten – ich bin zu Hause, weil ich mich heute Morgen nicht so gut fühlte …"

„Aha! Du bist auch nicht mehr die Jüngste! Aber du wolltest am Samstag ja unbedingt feiern bis in die Morgenstunden! Ich komme sonst ein anderes Mal vorbei, okay?"

Ihre Mutter überlegt kurz. Sie muss mit ihrer Tochter sprechen – sie muss ihr mitteilen, was sie in der letzten Woche erfahren hat. Sie wollte am Samstag schon mit ihr sprechen – doch es fehlte ihr der Mut.

„Nein … Komm doch heute nach Feierabend vorbei."

„Gut. Soll ich etwas aus der Stadt mitbringen?"

„Nein, ich habe noch alles da. 18.30 Uhr?"

„Okay, es wird eventuell etwas später, ich habe um 17.00 Uhr noch eine Besprechung. Ich bin jetzt wieder vor meinem Büro und muss weiterarbeiten, bis heute Abend! Und erhol dich gut! Tschüss"

„Bis dann, tschüss."

Bea Frei lässt ihr Handy sinken. Sie hat Aylin so oft alles Schlechte der Welt gewünscht – doch jetzt, da sie tot ist, fühlt sie keine Erleichterung. Seit jenem schrecklichen Tag vor vierunddreißig Jahren litt sie immer wieder unter Albträumen, sie wirkte hart und oft unnahbar. Irgendwann zerbrach daran ihre Ehe. Es verging seither kaum ein Tag, an dem sie nicht daran denken musste, dass sie noch einer weiteren Tochter das Leben geschenkt hatte.

Als Uschi zurück ins Büro kommt, wird sie von Urs bereits erwartet. „Wo bleibst du denn?"

„Ich war kurz in der Stadt, warum?"

„Ich warte hier auf dich seit einer halben Stunde. Die Sitzung war schnell zu Ende, beziehungsweise habe ich gesagt, dass ich früher gehen müsse. Ich habe eine Nachricht von Lang bekommen, du weißt schon, die Leiche Es ist möglich, dass es doch kein Unfall gewesen ist. Lang erwartet uns."

„Du hättest mich doch anrufen können!"

„Hab ich ja, aber du warst besetzt." Uschi schaut auf ihr Handy und sieht, dass Urs drei Mal versucht hat, sie zu erreichen. „Sorry ...", murmelt sie. „Egal. Komm, lass uns gehen."

Uschi und Urs verlassen das Büro und laufen durch die Stadt zum Casino. Schon von Weitem erkennen sie einen Menschenauflauf. Sie kämpfen sich durch neugierige Passanten und kommen schließlich zum Lift. Rechts neben dem Lift hat die Polizei durch ein rot-weißes Band den Fundort abgesteckt und die Beamten haben alle Hände voll damit zu tun, die Presse und Neugierige fernzuhalten.

„Können Sie uns schon etwas zur Toten sagen, Herr Leu?" Ein Reporter hält ihm ein Mikro ins Gesicht. Urs wendet sich ab und gibt keine Antwort. Der Polizist lässt sie passieren und sie steigen die kleine Böschung hinunter zur Mauer, wo bereits verschiedene Männer und Frauen mit Mundschutz und weißen Schutzanzügen fotografieren und die Umgebung nach Spuren absuchen. Die Leiche liegt mit geöffneten Augen und offenen Mund unterhalb der kleinen Mauer. Auf der Stirn ist eingetrocknetes Blut sichtbar. Urs holt seinen Notizblock und seinen Bleistift hervor und spricht Dr. Lang an, welcher gerade dabei ist, die Leiche zu untersuchen. „Guten Morgen Lang, kannst du schon etwas sagen?"
„Wo bleibt ihr denn so lange? Naja, jetzt seid ihr ja da! Sie war stark alkoholisiert." Dr. David Lang, der Amtsarzt, schaut nicht auf und entnimmt der Leiche mit einem Wattestäbchen Speichel aus dem Mund. Das Wattestäbchen lässt er in einem der unzähligen kleinen Plastiksäcke verschwinden. Er arbeitet nun schon seit fünfzehn Jahren als Amtsarzt. Bevor Uschi und Urs damals neu zur Kantonspolizei kamen, hatte er sich überlegt, sich beruflich zu verändern. Doch er verstand sich von Anfang an gut mit den beiden, spürte, wie sie sich ergänzten, und hatte in ihrer Gegenwart immer das Gefühl, ein altes, gut eingespieltes Ehepaar vor sich zu haben. Sie waren schon ein paar Mal zu dritt Essen oder haben Konzerte und Veranstaltungen

besucht. Die Zusammenarbeit mit den beiden machte ihm Spaß und er beschloss, weiterhin als Amtsarzt tätig zu bleiben. Lang, so wird er von allen genannt, war nie verheiratet. Er hatte zwar immer wieder mal Freundinnen, doch wenn es ernster wurde, spätestens beim Thema zusammenziehen, stand er nicht mehr zur Verfügung. Ein ewiger Junggeselle, obwohl er mit seinen fünfundfünfzig Jahren nicht mehr so jung war.

„Sie war eine Schulkollegin meiner Mutter", sagt Uschi zu Urs. „Ich habe meine Mutter deswegen angerufen. Sie kennt sie, hat aber seit Langem keinen Kontakt mehr zu ihr ... Daher kam mir der Name so bekannt vor."

„Sie sieht sehr jung aus. Hätte sie Mitte vierzig geschätzt. Wie alt ist deine Mutter?"

„Vierundfünfzig."

„Dann hat sie sich gut gehalten." Urs notiert etwas in seinem Notizbuch.

„Lang meint also, es ist vielleicht kein Unfall gewesen. Glaubst du das auch?", fragt Uschi.

„Weiß nicht – sie müsste sehr unglücklich gefallen sein ..."

„Schau mal ihre Hand. Sind das blonde Haare?" Uschi geht näher zur Leiche. „Und hier, am Ärmel ihrer Chiffonbluse auch. Das ist ja komisch. Sie hat pechschwarzes, kurz geschnittenes Haar ..."

Urs folgt Uschi und notiert wieder etwas in seinem Block. Er sagt zu Lang: „Nimm bitte diese Haare in ihrer Hand auch mit. Hast du sie gesehen?"

„Natürlich! Was glaubst du, was ich hier mache, Urs?"

„Wollte ja nur behilflich sein."

Uschi und Urs gehen ein paar Schritte zur Seite, um die Arbeiten nicht zu behindern.

„Ich finde, sie sieht komisch aus", meint Uschi.

„Wie komisch?"

„Ich habe mir vorgestellt, dass da viel mehr Blut ist. Und mich irritiert dieser geöffnete Mund. Als wollte sie etwas sagen."

„Sie hat bestimmt um Hilfe gerufen."

Uschi schaut hinauf zum Casino. Dort fährt ein Leichenwagen vor.

„Die holen die Leiche gleich ab. Ich glaube, wir können hier eh nichts mehr machen. Frag doch Lang noch nach dem Todeszeitpunkt und dann gehen wir zurück. Hast du den Staatsanwalt schon informiert? Wegen der Obduktion. Für mich ist die Todesursache definitiv nicht überzeugend geklärt. Was meinst du?" Urs steckt seinen Block in die Tasche zurück. „Ich bin genau deiner Meinung!"
„Ich muss dringend auf die Toilette. Ich geh schon mal hoch und warte im Restaurant oben auf dich, okay?" Uschi läuft hinauf, quetscht sich durch die Menschenmenge und geht ins Casino.

Als sie von der Toilette zurückkommt, sitzt Urs schon auf der Terrasse bei einem Wasser mit Zitrone. Für Uschi hat er gleich mitbestellt. „So gegen Mitternacht, meint Lang."
Uschi setzt sich und trinkt ihre Cola. „Morgen werden wir mehr wissen. Ich gehe gleich noch mal zurück ins Büro. Ich habe noch ein paar Pendenzen, die ich erledigen will. Das Dossier von Aylin Schmid habe ich auf dein Pult gelegt, das hast du doch gesehen?"
„Ja, danke. Ich komm aber nicht zurück ins Büro. Es ist ja gleich Mittag. Ich bin dann erst morgen wieder da. Meine Mutter muss zur Therapie und ihre Freundin, welche sie sonst fährt, ist krank. Also hab ich mir am Nachmittag freigenommen."
„Gut ... Hast du schon bezahlt?"
„Ja, hab ich." Urs nimmt einen letzten großen Schluck aus seinem Wasserglas und steht auf. „Tschüss dann, bis morgen."
„Tschau Urs, schönen Gruß an deine Mutter!"

27. August 2012, Ennetbaden

Uschi sieht sofort, dass etwas nicht stimmt. Sie hat kurz geläutet und ist dann ins Haus eingetreten. „Mam?"
Ihre Mutter kommt um die Ecke und bleibt vor ihrer Tochter stehen. Uschi sieht, dass sie geweint hat und geht auf sie zu – doch ihre Mutter weicht zurück.

„Ich muss mit dir reden, Uschi, komm bitte mit ins Wohnzimmer"
Auf dem Tisch steht eine Flasche Rotwein, welche zur Hälfte ausgetrunken ist. Der Aschenbecher quillt über, und nachdem Bea ihrer Tochter ebenfalls Wein eingeschenkt hat, zündet sie die nächste Zigarette an.

„Was ist los?"
Ihre Mutter antwortet nicht. Sie zieht an der Zigarette und schaut an Uschi vorbei.

„Hey!"
Jetzt richtet ihre Mutter den Blick auf Uschi und sagt: „Ich habe etwas Schreckliches getan."

Mai–Dezember 1978

Eine schwarzhaarige, junge Frau steht vor dem orange-gelb gestrichenen Mietshaus in Nussbaumen, in dem ihre langjährige Freundin Bea wohnt. Sie drückt zum fünften Mal lange auf die Klingel. Sie weiß ganz genau, dass ihre Freundin zu Hause ist und deren Eltern bei der Arbeit.

„Mach endlich auf", spricht sie leise vor sich hin. „Ich weiß, dass du da bist."

Dann hört sie den Summer und kann die Haustür öffnen. Aylin tritt in das sauber geputzte Treppenhaus und steigt in den ersten Stock. Die Wohnungstür ist noch immer verschlossen. Sie klingelt noch einmal. Niemand öffnet ihr. Sie drückt die Türklinke, aber es ist abgeschlossen. Also klopft sie heftig gegen die Tür.

„Bea, mach auf!" Beas Nachbar, welcher im gleichen Stock wohnt, öffnet seine Wohnungstür. „Geht's auch etwas leiser?!"

„Entschuldigung, Herr Hauser, ich wollte sie nicht stören."

Aylin geht schon seit vielen Jahren ein und aus in diesem Haus und sie kennt den griesgrämigen Nachbarn, der schon lange in Rente ist und tagaus tagein die Nachbarn beobachtet. Kaum wird ein Velo nicht ordnungsgemäß vor dem Haus abgestellt oder die Kellertür ist nicht geschlossen, steht Herr Hauser auf der Matte und sorgt mit strenger Stimme für Ordnung. Ohne Kommentar und Gruß schließt Herr Hauser seine Wohnungstür. Aylin klopft erneut an – diesmal leiser – und Bea öffnet. Ihre Augen sind rot verweint und sie trägt noch immer ihren Pyjama.

„Was ist denn los?"

Aylin tritt in die Wohnung, schließt die Tür und folgt ihrer Freundin ins Kinderzimmer.

„Warum warst du heute nicht in der Schule?"

Bea antwortet nicht und legt sich wieder ins Bett, während ihre Freundin auf dem Bürostuhl Platz nimmt.

Bea beginnt erneut zu weinen und Aylin setzt sich zu ihr aufs Bett.

„Hey, was hast du?"

Sie nimmt ihre Freundin in den Arm und streicht ihr über den Kopf.

„Erzähl es mir. Es wird schon nicht so schlimm sein." Schluchzend hört sie Bea etwas sagen, kann aber nur einzelne Wortfetzen verstehen.

„Bitte, Bea, was ist los mit dir?"

„Ich bin schwanger."

Der Weinkrampf von Bea lässt nach und sie richtet sich auf. „Ich bin schwanger – ich habe heute Morgen, nachdem meine Mutter und mein Bruder auch aus dem Haus waren, einen Schwangerschaftstest gemacht! Oh Aylin, was soll ich jetzt tun?"

„Bist du sicher?" Aylin ist eine sehr pragmatisch denkende Person, welche sich nicht so leicht aus der Fassung bringen lässt. Egal welch turbulente Geschichten die beiden schon miteinander erlebt haben – Aylin bleibt meist cool und gelassen. Sie behält den Überblick und weiß immer, was zu tun ist.

„Es ist doch möglich, dass der Test ein falsches Resultat ergab. Hey – mach dich doch nicht so verrückt. Jetzt bist du schon den ganzen Tag zu Hause, hast dich nicht in der Schule abgemeldet und niemand wusste, was mit dir ist. Ich hab die letzte Stunde geschwänzt, um gleich zu dir zu kommen. Wann kommt deine Mutter nach Hause?"

„Weiß nicht, ist doch auch egal ..." Wieder weint Bea.

„Nein, ist es nicht! Du ziehst dich jetzt an und wir gehen zu mir. Dort können wir in Ruhe quatschen. Meine Mutter hat Spätschicht und ich erwarte sie erst morgen früh."

Aylins Vater ist vor sechs Jahren gestorben und sie wohnt allein mit ihrer Mutter in einem schönen, großzügigen Haus in der Nähe vom Schwimmbad Obersiggenthal, nur drei Straßen von Bea entfernt. Ihre Mutter arbeitet als Krankenschwester im Kantonsspital Baden, obwohl Mutter und Tochter von der Hinterbliebenenrente gut leben könnten. Aylin ist oft alleine zu Hause. Ihr großer

Bruder Boris ging nach dem Tod ihres Vaters zurück in die Türkei. Er war dort geboren und hatte sich in der Schweiz nie so richtig wohlgefühlt. Ihre Eltern waren damals in die Schweiz ausgewandert, weil er als Ingenieur ein gutes Jobangebot bei der BBC bekam. Boris hatte Mühe, sich in der Schule einzugewöhnen und fand später auch nicht gleich eine Lehrstelle. Dann kam sein Vater bei einem Autounfall ums Leben und Boris verlor komplett den Halt. Er begann Drogen zu konsumieren, brach seine Lehrstelle ab und musste schließlich wegen eines Drogendelikts eine kurze Haftstrafe absitzen. Danach brach er seine Brücken in der Schweiz ab und lebt seither bei der Familie seines Onkels in Ankara. Aylin war damals dreizehn Jahre alt, und im Gegensatz zu ihrem Bruder kam sie in der Schweiz zur Welt und konnte sich auch nicht vorstellen, woanders zu leben. Bis vor einem Jahr pflegte sie wenig Kontakt mit ihrem acht Jahre älteren Bruder.

Dies hat sich im letzten Sommer geändert. Ihr Bruder besuchte seine Mutter und seine Schwester in der Schweiz. In diesen sechs Wochen haben sich Aylin, Bea und Boris sehr gut verstanden, waren viel zusammen aus und verbrachten eine gute Zeit zusammen. Es war auch der Sommer, in dem Aylin und Bea hin und wieder einen Joint rauchten, den sie von Boris bekamen und nachdem Bea diese Angewohnheit nach Boris Rückreise wieder sein ließ, rauchte Aylin weiter ihre Joints. In der Folge pflegte Aylin regelmäßigen Briefkontakt mit Boris und kam auf die Idee, ihren Bruder in der Türkei zu besuchen. Vor drei Monaten haben schließlich auch Beas Eltern zugestimmt, dass Bea mit Aylin nach Abschluss der Schule in diesem Sommer ein halbes Jahr in der Türkei verbringen darf. Aylin will ihre Familie in der Türkei kennen lernen, und weil Bea wie eine Schwester für sie ist, möchte sie diese unbedingt dabeihaben. Aylins Mutter hat sich dafür eingesetzt und mit den Eltern von Bea gesprochen. Schließlich haben die Eltern mit Bea vereinbart, dass sie ihr diesen Auslandaufenthalt erlauben, wenn Bea die Diplomprüfung im Juni besteht.

„Schreib deiner Mutter einen Zettel." Aylin legt einen Kugelschreiber und einen Block bereit, während Bea in ihre Jeans schlüpft.
„Ja, gleich ..." Bea hat sich etwas gefasst und ihr Gesicht unter kaltem Wasser abgewaschen. Sie fühlt sich etwas besser.
„Und vergiss nicht, den Schwangerschaftstest in deine Handtasche zu packen! Wir entsorgen ihn unterwegs – nicht dass dein kleiner Bruder ihn noch findet!"

Zehn Minuten später sind die Freundinnen mit dem Velo unterwegs zu Aylin. Diese besteht darauf, noch kurz bei der Drogerie vorbeizuschauen und einen weiteren Schwangerschaftstest zu kaufen. Außerdem holen sie in der Migros etwas Brot, Käse und Aufschnitt. Bea hat ihren Eltern auf den Zettel geschrieben, dass sie heute bei Aylin übernachten werde und morgen direkt von ihr aus in die Schule geht. Das kommt öfter vor und ihre Eltern sind damit einverstanden.

Kaum sind sie im Haus von Aylin angekommen, kann Bea ihre Tränen wieder nicht zurückhalten. „Das ist doch verrückt! Wir haben bald Prüfungen und ich bin schwanger! Das darf nicht sein!"
„Jetzt lass uns erst noch mal einen Schwangerschaftstest machen. Wer wäre überhaupt der Vater? Du und Gerry seid doch seit Weihnachten nicht mehr zusammen ..."

※※※

Aylin war darüber sehr froh. Als Bea und Gerry im letzten September, kurz nachdem Boris nach Hause flog, ein Paar wurden, musste sie oft auf die Gesellschaft ihrer Freundin verzichten. Sie fühlte sich damals allein gelassen und hat in den Briefen an ihren Bruder jeweils ihr Herz ausgeschüttet. Dieser gab ihr den Tipp, nicht tatenlos zuzusehen, wie sich ihre Freundin mehr und mehr mit Gerry zurückzog und sie vergaß. Er überzeugte sie davon, dass dies ein großes Unrecht sei – denn schließlich habe sie gegenüber Aylin auch so etwas wie eine Verpflichtung: Man wirft keine jahrelange Freundschaft einfach weg, weil man sich verliebt hat. Das fand Aylin auch. Als sie im letzten Dezember mal wieder allein durch Baden lief und sich die Stände vom Weihnachtsmarkt mehr oder weniger lustlos ansah, entdeckte sie plötzlich Gerry vor der EPA. Sie folgte ihm unbemerkt die Rolltreppen hinauf ins EPA-Restaurant und setzte sich ein paar Tische von ihm entfernt so hin, dass er sie nicht sehen konnte. Mit einem kleinen Taschenspiegel beobachtete sie, wie sich Gerry mit Laura traf. Laura war in ein Buch vertieft, als Gerry an ihren Tisch kam. Sie begrüßten sich kurz und Gerry packte ebenfalls Bücher, Block und Schreibzeug aus. Kurz entschlossen verließ Aylin das Restaurant und eilte zur nächsten Telefonkabine, um Bea anzurufen.

„Hey Bea, ich bin's, Aylin – du bist zu Hause?"

„Hallo Aylin, ja ... Gerry rief mich an und teilte mir mit, dass er heute Nachmittag keine Zeit habe. Ich hatte eben versucht, dich anzurufen, habe dich aber nicht erreicht. Wo bist du?"

„Auf dem Weihnachtsmarkt in Baden. Ich habe etwa zwei Stunden Chemie gebüffelt und dann musste ich etwas raus. Du hast mir am Morgen in der Schule ja erzählt, dass du mit Gerry Moos suchen gehst und ihr dann gemeinsam einen Adventskranz basteln wollt." Aylin ist etwas verärgert. Jetzt, da Gerry ihr abgesagt hat, war sie offensichtlich gut genug, dass Bea sich bei ihr gemeldet hat. Sie fühlt sich ausgenutzt und für dumm verkauft. Deshalb fährt sie, überzeugt im Recht zu sein, fort: „Ich habe Gerry gesehen. Deshalb ruf ich dich an."

„Gerry ist in Baden?"

„Ja. Und er ist nicht alleine hier ..."

„Das verstehe ich nicht. Er sagte mir, dass er leider diesen freien Nachmittag doch nicht mit mir verbringen könne. Sie müssen an ihrer Arbeit für die Lehrabschlussprüfung weitermachen. Wir haben abgemacht, dass ich den Nachmittag auch für die Schule nutzen werde und wir uns heute Abend in Baden treffen, um ins Kino zu gehen."

„Na ja, er ist schon in Baden – mit Laura. Sie sitzen im EPA-Café und albern zusammen rum ... Sieht für mich aus, als hätten die was zusammen." Aylin hatte kein schlechtes Gefühl dabei, ihre Freundin anzulügen. Schließlich drängte sich Gerry zwischen sie und Bea, und das war nicht fair. Es war ihr Recht, für ihre Freundschaft zu kämpfen.

„Laura! Also doch ... Dieses Miststück." Ich hab's befürchtet!" Bea war schon seit Beginn ihrer Beziehung mit Gerry eifersüchtig auf Laura. Sie gehörte zu Gerrys Freundeskreis, der ansonsten nur aus Jungs bestand. Laura machte, wie Gerry, eine Ausbildung zur Elektrikerin. Sie war der einzige weibliche Lehrling und Gerry versicherte ihr mehrmals, dass sie nur ein Kumpel sei. Doch Bea hatte Laura nie gemocht. Diese war zwar immer sehr nett zu ihr und manchmal hatte Bea sogar das Gefühl, dass Laura sich über ihre Anwesenheit freute. Das burschikose Mädchen war auch nicht wirklich eine Konkurrenz. Sie zog sich an wie ein Junge, war nie geschminkt und wirkte mit ihren kurzen, buschigen, braunen Haaren eher ungepflegt. Sie fuhr wie die Jungs ein Motorrad und Bea hatte manchmal etwas Mitleid mit ihr. Laura hatte keine Freundinnen und war immer bemüht, mit den Jungs Schritt zu halten.

„Ich komme nach Baden – habe in fünfzehn Minuten einen Bus. Ich treffe dich um 16.15 Uhr beim Bahnhofskiosk, okay?"

„Gut, ich warte auf dich, bis dann!" Aylin war ganz aufgewühlt. Sie hatte nicht damit gerechnet, dass Bea so heftig reagieren würde, doch irgendwie freute sie sich auch darüber. Die letzten Monate waren wirklich nicht einfach gewesen für sie. Sie vermisste das Zusammensein mit Bea sehr. Sie spürte, dass Bea versuchte, auch ihr gerecht zu werden und vermutete, dass sie sich jeweils nur noch mit ihr verabredete, um kein schlechtes Gewissen zu haben. Außerdem mochte sie Gerry nicht. Er hielt sich selber für unwiderstehlich und glaubte wohl, dass jede Frau auf der nördlichen Halbkugel auf ihn stehe. Natürlich, er sah gut aus. Groß, guter Body, halblanges, braunes Haar und grüne Augen. Wenn er lachte, zeigte er seine makellosen weißen Zähne, und für seine Kumpels war er so etwas wie ein Halbgott. Sie versuchten, seine lässige Art zu kopieren, und nun bewunderten sie ihn auch noch, weil er mit Bea zusammen war. Bea war, im Gegensatz zu dieser Laura, eine sehr weibliche, gut aussehende junge Frau. Sie hatte blondes, langes, gelocktes Haar und stahlblaue Augen. Im Aussehen stand sie Gerry in nichts nach. Außerdem war Bea sehr intelligent, selbstbewusst und trotzdem nicht eingebildet. Gerry hatte sie überhaupt nicht verdient! Sie hatte Bea in den letzten Monaten mehrmals auf Gerry angesprochen, ihr ihre Zweifel über ihn mitgeteilt und ihn als Blender bezeichnet. Doch Bea schien blind zu sein und schlug all ihre Warnungen in den Wind. „Er ist sooo süß", meinte sie jeweils, „und ein echter Gentleman … Du kennst ihn halt nicht so gut wie ich."

Kurz nach 16.15 Uhr sah sie Bea vom Busbahnhof her kommen und lief ihr entgegen.

„Hey Bea! Wie siehst du denn aus?"

Bea trug ihren schwarzen Mantel, ihre neuen Stiefel und der rauchblaue Wollschal harmonierten wunderbar mit dem Blau ihrer Augen. Außerdem hatte sie einen roten Lippenstift aufgetragen und ihre makellose Haut war mit einem Hauch Puder geschminkt. Sie kam sich neben Bea wie ein Bauerntrampel vor. Als Aylin heute Nachmittag loszog, stülpte sie sich ihre graue Mütze über ihr langes, schwarzes Haar, zog ihren Parka und ihre ausgelatschten Turnschuhe an und scherte sich nicht um ihr Aussehen.

„Hab mich noch kurz zurechtgemacht – er soll sehen, was er verliert."

„Okay … Bereit?"

Bea hakte Aylin unter und gemeinsam gingen sie in die EPA und fuhren mit der Rolltreppe ins Restaurant. Bea sah Gerry schon, bevor sie oben ankam. Dann löste sie sich von Aylin und steuerte geradewegs auf Gerry zu. Aylin blieb etwas zurück. Sie sah, wie Gerry und Laura erschrocken aufblickten, als Bea neben ihrem Tisch stehen blieb. Gerry stand sofort auf. Er war einen guten Kopf größer als Bea und versuchte sie zu umarmen: „Bea! Schön dich zu se…"

Bea wich zurück und unterbrach ihn: „Lerngruppe! Tolle Gruppe!"

„Das ist nicht so, wie du denkst!" versuchte Laura, welche nun auch aufgestanden war, die Situation zu retten. „Wir sind beim

Lernen." Sie zeigte auf die Bücher, welche neben zwei leeren Tellern, einer Cola und einem Kaffee lagen.
„Halt du dich da raus!", befahl Bea. „Und du", sie wandte sich an Gerry, „bist einfach das Letzte!"
„Bea, bitte beruhige dich. Ich habe nichts Falsches getan. Du bist peinlich. Komm, setz dich zu uns. Es ist wirklich nicht so, wie du vermutest."
„He, erzähl das, wem du willst." Sie löste ihren Schal und griff zur Kette, welche sie von Gerry bekommen hatte. Mit einem Ruck zog sie die Kette vom Hals und warf sie auf den Tisch.
„Dieses silberne Herz kannst du nun ja Laura schenken." Bea drehte sich um, ging auf Aylin zu, welche erstaunt diese Szene beobachtete, hakte sie wieder unter und zog ihre Freundin mit schnellem Schritt Richtung Ausgang. Die Freundinnen sprachen kein Wort auf dem Weg zum Busbahnhof. Aylin wusste, dass Bea sehr temperamentvoll sein konnte – doch so hatte sie sich das nicht vorgestellt. Das war eine filmreife Szene gewesen, und sie wusste überhaupt nicht, was sie sagen sollte. Bea vergrub ihr Gesicht im Schal und schaute während des Gehens zu Boden.

Am Busbahnhof angekommen brach Aylin das Schweigen. „Das war ja heftig!" Bea sah hoch. Ihre Augen waren wässrig und sie wirkte nun, nach diesem Auftritt, eher zerbrechlich. Aylin nahm sie in die Arme. „Bitte, nicht traurig sein. Das ist er nicht wert."
„Ja, du hast recht. Er ist ein Mistkerl! Weh tut es trotzdem."

Gerry hatte in den folgenden Wochen versucht, Bea zu erklären, dass zwischen ihm und Laura nichts und zu keiner Zeit etwas gewesen war. Doch Bea blieb stur. Dies war auch die Zeit, in der Aylin die Idee hatte, nach Abschluss der Schule ihre alte Heimat etwas besser kennenzulernen. Wenn sie sich bis jetzt nicht dafür interessiert hatte, nicht einmal die Sprache beherrschte, hatte sich das durch den Besuch von Boris im letzten Sommer geändert. Sie trieb das „Projekt Türkei" immer weiter voran, hatte Pläne geschmiedet, Übernachtungsmöglichkeiten klar gemacht und wollte Bea unbedingt mit dabeihaben. Aylin hatte sich eingestanden, dass sie dadurch auch Bea wieder ganz für sich haben könnte und sie nicht mehr teilen musste. Sie war noch nie daran interessiert gewesen, eine Beziehung einzugehen. Chancen hätte sie mehr als genug gehabt, denn Aylin wuchs zu einer bildschönen Frau heran. Ihr schwarzes Haar glänzte in der Sonne, ihre Haut hatte einen wunderschönen olivbraunen Teint und ihre dunklen samtigen mandelförmigen Augen konnten so viel Wärme ausstrahlen. Doch ihre Freundschaft mit Bea war für sie sehr viel wichtiger, und niemand sollte zwischen ihr und Bea stehen – niemals. Selbstverständlich hatte sie das gegenüber Bea nie verlauten lassen. Bea ließ sich durch Aylin nur zu gern für das Auslandshalbjahr begeistern, weil sie dadurch besser über die Enttäuschung mit Gerry hinwegkam.

)()()(

„Nein, Gerry ist bestimmt nicht der Vater! Den habe ich seit Weihnachten nicht mehr gesehen."

„Wer dann?"

Bea ist endlich etwas ruhiger und weint nicht mehr. „Kannst du dich noch an diese komische Geburtstagsparty erinnern, in Brugg, bei diesen Typen, von denen wir kaum jemanden kannten?"

„Ja ... in diesem großen, alten Patrizierhaus ... Mike hatte uns eingeladen, mitzukommen. Es gab eine große Schüssel Sangria und Kisten voller Bier, und an einer Wäscheleine waren etwa fünfzig Joints mit Wäscheklammern aufgehängt, und man konnte sich überall bedienen. Das war was! Wir sind erst am nächsten Morgen nach Hause gekommen."

„Genau – du bist kurz nach Mitternacht mal weggetaucht. Hast wie ein Baby in der Polstergruppe geschlafen, während ich mit diesem ... wie hieß er noch... Adi... Adrian intensive Gespräche führte – über Science-Fiction und wie es wohl in zwanzig Jahren sein wird. Ich habe an diesem Abend drei Joints mitgeraucht – ausnahmsweise – und dann sind wir auf eins der Zimmer gegangen ..."

„Du hast mir gar nichts erzählt. Als ich so um 04.00 Uhr aufwachte, hast du geschlafen. Du lagst neben mir auf dem Sofa. Ich hatte gedacht, dass du kurz nach mir auch eingeschlafen sein musst."

„Nein, ich hatte mit Adrian geschlafen. Er musste dann so um 3.00 Uhr plötzlich weg, hat sich angezogen und ist gegangen. Ich zog mich auch an und legte mich zu dir aufs Sofa."

„Und du hast mir nichts gesagt!"

„Nein – es war mir ehrlich gesagt auch etwas peinlich. Ich glaube nämlich, dass dieser Adrian deshalb so schnell verduftete, weil er eine Freundin hat. Und ich war nicht besonders stolz auf mich und wollte dieses Intermezzo lieber schnell vergessen. Ich weiß nicht mal, wie Adrian mit Nachnamen heißt oder wo er wohnt."

„Tja, dann schauen wir jetzt mal, ob diesem Intermezzo eine Fortsetzung folgt." Aylin fühlt sich irgendwie betrogen, doch sie lässt sich das nicht anmerken und streckt Bea den Schwangerschaftstest hin. „Los!"

Bea seufzt und geht ins Bad. Kurz darauf kommt sie zurück und legt den Test auf den Tisch. Die beiden Freundinnen schweigen, während sie den Test nicht aus den Augen lassen. Es dauert eine gefühlte Ewigkeit, bis das Resultat angezeigt wird: schwanger.

„Und jetzt?" Bea beginnt wieder zu weinen.

„Du müsstest jetzt in der achten Woche schwanger sein …" Aylin nimmt Beas Hände in die ihren und fragt vorsichtig: „Abtreiben?"

„Niemals! Ich werde kein Kind abtreiben! Eher gebe ich es zur Adoption frei. Wir haben oft darüber gesprochen, das weißt du ganz genau!"

„Ja, das stimmt, sorry."

„Oh mein Gott! Was werden meine Eltern sagen? Ich muss es ihnen mitteilen. Was wird aus der Schule? Wie soll ich weitermachen? Aylin, hilf mir bitte. Ich fühle mich so unendlich hilflos." Aylin dachte noch weiter und sah ihr Projekt Türkei auch sterben.

„Nein!", entfährt es Aylin

„Was meinst du mit *nein*?" Verwirrt schaut Bea ihre Freundin an.

„Ich meine, nein ... Nein wir sagen es niemandem." Aylin hatte eine Idee: Wenn sie am 17. Juli für ein halbes Jahr in die Türkei fliegen würde, dann musste es hier gar niemand wissen. Bea kann das Kind dort zur Welt bringen und bis dahin wird sich eine Lösung finden. Gleich am nächsten Tag wollte sie versuchen, ihren Bruder telefonisch zu erreichen und ihn einweihen.

„Super Idee! Und wenn meine Mutter fragt, warum ich so zunehme, dann behaupte ich, dass ich zu viel esse? Wie stellst du dir das vor?"

„Bea, überleg doch! Wir fliegen am 17. Juli für ein halbes Jahr in die Türkei. Du kannst dein Kind dort zur Welt bringen und wir haben viel Zeit, eine Lösung zu finden. Und ich bin überzeugt, dass wir das schaffen. Ich werde morgen Boris anrufen und ihn bitten, uns zu helfen."

„Wir leben bei deiner Familie. Meinst du nicht, dass dein Onkel deiner Mutter Bescheid sagen wird? Und wenn es deine Mutter weiß, wissen es meine Eltern auch!"

„Boris wird wissen, was zu tun ist. Er kennt da viele Leute. Wir haben abgemacht, dass wir den ersten Monat bei meinem Onkel wohnen. Danach wollten wir für drei bis vier Monate das Land bereisen. Boris ist bereits dabei, das zu organisieren. Vielleicht können wir nicht so viel reisen, wie wir wollten, vielleicht finden wir auf dem Land eine günstige Bleibe und wir werden einfach dort leben und dein Kind erwarten. Ich spreche gleich morgen ihm – er kann uns sicher helfen und er wird schweigen, das versprech ich dir."

„Meinst du? Ich hab ein etwas komisches Gefühl dabei. Ich habe Mühe damit, meinen Eltern etwas vorzumachen ... Und ich habe Angst."

„Das kann ich verstehen – doch wenn alle Stricke reißen, können wir immer noch alle informieren. Lass es uns doch versuchen. Bitte. Ich steh dir bei und du bist nicht allein. Du musst jetzt nur die Prüfungen gut schaffen. Vertrau mir!"

Bea hat noch immer ein ungutes Gefühl. Doch sie beginnt, sich mit diesem Gedanken anzufreunden. Das war immerhin besser, als ihren Eltern zu erzählen, dass sie schwanger sei von einem Jungen, den sie gar nicht kennt. Sie fühlt sich müde und erschöpft und im Moment auch nicht mehr fähig, sich weitere Gedanken zu machen. Sie ist so froh, dass sie Aylin hat. Was würde sie jetzt nur ohne ihre Freundin tun?
„Aylin, ich bin völlig fertig. Danke für deine Hilfe. Ja, vielleicht hast du recht und wir fliegen wie geplant in die Türkei. Ich mag jetzt nicht mehr weiter darüber nachdenken, ich bin so müde. Ist es okay, wenn ich mich schon mal hinlege?"
„Natürlich ... Magst du nichts mehr essen?"
„Nein danke, ich möchte mich nur kurz hinlegen. Wir können ja später noch etwas TV schauen."

Während Bea sich in Aylins Zimmer aufs Bett gelegt hat und sofort eingeschlafen ist, setzt sich Aylin in das Wohnzimmer und legt eine Platte auf. Obwohl die Tatsache, dass Bea schwanger ist, ein Schock für sie war, freut sie sich jetzt noch mehr auf die Türkei. Sie stellt es sich schön vor, fernab von allen zusammen mit ihrer Freundin zu leben und auf das Kind zu warten. Dass sie dadurch weniger vom Land sehen werden, ist ihr egal.

Am 17. Juli fliegen Bea und Aylin planmäßig nach Ankara. Sie haben die Abschlussprüfungen bestanden, obwohl Bea oft mit Übelkeit zu kämpfen hatte. Dies ließ sich jedoch leicht auf die Nervosität abschieben und ihre Eltern schöpften keinen Verdacht. Bea spürte, dass ihr einige Jeans zu eng wurden, doch niemand, der sie sah, hätte angenommen, dass sie schwanger sei. Außerdem ist es nun wärmer und sie trägt gerne weit schwingende Sommerröcke. Einen Arzt hat Bea nicht konsultiert. Sie hatte Angst, dass die Eltern dann eventuell etwas erfahren hätten. Außerdem wollte sie nicht, dass der Frauenarzt sie von der Idee, das Kind in der Türkei zu gebären, abbringen würde. Aylin hat sie darin sehr bestärkt. Sie versprach Bea, dass sie in der Türkei einen Arzt werde aufsuchen können; sie habe diesbezüglich schon mit Boris gesprochen und dieser habe sich darum gekümmert. Aylin hatte in den letzten Wochen regen Kontakt zu ihrem Bruder. Sie hat nicht nur geschrieben, sondern auch oft telefoniert. Ihre Mutter hat sie deswegen auf die hohe Telefonrechnung angesprochen, doch sie ließ ihre Tochter gewähren, wusste sie doch, dass diese Telefonate nach dem 17. Juli nicht mehr nötig sind.

Die beiden Freundinnen erspähen sofort Boris in Begleitung eines älteren Herrn. „Das ist mein Onkel Mehmed", erklärte Aylin. „Sie kommen uns abholen." Die Begrüßung fällt herzlich aus und die beiden Männer übernehmen das Gepäck von Bea und Aylin.

„Wir fahren gleich nach Hause", meint Boris. „Schön, dass es geklappt hat!" Er blinzelt Richtung Bea und schielt auf ihren Bauch. Boris sieht gut aus. Er hat, wie seine Schwester, schwarzes, dichtes Haar und seine weißen Zähne wirkten im braun gebrannten Gesicht strahlend. Er ist gekleidet wie die Menschen in der Schweiz. Dies erstaunt Bea – sie hat sich vorgestellt, dass in der Türkei weder Jeans noch T-Shirts getragen werden. Allerdings hat sie auch keine Idee, was die Türkinnen und Türken sonst tragen sollten.

Bald ist das Gepäck verstaut und der Wagen von Mehmed fährt aus dem Airport-Parkhaus Richtung Innenstadt. Boris sitzt vorn auf dem Beifahrersitz und kommentiert die Fahrt. „Unser Haus ist etwas außerhalb von Ankara. In zehn Tagen fahren wir dann auf unseren Landsitz in Samsun am Schwarzen Meer. Es ist im Sommer drückend heiß in der Stadt und etwas Meerluft wird uns allen guttun. Doch in den nächsten zehn Tagen werden wir viele Familienmitglieder besuchen. Sie freuen sich alle auf euren Besuch!"

„Oh ja, ich freue mich auch!", meint Aylin.

Bea bleibt ruhig. Im Auto ist es heiß und sie ist müde vom Flug. Am liebsten würde sie sich hinlegen und etwas schlafen. Die Aussicht auf Familie und Essen und Feiern macht ihr etwas Angst. Doch sie ringt sich ein Lachen ab und schaut wieder aus dem Fenster.

Nach mehr als einer Stunde Fahrt erreichen sie schließlich ein Außenquartier von Ankara. Viele Villen stehen dort, wunderschön gepflegte Gärten und fast jedes der Häuser verfügt über einen Swimmingpool. „Tolle Gegend", meint Bea. „Sieht wirklich schön aus hier!" Langsam geht es ihr wieder besser und sie ist froh, die Autofahrt bald hinter sich zu haben. Das Auto biegt in eine Seitenstraße ein und fährt auf den Vorplatz eines wirklich sehr schönen, großen Hauses.

„Hier?", fragt Aylin und reißt Mund und Augen auf.

„Ja, das ist das Haus von Mehmed." Boris klopft Mehmed auf die Schultern. Dieser lacht, er versteht kein Wort Deutsch.

„Das sieht ja traumhaft aus!", ruft Aylin. Bea ist ebenfalls sehr beeindruckt. Eine dreistöckige Villa, strahlend weiß, mit Erkern, Türmchen und vielen Fenstern steht mitten in einer grünen Wiese, welche von verschiedenen großen Bäumen umrahmt wird.

Sobald das Auto vor dem Haus hält, geht die Haustür auf. Eine ältere Frau, gefolgt von zwei Jungs, welche etwa im gleichen Alter wie Bea und Aylin sind, kommen ihnen entgegen. Nach einem großen Hallo, Umarmungen und Küssen werden Bea und Aylin ins Haus geführt. Sie werden in einem hellen, geräumigen Zimmer einquartiert, welchem ein eigenes Bad zugeteilt ist. Bea und Aylin lassen sich aufs Bett fallen „Das ist ja wunderschön hier!", schwärmt Aylin.

„Ja, wirklich, es ist super! Und deine Verwandtschaft scheint sehr nett zu sein. Aylin? Es wird doch alles gut gehen?"

„Mach dir bitte keine Sorgen, Bea. Es wird alles gut. Wie geht es dir?"

„Ich bin müde und froh, die Reise geschafft zu haben. Aber ich fühle mich gut. Ich glaube, ich spür mein Baby ... Es bewegt sich."

Aylin hält ihre Hand auf Beas Bauch: „Wo? Ich fühle nichts ..."

„Hier!" Bea nimmt Aylins Hand und legt sie auf die linke Seite des Bauches.

„Wow... Ja, ich spüre es!"

Die nächsten drei Wochen vergehen wie im Flug. Familienbesuche, Essen, Tanzen, Feiern. Hunderte Eindrücke von Landschaften und Sehenswürdigkeiten lassen Bea fast vergessen, dass sie ein Kind erwartet. Sie fühlt sich lebendig und blendend. Das Haus am Meer, in welchem sie seit Ende Juli wohnen, ist ebenso herrschaftlich wie das Wohnhaus in Ankara. Eines Abends, Bea und Aylin sind gerade dabei, sich schlafen zu legen, klopft es an die Zimmertür. „Ah!", ruft Aylin. „Boris wollte noch vorbeikommen!" Sie geht zur Tür und öffnet sie.
„Hey Boris, komm rein!"
„Und? Wie geht es euch? Vor allem dir, Bea?", fragt Boris, während er sich an das kleine Pult im Zimmer setzt.
„Es geht mir sehr gut, danke. Ich spüre immer öfter, wie mein Baby sich bewegt." Liebevoll umarmt sie ihren Bauch. Ihr Gesichtsausdruck ist dabei ganz verzückt und sie bemerkt nicht, dass Boris Aylin einen fragenden Blick zuwirft. Aylin zuckt mit den Schultern und wendet sich dann Bea zu: „Bea, wir wollen mit dir darüber sprechen, wie es nun weitergehen soll. Wir hatten ja geplant, die Türkei noch etwas zu bereisen. Boris hat sich umgehört und für uns eine Bleibe organisiert. Er kennt eine Familie in Bozat, das ist nicht so weit von hier. Es sind Bauern, welche hauptsächlich Tee anpflanzen. Sie wissen, dass du schwanger bist und sie haben uns eingeladen, bei ihnen zu wohnen."

Bea schaut auf: „Die ganze Zeit?"

„Wenn ihr wollt", meint Boris, „könnt ihr dort bleiben, solange ihr wollt. Die Bäuerin hat selber sieben Kinder und kennt sich mit Schwangerschaften und Geburten gut aus. Wenn ihr mögt, könnt ihr auf dem Hof auch etwas mitarbeiten – es gibt dort immer viel zu tun. Was meint ihr?"

„Sie hat uns eingeladen?", fragt Bea weiter. „Wir müssen nichts bezahlen?"

„Nein, ihr müsst nichts bezahlen. Das habe ich bereits mit ihnen ausgehandelt. Ich habe ihnen gesagt, dass ihr im Haus etwas mithelft – vor allem nach den Kindern schaut – und ihr ab und zu auch Ausflüge machen werdet. Der älteste Sohn des Bauern ist ein Kollege von mir. Er hat ein Auto, und wenn er abkömmlich ist, wird er mit euch die Umgebung etwas erkunden. Na, was meint ihr?"

„Danke Boris!" Aylin steht vom Bett auf und umarmt ihren Bruder. „Das ist toll!"

Bea ist noch etwas unsicher. „Wirst du auch dort sein? Ich spreche kein türkisch und Aylin …" Sie greift zum Wörterbuch, welches neben ihr auf dem Bett liegt und hebt es hoch. „… hat gerade erst begonnen, sich mit dieser Sprache zu beschäftigen. Die paar Wortfetzen, die sie bis jetzt kennt, werden uns nicht sehr weiterhelfen. Sorry, Aylin."

„Du hast recht, Bea."

„Ali, dieser älteste Sohn, hat einige Monate in Deutschland gelebt. Er kann sich leidlich auf Deutsch mitteilen. Er wird euch helfen. Ich selber werde auch immer mal wieder vorbeischauen, und im November komme ich für vier Wochen auf den Hof. Ich habe in der Nähe etwas zu erledigen. Es ist vielleicht sogar möglich, dass ich bis zu euerm Abflug am dreizehnten Dezember bleiben kann."

„Okay", meint Bea, „wir haben gar keine große Wahl. Mein Bauch beginnt sich nach außen zu wölben und ehrlich gesagt bin ich froh, wenn ich meine Schwangerschaft bald nicht mehr verstecken muss. Danke Boris – du bist wirklich unsere Rettung."

Bea steht nun auch auf und geht auf Boris und Aylin zu. Die drei umarmen sich.

„Dann seht bitte zu, dass ihr in zwei Tagen bereit für die Abreise seid. Ich werde euch nach Bozat fahren. Mein Onkel schöpft keinen Verdacht. Er kennt diese Familie zwar nicht, doch Ali war auch schon mal bei uns zu Gast. Er denkt, dass ihr eure Reise in Bozat starten werdet und später via Ostanatolien und Ararat nach Südostanatolien und Tigris, dann nach Antalya und Izmir ans Mittelmeer kommt. Er weiß, dass ihr von Istanbul zurück in die Schweiz fliegen werdet."

„Danke, Boris." Bea löst sich aus der Umarmung und schlüpft in ihr Bett. Sie ist froh, dass Boris sich solch viele Gedanken gemacht hat. Was hätte sie wohl ohne ihn getan? Trotzdem spürt sie auch Angst aufkommen. Was, wenn alles schiefgeht?

„Hast du noch schnell Zeit, Aylin?", fragt Boris und blinzelt ihr zu.

Aylin schaut kurz zu Bea, welche sich auf dem breiten Bett auf die Seite gelegt hat.

„Bea, ist es okay, wenn ich noch kurz rausgehe? Ich bin gleich zurück …"

„Lass dir Zeit, ich bin eh müde und werde bald schlafen. Bis später oder bis morgen früh", gähnt Bea und zieht die Decke über ihre Schultern.

Kaum hat Aylin die Tür hinter sich zugezogen, zieht Boris sie in sein Zimmer und schließt ebenfalls die Tür.

„Aylin … Hast du gesehen, wie Bea ihren Bauch gehalten hat? Und ihren Gesichtsausdruck dabei? Sie kann das Kind nicht behalten! Du weißt das! Du musst etwas tun!"

„Ja, ich weiß. Es ist mir auch aufgefallen."

„Ich habe bereits eine Anzahlung erhalten für das Kind. Davon habe ich Ali schon etwas abgegeben und einen Teil habe ich gebraucht, um meinen Gläubiger zu beruhigen."

„Ich will auch nicht, dass sie das Kind behält. Ich werde mit ihr sprechen. Ich bin überzeugt, dass ich ihr das klarmachen kann. Mach dir keine Sorgen, Boris. Bea hört auf mich", versucht Aylin ihren Bruder zu beruhigen.

„Aylin … Es ist wirklich wichtig. Mein Gläubiger versteht keinen Spaß, und wenn unser Onkel etwas davon erfährt, wirft der mich sofort raus, verstehst du?"

Als Aylin Boris im Mai dieses Jahres anrief und ihm mitteilte, dass Bea ungewollt schwanger sei und sie sich überlegt hatten, dass sie das Kind in der Türkei zur Welt bringen wolle, damit niemand etwas erfährt, und sie dieses Kind zur Adoption freigeben wolle, war dies für Boris wie ein Geschenk des Himmels. Er hatte hohe Spielschulden und keine Aussicht, diese zu begleichen. Sofort realisierte er, dass dieses ungeborene Kind die Lösung für all seine Probleme war. Er weihte schließlich Aylin ein und machte sie damit zur Mitwisserin. Er musste seine Schwester nicht überreden, bei seinem

Plan mitzumachen. Sie war sofort begeistert von seinem Vorschlag, das Kind nach Deutschland zu verkaufen. Dass damit Bea und Boris geholfen war, empfand sie als besonders glückliche Fügung.

In der Folge knüpfte Boris Kontakt zu einer nicht ganz legalen Organisation, welche türkische Säuglinge nach Deutschland verkaufte und organisierte den Aufenthalt in Bozat bei der Familie seines Kollegen. Der Familie versprach er einen Anteil des Verkaufserlöses. Den größten Teil davon brauchte Boris, um seine Spielschulden zu bezahlen und Aylin sollte auch einen Anteil erhalten.

„Ich verstehe das, Boris. Beruhige dich."

Boris läuft im Zimmer auf und ab. „Ich habe Angst, Aylin. Ich hoffe, du kriegst das hin. Versprich mir, dass du das hinkriegst!"

„Ich verspreche es dir. Steh endlich still und setz dich! Wir müssen die Reise noch kurz besprechen. Wir fahren also am Sonntag nach Bozat?"

Boris setzt sich aufs Bett: „Ja, wir fahren so um elf Uhr los. Unser Onkel hat ein kleines Abschiedsfest für euch geplant, übermorgen. Das wird sicher bis nach Mitternacht dauern, weshalb elf Uhr früh genug ist. Außerdem habe ich uns für den Sonntagnachmittag angekündigt. Es ist bestimmt gut, wenn wir schon am Samstagabend euer Gepäck in mein Auto laden. Du weißt ja, wie lange es jeweils dauert, bis man sich von allen verabschiedet hat und endlich aufbrechen kann."

„Gut. Wie lange fahren wir bis nach Bozat?"

„Längstens dreieinhalb Stunden." Boris ist ruhiger geworden, wirkt aber auf Aylin noch immer etwas nervös.

„Werden wir unterwegs mal anhalten können? Ich müsste noch ein paar Dinge einkaufen. Schließlich sind wir danach eine lange Zeit auf diesem Bauernhof."

„Ja, klar. Einkaufen geht allerdings am Sonntag schlecht. Das müsstet ihr morgen erledigen … Alis Familie wird im Übrigen gut für euch sorgen."

„Wir haben da ein eigenes Zimmer, das stimmt doch?"

„Klar – ein eigenes Zimmer, allerdings nicht im Haus. Sie haben eine kleine Hütte neben ihrem Haus, in welchem bisher diverses Werkzeug aufbewahrt wurde, für euch hergerichtet. Ich war da. Es ist zwar einfach eingerichtet, aber zweckmäßig und sauber. Es gibt dort ein breites Bett, einen kleinen Schrank und einen Tisch mit Stühlen. Außerdem eine Kommode mit einem Waschbecken. Essen könnt ihr mit der Familie und ihr könnt auch ihre Toilette benutzen, welche sich zwischen dem Haus und eurer Hütte befindet. Es ist alles vorbereitet."

„Perfekt." Aylin setzt sich neben Boris aus Bett und legt ihren Arm um seine Schultern.

„Danke Boris." Sie küsst ihn auf die Wange. „Es kommt alles gut. Ich gehe jetzt zu Bea. Wir sehen uns morgen."

Es ist bereits 17 Uhr, als Boris, Aylin und Bea in Bozat auf dem Bauernhof eintreffen. Sie haben sich Zeit gelassen und sind bester Laune. Die ganze Familie Solak kommt ihnen entgegen, als Boris sein Auto neben dem Haus parkiert. Allen voran Ali, welcher sie herzlich begrüßt. Seine Mutter Azra scheint eine herzliche, nette Frau zu sein, während sein Vater, Bekir, sich eher im Hintergrund hält. Die Kinder schauen die Besucher mit großen Augen an und sind vor allem von Bea und ihrem langen blonden Haar fasziniert. Immer wieder versuchen sie, Beas Haare anzufassen. Nach einer langen, freundlichen Begrüßung werden Boris, Aylin und Bea ins Haus geführt, wo Kuchen und Tee bereits auf sie warten. Bea fühlt sich gleich sehr wohl und auch Aylin ist rundum zufrieden. Azra nimmt neben Bea Platz und legt ihre Hand auf Beas Bauch. Dabei lächelt sie Bea an und nickt. Bea lächelt zurück und lässt die Bauernfrau gewähren. Sie fühlt sofort, dass sie diese Frau mag, und spürt großes Vertrauen. Boris und Ali haben sich zurückgezogen und sind nach draußen gegangen, wo sie heftig gestikulierend miteinander diskutieren. Kurze Zeit danach steht auch Bekir auf, sagt etwas zu seiner Frau und verschwindet. „Arbeit", meint Azra zu Bea.

„Sie sprechen deutsch?", fragt Bea.

„Nein ... Nicht verstehen Deutsch ... Nur wenig." Azra schenkt Bea nochmals Tee nach und will auch Aylins Tasse auffüllen.

„Nein danke." Aylin hält ihre Hand über ihre Tasse und gibt Azra zu verstehen, dass sie genug hat. „Bea, ich geh mal raus zu Boris. Bleib du noch etwas hier. Wir werden das Gepäck in unser Zimmer bringen. Du solltest dich jetzt etwas ausruhen." Aylin steht auf und verlässt die Küche.

„Gibt's Probleme?", fragt Aylin, als sie zu Boris und Ali stößt. „Meine Mutter ist nicht sehr damit einverstanden, dass Bea ihr Kind weggeben will. Sie wird versuchen, Bea davon zu überzeugen, das Kind zu behalten."

„Ich sag's dir noch mal: Ihr habt bereits Geld bekommen und du musst deine Mutter davon abhalten!"

„Ja, ich weiß", Ali schaut zu Boden. „Ich werde noch mal mit ihr sprechen. Doch meine Mutter ist eine sehr sture Frau."

„Wir müssen verhindern, dass Azra viel Kontakt mit Bea hat. Jetzt ist mir klar, weshalb Azra sich gleich zu Bea gesetzt hat! Zum Glück können die beiden nicht miteinander sprechen. Lasst uns das Gepäck in unser Zimmer bringen. Dann hol ich Bea weg von Azra."

Die Hütte, welche zu einem Zimmer umfunktioniert worden ist, ist sehr gemütlich und Bea und Aylin sind gerade dabei, ihre Rucksäcke auszupacken und sich einzurichten, als Bea fragt: „Wie findest du diese Familie?"

„Nett."

„Ja, wirklich. Diese Azra scheint eine gute Frau zu sein. Ich fühlte mich bei ihr sofort wohl und gut aufgehoben. Auch dieses Zimmer ist sehr schön ... Ich bin froh, hier zu sein, Aylin. Ich weiß gar nicht, wie ich dir danken soll."

„Du musst mir nicht danken. Ich bin doch deine Freundin und es ist ganz normal unter Freundinnen, dass sie sich helfen. Du würdest das auch für mich tun."

„Du bist eine wirklich gute Freundin. Ui ... Mein Kleines bewegt sich wieder!" Bea lässt ihre T-Shirts aufs Bett fallen und setzt sich.

„Aylin?"

„Hm?" Aylin ist gerade dabei, ihre Toilettenartikel in die Kommode zu räumen.

„Ich habe viel nachgedacht. Vielleicht werde ich meinen Eltern von der Schwangerschaft erzählen. Vielleicht gibt es ja doch eine Möglichkeit, das Kind zu behalten ..." Aylin fährt herum und schaut Bea gerade in die Augen: „Was? Das meinst du jetzt nicht so!"

„Warum nicht?"

„Hey – sorry. Wir haben so vieles gemacht, damit niemand etwas davon erfährt ... Die Reise in die Türkei, diesen Aufenthalt hier, Boris hat sich bereits umgehört wegen einer Adoptionsmöglichkeit ... Was willst du mit diesem Kind?"

„Es bewegt sich. Ich spüre es. Ich stelle es mir schrecklich vor, dieses Kind zur Welt zu bringen und wegzugeben. Ich möchte ja nicht undankbar erscheinen ... Das kannst du doch verstehen?"

Bea ist etwas verunsichert, weil Aylin so heftig reagiert hat.

„Nein, das verstehe ich überhaupt nicht! Und doch, ich finde schon, dass du undankbar bist! Bleib realistisch ... Und denk nicht nur an dich! Das Kind wird es in einer intakten Familie, in der es erwünscht und gewünscht ist, viel besser haben. Was kannst du ihm bieten? Du hast noch nie gearbeitet. Hast kein Einkommen und vor allem: keinen Vater! Willst du deinen Eltern erklären, dass du schwanger bist von einem Typen, von dem du nicht mal den Nachnamen kennst? Glaubst du, dass die dich mit deinem Kind mit offenen Armen empfangen werden? Hallo, wach auf, Prinzessin!"

„Warum regst du dich so auf? Ich habe ja nur darüber nachgedacht. Vielleicht hast du ja recht. Aber ich ..." Bea beginnt zu weinen.

Aylin setzt sich neben Bea aufs Bett und umarmt sie. „Ist schon gut. Tut mir leid. Ich verstehe, dass es nicht leicht sein wird. Doch du musst vernünftig bleiben, Bea. Wir schaffen das zusammen. Sei nicht traurig. Das sind sicher die Hormone. Ich bin sicher, dass du später froh sein wirst, das getan zu haben, was das Beste für dein Kind ist."

„Ja ... Wahrscheinlich."

„Nun lass uns fertig einräumen. Danach gehen wir etwas spazieren und schauen uns mal etwas um hier, okay?"
„Okay." Bea hat sich etwas beruhigt. Die Überlegungen ihrer Freundin erscheinen ihr logisch, doch ihr Gefühl kann mit dieser Logik nichts anfangen. Sie muss nun stark sein für ihr Kind und nicht ihren Gefühlen nachgeben.

Es vergehen Tage und Wochen und Bea und Aylin haben sich gut bei Familie Solak eingelebt. Sie machen viele Spaziergänge, helfen Azra ab und zu in der Küche oder spielen mit den Kindern, wenn diese nicht in der Schule sind. Mit Ali machen sie ab und zu einen Ausflug, obwohl sein Vater jeweils nicht sehr begeistert ist, wenn er seinen Sohn bei der Feldarbeit entbehren muss. Sie schicken ihren Eltern zahlreiche Postkarten. Einige haben sie von Boris erhalten. Postkarten von Orten, die sie nie gesehen haben. Die meisten Karten haben als Sujets jedoch Tiere, Häuser, Blumen und weitere Bilder, von denen man nicht auf einen Ort schließen konnte. Obwohl nicht alle Karten von Bozat abgeschickt werden, weil Boris oder Ali diese auch mal zu einer anderen Poststelle brachten, hoffen die Freundinnen, dass ihre Eltern den Poststempel nicht beachten und nichts merken. Ab und zu telefonieren sie auch. Dazu müssen sie ins Dorf gehen, dort gibt es eine öffentliche Telefonkabine. Den Gedanken, das Kind behalten zu können, hat Bea immer wieder. Sie vermeidet es jedoch, dies gegenüber Aylin zu erwähnen. Einmal hätte sie am Telefon fast ihre Mutter eingeweiht, doch sie getraute sich dann doch nicht.

Während Bekir den Freundinnen eher aus dem Weg geht, sucht Azra immer wieder die Gesellschaft von Bea. Beas Bauch ist Ende Oktober beträchtlich gewachsen und ihre Brüste beginnen zu spannen. Azra macht ihr kühle Umschläge aus verschiedenen Blättern, welche ihr guttun. Für den Bauch hat sie ihr einen kleinen Topf mit Fett hingestellt. Sie hat ihr bedeutet, dass sie damit am Morgen und am Abend ihren Bauch einreiben solle. Außerdem bekommt Bea von Azra verschiedene Kleidungsstücke, weil ihr alles, was sie dabeihat, zu eng geworden war.

Obwohl die Kinder der Familie Solak eher scheu sind, kommt das 6-jährige Mädchen, Ada, jeweils mit ihrer Mutter zu Bea. Sie ist noch immer fasziniert von Beas Haaren. Sie macht sich nützlich, indem sie ihrer Mutter die Blätter für Beas Brüste reicht oder mit ihr Beas Rücken massiert. Manchmal sitzt sie einfach da und beobachtet die Frauen beim Versuch sich zu unterhalten. Aylin beobachtet Azra mit Argusaugen und ist immer zugegen, wenn die beiden zusammen sind. Sie kann in der Zwischenzeit ein wenig türkisch, doch im Wesentlichen unterhalten sich die drei noch immer mit Gesten. Bea freut sich immer auf das Zusammensein mit Azra und ihrer kleinen Tochter. Sie fühlt sich ihr nahe und spürt die Kraft, die von Azra ausgeht und ihr große Sicherheit gibt.

Ada ist gerade dabei, das goldene Haar von Bea zu kämmen – eine ihrer Lieblingsbeschäftigungen – als Ali in die Hütte kommt. Er begrüßt die Frauen und wendet sich an Aylin: „Hast du kurz Zeit? Ich möchte dir etwas zeigen."

„Jetzt gleich?" Aylin will Azra und Bea nicht alleine lassen.

„Ja, ich muss gleich ins Dorf zum Mechaniker."

„Ich bin gleich wieder da", verabschiedet sich Aylin und geht mit Ali nach draußen.

„Was willst du mir zeigen? Ich will die beiden nicht alleine lassen."

„Komm mit." Er führt Aylin ins Haus, durch die Küche und Wohnzimmer in das Elternzimmer.

„Ich habe für meine Mutter den Wäschekorb in ihr Zimmer gestellt – und sieh, was ich gefunden habe!"

Neben dem Bett seiner Eltern steht eine große Kiste. Er öffnet den Deckel und zum Vorschein kommen allerlei Baby-Artikel: kleine Kleidchen, Tücher, Stoffwindeln und vielfach abgegriffenes Holzspielzeug.

„Was hältst du davon?", fragt Ali.

„Sieht ganz so aus, als bereitet sich deine Mutter auf das Kind vor. Du hast doch mit ihr gesprochen? Und ihr klargemacht, dass Bea das Kind nicht behalten will …"

„Natürlich, mehrmals! Ich hatte auch das Gefühl, dass sie verstanden hat, dass das Kind weggegeben wird. In den letzten Wochen hat sie mich auch nicht mehr damit genervt, mich vom Gegenteil überzeugen zu wollen." Ali zeigt auf eine Zimmerecke. „Aber sieh, dort drüben!". Dort steht eine kleine Wiege bereit. „Diese Wiege stand noch vor Kurzem im Schuppen. Jetzt ist sie gereinigt und mit vielen Tüchern und Decken versehen, und glaube mir: Meine Mutter ist nicht schwanger!"
„Ich muss zurück zu Bea und Azra!"

Aylin stürmt aus dem Zimmer und läuft Richtung Hütte, aus der gerade Azra und Ada kommen. Sie läuft an den beiden vorbei zu Bea. Azra schaut Aylin nach, schüttelt mit dem Kopf und murmelt etwas vor sich hin, während sie mit Ada zum Haus zurückgeht.

„Alles gut bei dir?", fragt Aylin. Bea sitzt auf dem Bett und schaut abwesend aus dem Fenster. Sie antwortet nicht.
„Bea? Hast du was?"
„Aylin ... Ich ..." Bea verstummt. Azra hat sie, nachdem Aylin mit Ali weggegangen war, angelächelt. Sie hat mit ihrer Hand ihren Bauch gestreichelt, dann eine Wiegebewegung gemacht und auf Bea gezeigt. Dabei hat sie ihr aufmunternd ins Gesicht geschaut und immer wieder abwechselnd auf Bea gezeigt und die Wiegebewegung wiederholt. Bea hat verstanden, was sie ihr sagen wollte: Das Kind gehört zu seiner Mutter! Doch Bea erinnert sich an die heftige Reaktion von Aylin, als sie ihr vor Wochen sagte, sie überlege sich, das Kind zu behalten. Sie hätte nie gedacht, dass ihre Gefühle ihr einen solchen Streich spielen würden. Sie kann die Argumente von Aylin absolut nachvollziehen und weiß, dass sie vernünftig sein muss ... Doch warum ist das so schwer?
„Nein, nichts. Ich bin sehr müde. Das ist alles. Ich möchte mich gerne etwas hinlegen. Ich komme mir vor wie eine Tonne ... Und ... ich habe etwas Angst vor der Geburt."
„Das kann ich verstehen." Aylin ist beruhigt. Bea hat nie wieder davon gesprochen, das Kind behalten zu wollen und sie

ist überzeugt, dass Bea eingesehen hat, was das Beste für sie und das Kind ist.

„Es wird bestimmt alles gut gehen. Azra wird dir helfen, das Kind zu bekommen. Ich werde auch dabei sein." Sie streichelt ihrer Freundin über den Kopf.

„Leg dich hin. Etwas Schlaf wird dir guttun."
Sie erzählt Bea nichts von der Kiste und der Wiege. Soll Azra doch glauben, dass das Kind nicht weggegeben wird. Boris und Ali haben alles gut organisiert und sie wird keine Möglichkeit haben, sich dagegenzustellen.

In der ersten Novemberwoche kommt Boris auf den Hof. Er wirkt ruhig und zufrieden und die Freundinnen freuen sich über seinen Besuch.

Am Abend, nach dem Essen, sprechen Aylin und Bea über ihre Zeit bei Familie Solak. Sie rühmen die Gastfreundschaft und es ist schon spät, als Boris sich mit Ali ins Zimmer zurückzieht und die Freundinnen in ihre Hütte gehen.

„Boris scheint es gutzugehen", stellt Bea fest. „Als er von hier wegging, erschien er mir etwas angespannt."

„Ja, find ich auch." Aylin löscht das Licht. „Ich bin müde, lass uns schlafen." Sie hat keine Lust, mit Bea über ihren Bruder zu sprechen und hofft, dass Bea Ruhe gibt.

Während der nächsten vier Wochen hat Bea immer wieder leichte Wehen und Aylin ruft jedes Mal Azra zu Hilfe. Doch diese beschwichtigt und bedeutet ihr, dass es noch nicht so weit sei. Von Boris haben die Freundinnen erfahren, dass Azra ihm erklärt habe, dass dies Vorwehen seien und dass das Kind bald zur Welt komme. Azra zeigt Aylin, wie sie ihre Freundin beim Atmen unterstützen kann, und regt an, dies jeweils während der Vorwehen zu üben. Sowohl Bea als auch Aylin sind jetzt nervös und etwas angespannt. In zehn Tagen geht ihr Flug und sie fragen sich, ob das Kind bis dahin wohl geboren wird.

„Was, wenn diese Vorwehen noch lange dauern und die Geburt erst später ist?", fragt Bea.

„Weiß auch nicht. Dann müssten wir einen Vorwand suchen, warum wir später zurückfliegen. Lass uns jetzt aber nicht darüber nachdenken."
„Hast du von Boris etwas Neues über die Adoption gehört?"
„Nein ... Ich denke, das läuft alles. Er wird das Kind nach der Geburt mit Ali nach Istanbul bringen. Dort gibt es eine Säuglingsstation und das Kleine wird bestens versorgt sein. Soviel ich weiß, reisen die zukünftigen Eltern am fünften Dezember an. Ah, das hat mir Boris gestern gegeben. Das sollst du unterschreiben. Darin wird festgehalten, dass du das Kind zur Adoption freigibst ..." Sie reicht Bea einen einseitigen Vertrag.
„Das ist ja alles türkisch! Ich verstehe kein Wort davon!"
„Natürlich ist das türkisch. Was hast du gedacht? Boris hat mir gesagt, dass hier nur geregelt wird, dass du mit der Adoption einverstanden bist. Hier wird das Geburtsdatum eingetragen." Sie zeigt auf ein vorgesehenes Feld. „Und hier ob weiblich oder männlich, und hier musst du unterschreiben."
„Ich bin so aufgeregt. Ich habe Angst vor der Geburt und ich habe Angst, dass etwas nicht klappt!"
„Du machst dich ganz verrückt, und mich dazu. Ich bin auch nervös und hoffe, dass alles gut kommt. Dreh jetzt nicht durch, Bea! Bitte bleib ruhig ..."
„Die zukünftigen Eltern ... Das tönt komisch ..."
„Was tönt daran komisch? Es sind die Eltern, die dein Kind adoptieren wollen. Denk an das Kind, es wird es gut haben."
„Woher weißt du das?"
„Bea, fang nicht wieder damit an. Wir hatten das Thema schon ..."
„Du machst es dir ja leicht!"
„Ach, findest du? Ich mach es mir leicht! Wer bitte schön hat dir denn geholfen, als du verzweifelt warst, weil du schwanger bist? Wer hat das alles organisiert? Wer hat deine Launen ausgehalten? Wer war immer bei dir? Ich mach es mir also leicht. Weißt du, ich hätte mir den Aufenthalt in der Türkei auch lustiger und interessanter vorstellen können. Ich habe mir ein Bein für dich ausgerissen, habe auf vieles verzichtet ..."

„Schon gut, Aylin, ich meine das doch nicht so. Ich weiß, dass du viel für mich getan hast. Es ist nur, dieses Kind wächst in mir. Ich fühle, wie es größer wird, ich spüre es sich bewegen. Ich fühle eine starke Verbindung zu diesem ungeborenen Kind. Für mich ist es, als würde ich es schon lange kennen. Es macht mich so unendlich traurig, dass ich es hergeben soll."
„Natürlich. Ich versuche ja, dich zu verstehen. Ich bin einfach nur froh, wenn das alles hinter uns liegt."
„Genau das frag ich mich: Bin ich froh, wenn wir zurückfliegen in die Schweiz? Kann ich das jemals vergessen? Diese Gefühle, diese Nähe zu meinem Kind? Werde ich dieses Kind vermissen? Wird es diesem Kind gutgehen? Wird es wissen, wer seine Mutter ist?"
„Bitte … Sei vernünftig und lass dich nicht von deinen Gefühlen leiten. Bea, das ist wichtig. Ich weiß nicht, wie es sich für dich danach anfühlen wird. Doch ich weiß, dass es das Richtige ist. Und ich werde immer für dich da sein, das verspreche ich dir."

In dieser Nacht kann Bea lange nicht einschlafen. Ihre Gedanken kreisen um das Kind, die Geburt, ihre Eltern und sie findet keine Ruhe.

Schließlich steht sie leise auf, zündet eine Kerze an und schreibt Aylin einen Zettel:

Liebe Aylin!
Ich danke dir sehr für alles, was du und dein Bruder für mich getan haben. Doch bitte versuch zu verstehen, dass ich das nicht kann. Ich werde mein Kind behalten. Ich finde bestimmt eine Lösung.

Ich habe mir den Rest unseres Geldes genommen. Ich werde nach Ordu ins Spital fahren und dort mein Kind bekommen. Tut mir leid, dass ich bei Nacht und Nebel verschwinde, doch ich habe Angst, dass du mich daran hindern willst.

Bea

Leise steht Bea auf, zieht sich warm an und nimmt ihren Rucksack. Sie öffnet die Tür des Kleiderkastens, welcher beim Öffnen leise knarrt. Sie hält inne und hört in die Stille. Aylin dreht sich im Bett um und schläft weiter. Schnell packt sie ein paar warme Kleider ein, nimmt ihre Handtasche und verlässt die Hütte. Es ist dunkel und die Nacht ist kalt. Im Haus brennt kein Licht und Straßenlaternen gibt es nicht. Sie stolpert über einen Stein und fällt fast hin. Doch im letzten Moment kann sie sich auffangen, indem sie sich am Wasserfass, welches rechts neben der Hüttentür steht, festhält. Leider steht eine blecherne Gießkanne auf diesem Fass, welche scheppernd zu Boden fällt. Bea erschrickt und verharrt ganz ruhig. Es regt sich nichts. Offensichtlich ist niemand wach geworden. Langsam beginnen sich ihre Augen an die Dunkelheit zu gewöhnen und sie sieht den Weg, welcher am Haus vorbei auf die Landstraße führt. Kurz überlegt sie, Alis Auto zu nehmen. Der Schlüssel steckt bestimmt wie immer im Zündschloss. Doch sie entscheidet sich dagegen, weil sie befürchtet, dass der Motorenlärm alle aufwecken könnte, und außerdem weiß sie gar nicht, ob sie Auto fahren kann. Eine Fahrprüfung hat sie bisher nicht gemacht.

Das Laufen macht ihr Mühe. Sie kommt nur langsam voran und horcht in die Nacht. Nicht weit von ihr hört sie ein Geräusch. „Ist da jemand?" Keine Antwort. Sie bekommt Angst, und je länger sie läuft, je absurder scheint ihr die Idee, einfach wegzulaufen. Sie kennt den Weg nicht genau, obwohl sie mit Ali und Aylin ein paar Mal nach Ordu gefahren sind. Doch das war mit dem Auto und bestimmt eine knappe Stunde zu fahren. Was hat sie sich dabei gedacht? Sie horcht weiter in die Nacht. Viele Geräusche sind ihr in der Zwischenzeit bekannt – doch in dieser Dunkelheit wirkt alles sehr bedrohlich.

Sie ist etwa zehn Minuten unterwegs, als sie in ihrem Unterleib einen kurzen Schmerz verspürt. Sie bleibt stehen und atmet ein paar Mal ein und aus, dann geht sie weiter. Nach weiteren fünf Minuten bleibt sie stehen. „Ich bin verrückt", sagt sie zu sich selbst.

Gerade als sie umkehren will, zuckt ein weiterer Schmerz durch ihren Körper, diesmal spürt sie ihn mehr im Rücken. Wieder atmet sie tief ein und aus, wie Azra es ihr gezeigt hat. Jetzt ist sie völlig überzeugt davon, wieder zurückgehen zu wollen. Das war eine blöde Idee! Kurz darauf kommt der nächste Schmerz und Bea wird klar, dass die Wehen nun wohl eingesetzt haben. Sie versucht weiterzugehen, doch schon nach ein paar Schritten muss sie wieder anhalten. Sie will sich kurz ausruhen und setzt sich neben der Landstraße ins feuchte Gras. Sie beginnt zu frieren und holt sich aus dem Rucksack eine Wolljacke und einen Pullover, den sie als Decke benutzt. „Was mach ich bloß hier? Oh lieber Gott, hilf mir!" Sie weint, sie friert und sie hat Angst. Die Wehen kommen nun regelmäßig und sie ist völlig verzweifelt. Bei der nächsten Wehe schreit sie in die Nacht hinaus. Sie atmet tief und versucht, sich zu entspannen. Leicht beginnt es nun zu regnen, doch Bea bemerkt dies nicht. Erst als der Regen heftiger wird, nimmt sie ihn wahr und jetzt beginnt sie laut zu schluchzen. „Ich muss zurück!", befiehlt sie sich und sie nutzt eine Wehenpause, um auf allen Vieren wieder in die Richtung zu kriechen, von der sie herkam. Inzwischen ist sie nass und friert am ganzen Körper. Bei jeder Wehe hält sie inne und atmet diese weg, um gleich darauf ihren Weg zum Haus kriechend fortzusetzen. Sie ruft um Hilfe, doch alles bleibt ruhig. Sie weiß nicht, wie lange sie gebraucht hat, um bis zur Kreuzung zu kommen, die zum Hof abbiegt. Ihre Haare kleben nass in ihrem Gesicht und eine weitere Wehe lässt sie aufschreien. Sie hat keine Kraft mehr und legt sich auf die Seite. Sie fühlt keine Kälte mehr, keine Nässe und bemerkt auch nicht, dass Azra und Bekir auf sie zukommen.

„Bea ... Bea ..." Azra kniet sich neben die junge Frau und streicht ihr eine nasse Haarsträhne aus dem Gesicht. Bea öffnet die Augen, kann jedoch nichts sagen. Sie streckt nur ihre Hand nach Azra aus. Es folgt eine weitere Wehe. Azra nimmt Beas linke Hand in die ihre und beginnt ruhig und tief zu atmen. Dabei streicht sie Bea mit der anderen Hand über den Rücken. Kaum ist die Wehe vorbei, bedeutet sie ihrem Mann, der bisher nur neben den beiden Frauen stand und ihnen mit seiner Taschenlampe Licht gab, dass Bea ins Haus gehen muss. Er knipst die Taschenlampe aus und lässt sie in seiner Manteltasche verschwinden. Zusammen mit Azra bringen sie Bea auf die Beine und stützen sie links und rechts, während sie auf das Haus zugehen. Kurz vor der Haustür müssen sie anhalten, weil sich eine weitere Wehe anmeldet. Bea schreit wieder. Sie geht in die Knie und Azra und Bekir tun es ihr nach. Jetzt öffnet sich die Tür bei der nahen Hütte und Aylin eilt herbei: „Bea!" Azra gibt Aylin mit Handzeichen zu verstehen, dass sie stehen bleiben soll. „Baby … kommt … jetzt", sagt Azra ruhig. Die Wehe ist vorbei. Bekir und Azra helfen Bea wieder auf die Beine und schaffen es, die junge Frau bis zum Ehebett der beiden zu bringen. Bekir verlässt sofort das Zimmer, als Bea sich auf das Bett gelegt hat und seine Hilfe nicht mehr notwendig ist. Aylin folgt Azra ins Zimmer. „Wasser … heiß …", sagt Azra zu Aylin. Diese ist völlig durcheinander und bleibt einfach stehen. Sie steht vor dem Bett und beobachtet Azra, welche Bea die Schuhe und die Strümpfe auszieht. „Wasser … schnell", sagt Azra nochmals zu Aylin gewandt, doch diese verharrt weiter, unfähig sich zu bewegen. „Aylin!", ruft nun Azra. „Ali rufen." Aylin löst sich aus ihrer Starre und rennt aus dem Zimmer, wo sie gleich in Boris Arme läuft. „Boris, Bea, das Kind …"

„Ali hat es mir schon gesagt. Sein Vater hat ihn geweckt und erzählt, dass sie Bea draußen gefunden haben. Dass sie Wehen hat und das Kind jetzt kommt. Warum war Bea draußen?"

Bevor Aylin etwas antworten kann, kommt Ali auf sie zu und fragt: „Kann ich reingehen?"

„Ja, deine Mutter hat nach dir verlangt."

„Warum war Bea draußen?", fragt Boris noch einmal. Doch jetzt kommt Ali aus dem Zimmer. Er hält ein Bündel nasser Kleider im Arm, welche er Aylin übergibt. „Boris, später. Wir müssen heißes Wasser bringen. Das mach ich. Außerdem brauchen wir Tücher und Decken. Boris, du findest das in diesem Schrank." Er zeigt auf den massiven Holzschrank, welcher in dem Wohnzimmer steht. „Wir müssen uns beeilen. Bea geht es nicht gut."

56

Sie ist völlig durchgefroren und nass. Aylin, bring bitte die nassen Kleider raus und geh dann zu Azra. Sie braucht deine Hilfe."

Aylin schaut auf ihre Faust. Darin befindet sich noch immer der Zettel, den Bea geschrieben hat. Sie war aufgewacht und hat sofort bemerkt, dass ihre Freundin nicht da war. Es brannte eine Kerze und sie hat Beas Zettel gesehen. „Du undankbares Biest", flüsterte sie vor sich hin, während sie den Zettel zerknüllte und schon in eine Ecke werfen wollte, als sie von draußen einen Schrei hörte. Sie zog sich ihren Mantel über das Pyjama, schlüpfte in ihre Schuhe und rannte nach draußen. Diesen Zettel hat sie noch immer in der Hand. *Ich muss diesen Zettel loswerden*, schaltete sie sofort, *und ich muss mit Boris sprechen*. Aylin geht in die Küche, wo Ali eine Pfanne mit Wasser auf den Herd gestellt hat. Sie schmeißt die nassen Kleider über einen Stuhl in der Küche und geht zurück in das Wohnzimmer. Boris ist dabei, in den Schubladen nach Tüchern zu suchen.

„Ich muss kurz mit dir sprechen, Boris", sagt Aylin leise zu ihrem Bruder.

„Was ist?"

„Lies ..." Sie streckt Boris den Zettel hin. Dieser hält kurz mit seiner Suche inne, liest die Zeilen und schaut Aylin mit offenem Mund an.

„Und jetzt?", fragt er. „Was tun wir jetzt? Es ist offensichtlich, dass Bea das Kind behalten will. Warum hast du ihr das nicht ausreden können? Du weißt doch, wie wichtig das ist!"

Ein weiterer Wehschrei von Bea tönt durch das ganze Haus. Die Geschwister von Ali sind aufgewacht, doch Bekir hat sie zurück in ihre Zimmer geschickt.

„Wir tun so, als gäbe es diesen Zettel nicht. Wenn das Kind da ist, wirst du gleich mit Ali losfahren und das Kind mitnehmen ... Wie geplant."

„Und wenn sie uns das Kind nicht gibt?"

„Überlass das mir."

Aylin dreht sich um, steckt den zerknüllten Zettel weg und geht ins Zimmer zu Bea und Azra. Bea liegt inzwischen ausgezogen und zugedeckt im Ehebett von Azra und Bekir. Aylin setzt sich ans Bett und nimmt Beas Hand.

„Ich bin da", sagt sie sanft zu ihrer Freundin. „Ich helfe dir."
„Aylin, es tut so weh ...", haucht Bea völlig geschwächt. „Atme, atme tief und regelmäßig. Du schaffst das schon."

Es hat schon eine Weile zu tagen begonnen. Ali und seine Geschwister sitzen um den Küchentisch, Boris läuft nervös auf und ab und Bekir kommt von dem Wohnzimmer in die Küche. Er hat sich gegen Morgen auf das Sofa im Wohnzimmer gelegt und ist kurz eingeschlafen. Er nimmt sich einen Tee und setzt sich zu seinen Kindern an den Tisch. Niemand spricht ein Wort. Ab und zu hören sie Beas Schreie. Ali und Boris haben während der ganzen Nacht den Frauen gebracht, was diese verlangt haben, sind jedoch nicht ins Zimmer gegangen. „Wann ist das endlich vorbei", sagt Boris vor sich hin, „das ist ja nicht mehr zum Aushalten!" In diesem Moment kommt Aylin in die Küche gerannt. „Es ist ein gesundes Mädchen!" Zu Ali gewandt sagt sie: „Wir brauchen noch mal Wasser, bitte."

Ali übersetzt seiner Familie die frohe Botschaft und die Kinder beginnen zu jubeln. „Wie geht es Bea?", fragt Ali, während er zum Herd geht, um neues Wasser abzufüllen.

„Nicht so gut. Ich glaube, sie hat Fieber ..." Aylin senkt den Kopf.

„Schlimm?", will Boris wissen.

„Ich glaub schon."

Ada, die Kleinste, steht auf und stürmt an Boris und Aylin vorbei zu ihrer Mutter. Boris und Aylin folgen ihr, bleiben aber an der Tür stehen. Während Ada das winzige Baby bestaunt, wirft Azra ihnen einen sorgenvollen Blick zu. Sie erklärt Boris, dass Bea sehr krank ist.

„Was sagt sie?", will Aylin wissen.

„Bea hat hohes Fieber. Sie schläft jetzt. Azra macht sich große Sorgen. Wir sollen kalte Wickel bringen ..."

Nun kommt Ali mit dem heißen Wasser, geht an Boris und Aylin vorbei und stellt es in das Zimmer. Er nickt, als seine Mutter mit ihm spricht, und verschwindet wieder. Boris folgt ihm in die Küche, während Azra Aylin winkt, sie solle hereinkommen.

Aylin zögert. Sie möchte mit Boris sprechen, doch Ada kommt zu ihr, nimmt ihre Hand und zieht sie ins Zimmer zum Bett. Bea hat Schweißtropfen auf der Stirn und sie flüstert Unverständliches vor sich hin. Die Augen hat sie geschlossen. Azra steht auf, drückt Aylin den nassen Waschlappen in die Hände und bedeutet ihr, sich neben Bea aufs Bett zu setzen und ihre Stirn weiterhin zu kühlen. Aylin tut mechanisch, was Azra ihr aufgetragen hat. Plötzlich spürt sie, wie ihr Herz schneller schlägt. Sie atmet ein paar Mal tief ein und aus, doch sie kann ihre Tränen nicht mehr zurückhalten. „Arme Bea …", sagt sie leise. „Das wollte ich doch nicht. Bitte stirb jetzt nicht." Aylin fühlt sich schuldig. Wegen ihr ist Bea davongelaufen. Wegen ihr ist sie jetzt krank und stirbt vielleicht. Sie fasst in ihre Manteltasche und spürt den zerknitterten Zettel in ihrer Hand. Sie überlegt, ob sie Azra davon erzählen soll. Bea stöhnt auf und dreht den Kopf. Doch sie wird nicht wach und bleibt weiter in ihren Fieberträumen. Aylin streichelt ihr den Kopf und schaut sich im Zimmer um. Durch einen Tränenschleier sieht sie, wie Azra und Ada das Baby waschen und es in Tücher wickeln. Das Baby ist ruhig und lässt alles mit sich geschehen. Als sie es in die hergerichtete Wiege legen, schläft es bald ein. Fahles Licht dringt durch die Fenster und Aylin nimmt die Umrisse der Möbel wahr. Auf dem bunt gewobenen Teppich liegt ein Haufen mit Tüchern und Laken, welche teilweise blutige Flecken aufweisen. Alles kommt ihr unwirklich vor.

Ali kommt ins Zimmer und bringt ein Becken mit Wasser, das nach Essig riecht. Außerdem hat er aufgeschnittene Kartoffeln dabei. Azra nimmt ihm das Wasser und die Kartoffeln ab und schiebt ihn wieder aus dem Zimmer. Ali schaut zu Aylin. Doch diese nimmt ihn kaum wahr. Aylin beobachtet, wie Azra die aufgeschnittenen Kartoffeln auf die Fußsohlen von Bea legt und in Essigwasser getränkte Tücher darum bindet. Aylin bleibt neben Bea sitzen, kann sich kaum rühren und die Tränen laufen ihr über die Wangen. Sie spürt, wie Azra sich neben sie setzt. Azra spricht leise auf sie ein, doch sie versteht kein Wort. Trotzdem beruhigt sie sich. Ada kommt ebenfalls zu ihr und setzt sich auf ihren Schoß. Eine kurze Weile bleiben sie alle an Beas Bett sitzen. Dann steht Azra auf und sagt etwas zu Ada, welche sich vom Schoß erhebt und Aylin mit sich zur Tür zieht. Aylin schaut nochmals zu ihrer Freundin und lässt sich von Ada aus dem Zimmer führen.

„Wie geht es ihr?" Boris ist inzwischen allein in der Küche. Die Kinder sind zur Schule gegangen, Bekir und Ali flicken draußen an einem alten Auto herum.

„Sie schläft. Sie hat hohes Fieber ... Ich habe Angst, dass sie stirbt." Aylin beginnt wieder zu weinen und Boris tröstet sie.

„Azra wird ihr helfen können. Ali hat mir erzählt, dass sie schon vielen Kranken geholfen hat."

„Ich hoffe es. Boris, das wäre alles nicht passiert, wenn ich auf Bea gehört hätte. Sie wollte das Kind behalten. Ich hätte ihr das nicht ausreden dürfen." Boris seufzt. „Ja, vielleicht ... Ich bespreche das mit Ali."

„Und dann?"

Boris lässt Aylin los und zuckt mit den Schultern. „Ich hau ab. Ich komme mit euch in die Schweiz, zu Mamma."

„Wir könnten Mamma alles erzählen. Ich bin sicher, sie wird uns helfen. Sie wird der Familie Solak Geld schicken. Sie wird unserem Onkel nichts sagen, sie ..."

Boris überlegt sich kurz, was wohl geschehen würde, wenn er einfach außer Landes verschwände, ohne seine Schulden zu begleichen.

„Nein – das geht nicht", meint Boris zu Aylin. „Die würden mich finden. Und sie werden dir oder Mamma etwas antun, wenn ich nicht zahle. Ich geh besser nach Deutschland. Ich kenne da ein paar Leute."

Aylin und Boris schweigen. Azra kommt in die Küche und schaut die beiden Geschwister finster an. Sie hebt ihren Zeigefinger und redet auf Boris ein. Danach dreht sie sich um und verlässt die Küche.

„Was?", fragt Aylin.

„Sie hat mir gesagt, dass Bea gesund werden wird. Sie sei jung und stark. Wir sollen sie und das Kind jetzt schlafen lassen. Das Kind bleibt bei seiner Mutter und wir sollen es nicht wagen, sie jetzt zu stören."

„Was erlaubt die sich!" Aylin ist empört. Immerhin ist das ihre Freundin und sie lässt sich bestimmt nicht von einer alten Bäuerin in diesem Ton sagen, was sie tun soll und was nicht.

„Komm runter! Eben haben wir uns selber Gedanken darüber gemacht. Sie hat doch recht."

„Ob sie recht hat oder nicht, interessiert mich aber nicht. Ich mag es nicht, wenn sich andere in meine Angelegenheiten mischen." Aylins Kampfgeist ist wieder erwacht und ihr schlechtes Gewissen Bea gegenüber verflogen.

„Ich hab mich mitreißen lassen. Bea hat mir so leidgetan. Doch einer muss ja schließlich vernünftig bleiben!"

„Was meinst du damit?"

„Ich meine, dass du jetzt zu Ali gehst und ihm sagst, dass ihr heute noch nach Istanbul fahrt ... Mit dem Kind!"

„Aber Bea ..."

„Bea wird wieder gesund. Das hast du doch gehört. Sie wird mir dankbar sein, dass ich stark geblieben bin. Wir haben das ganze Leben noch vor uns und ein Baby ist nicht gerade hilfreich in diesem Alter und unter diesen Umständen. Sie wird das begreifen."

Boris nickt, dreht sich um und geht zu Ali. Aylin ist jetzt alleine in der Küche. Sie setzt sich an den Tisch und gießt sich Tee ein, der noch vom Frühstück übrig ist. Azra kommt herein, sieht Aylin kurz an und geht an ihr vorbei zu Bea. Nach kurzer Zeit kommt sie zurück. Sie zeigt Aylin mit den Händen, dass Bea noch schläft, und geht wieder nach oben. *Ich tu das Richtige*, denkt Aylin und bleibt am Tisch sitzen. Sie überlegt, wie sie das Baby aus dem Zimmer bringen kann, ohne dass Azra etwas davon bemerkt. Eigentlich ist es ganz gut, dass Bea nun so fiebrig ist. Das sollte das Ganze einfacher machen. Heute ist Montag. Am Nachmittag wird Azra ins Dorf gehen; sie hilft dort im Dorfladen aus, seit ihre Kollegin sich vor vier Wochen ein Bein gebrochen hat. Diese Zeit müssen sie nutzen, um das Baby wegzubringen. Azra darf nur keinen Verdacht schöpfen. Am besten wird sein, wenn sie sie glauben macht, dass das Kind bei Bea bleiben soll.

Vielleicht wäre es dann gut, wenn sie noch etwas warten? In einer Woche gehen sie von hier fort. Sie haben für zwei Nächte ein Hotelzimmer in Istanbul reserviert, von wo sie dann am dreizehnten Dezember zurück in die Schweiz fliegen. Da Bea jetzt krank ist, wird sie ihr Baby nicht groß versorgen können und es spielt keine Rolle, dass sie sie im Glauben lässt, das Kind behalten zu können. Man müsste also nur den Eltern aus Deutschland, welche das Kind gekauft haben, mitteilen, dass die Kinderübergabe am elften Dezember stattfinden wird. Das sollte kein Problem sein, denn die Eltern kommen morgen in Istanbul an und haben geplant, zwei Wochen zu warten. Schließlich können Geburten nicht terminiert werden. Je länger Aylin darüber nachdenkt, desto zufriedener ist sie mit der Situation. Wäre Bea jetzt nicht krank, müssten sie jetzt sofort handeln – aber so haben sie genügend Zeit.

Aylin steht auf und geht zu Bea. Das Kind schläft. Auch Bea ist noch nicht aufgewacht. Sie stellt sich an die Wiege und betrachtet das kleine Mädchen. Es liegt auf der Seite. Seine vielen dunklen Haare stehen ihm vom Kopf ab. Die Haut ist rosig und die Augen scheinen geschwollen. Aylin fragt sich, was die Menschen an einem so kleinen Ding so süß finden. Eigentlich sieht es eher hässlich aus, denkt sie.

In diesem Moment betritt Azra das Zimmer. Aylin dreht sich um und schenkt ihr ein entzückendes Lächeln. Sie zeigt auf das Baby und sagt: „Schön." Azra tritt neben sie und streicht dem kleinen Wesen über den winzigen Kopf. Dabei nickt sie und lächelt ebenfalls. Für sie ist die Geburt eines Kindes immer wieder ein Wunder. Sie ist froh, dass das kleine Mädchen gesund ist und vor allem, dass es der Mutter wieder besser geht. Das Fieber ist etwas gesunken und Beas Schlaf ist ruhiger als noch vor einer Stunde. Offensichtlich zeigen die Kartoffeln und das Essigwasser Wirkung.

Azra sagt zu Aylin: „Sitzen." Aylin setzt sich an das Fußende des Bettes, ohne Bea zu wecken. Azra nimmt das kleine schlafende Geschöpf aus der Wiege und legt es Aylin in die Arme. Diese will sich erst wehren, doch schließlich hält sie das Mädchen im Arm und lächelt Azra zu. Sie hofft, dass nun ein Glücksgefühl durch ihren Körper geht – doch es geschieht nichts dergleichen. Sie findet das kleine Ding noch immer nicht entzückend und möchte es lieber wieder in die Wiege zurücklegen, weshalb Aylin mit dem Baby im Arm aufsteht und zur Wiege geht. Azra stellt sich ihr in den Weg und nimmt ihr das Mädchen ab. Aylin hat das Gefühl, dass in ihrem Blick etwas Verächtliches ist, doch vielleicht täuscht sie sich. Azra legt das Kind zurück in die Wiege. Gemeinsam gehen sie aus dem Zimmer zurück in die Küche. Dort beginnt Azra Kartoffeln zu schälen und reicht Aylin ein Messer, damit sie es ihr nachtut. Boris kommt herein.

„Ah, gut, dass du da bist, Boris. Bitte sage Azra, wir haben eingesehen, dass das Kind nicht von der Mutter weggenommen werden kann …"

„Ich verstehe nicht. Hast du deine Meinung geändert?"

„Nein – ich erkläre dir das später. Jetzt ist es wichtig, das Azra denkt, wir haben es uns anders überlegt. Los, sag ihr das!"

Boris wendet sich an Azra und übersetzt, was seine Schwester ihn geheißen hat. Aylin beobachtet, wie sich Azras Gesicht erhellt und sich ein Lächeln um ihren Mund abzeichnet. Dabei nickt sie mehrmals und widmet sich wieder den Kartoffeln. „Gut. Korrekt", sagt sie zu sich selber.

„Nun sag ihr bitte noch, dass ich schnell rausgehe, aber gleich wiederkomme." Aylin ist schon aufgestanden, während ihr Bruder Azra informiert.

Kaum sind sie draußen, fragt Boris: „Was läuft denn jetzt? Ich habe mit Ali abgemacht, dass wir heute Nachmittag fahren. Das hat er auch schon mit seinem Vater besprochen. Sein Vater ist froh, wenn das alles vorbei ist." Bekir hat dieser Vereinbarung zwar zugestimmt und seine Anzahlung angenommen, doch seine Frau hat ihm in den letzten Wochen das Leben ganz schön schwer gemacht, weil sie keine Notwendigkeit sah, dieses Kind wegzugeben. Die Mutter ist zwar jung und nicht verheiratet, aber sie ist gesund.

„Ich habe mir überlegt, dass es doch besser ist, wenn wir Bea im Glauben lassen, dass sie das Kind behalten kann. Am nächsten Montag fahren wir wie geplant nach Istanbul. Wir haben ja unser Zimmer im Hotel Rox schon gebucht. Ali soll diesen Leuten dort mitteilen, dass wir das Baby am Montag bringen. Die Eltern reisen ja morgen an und müssen halt bis Montag warten. Das kann kein Problem sein, denn wenn das Kind später auf die Welt gekommen wäre, hätten sie ja auch warten müssen. Ali soll seinem Vater sagen, dass der Deal geplatzt ist und Bea das Kind behält. Die Anzahlung von 2000 Mark kann er behalten. Er soll ihm auch sagen, dass wir ihm nochmals 2000 Mark geben werden, am Montag, bevor wir abreisen ... Für seine Gastfreundschaft. Was hältst du davon?"

„Woher sollen wir die 2000 Mark nehmen? Meinst du, Bekir glaubt das? Der weiß doch auch, dass wir nicht so viel Geld haben."

„Wir sagen ihm, dass wir auch einen Vorschuss bekommen haben und dass dieser Vorschuss nicht zurückbezahlt werden muss. Vertraglich geregelt. Risiko der Eltern. Kann immer mal wieder vorkommen, dass eine Mutter ihr Kind dann doch behält. Es könnte ja auch sein, dass dem Kind etwas zustößt ... Jedenfalls sei die Vorschusszahlung so geregelt. Wir möchten ihm unseren Anteil geben, weil wir hier wohnen durften. Das ist doch anständig."

„Ja, schon. Aber woher nehmen?"

„Kann Ali das vorschießen? Er bekommt es ja am Montagabend, wenn wir das Baby bringen, wieder zurück."

„Ich weiß nicht, ob er so viel Geld besitzt."

„Dann klär das bitte mit ihm. Sonst bringt er das Geld halt, wenn er wieder nach Hause kommt. Dann soll er dies seinem Vater so sagen."

„Und wie willst du Bea am Montag erklären, dass ihr Baby doch nicht bei ihr bleiben soll?"

„Gar nicht."

„Du willst es ihr stehlen?"

„Das tönt ja kriminell! Ich tue einfach das, was das Beste für sie und ihr Kind ist. Lass das nur meine Sorge sein."

„Ich weiß nicht ..."

„Ich schon! Geh jetzt zu Ali. Ich gehe zurück zu Azra in die Küche."

Nach zwei Tagen ist Bea so weit genesen, dass sie wieder ab und zu aufstehen kann. Sie ist noch sehr müde und schwach, doch sie hat kein Fieber mehr. Azra umsorgt sie wie eine eigene Tochter und freut sich sehr darüber, dass die junge Frau so schnell wieder gesund geworden ist. Sie gibt ihr immer wieder die Kleine und hilft ihr, sie zum Trinken anzusetzen. Doch bis jetzt hat dies nicht gut geklappt. Das Baby hat oft Hunger und schreit, weshalb Azra abgepumpte Muttermilch von einer Frau im Dorf organisiert hat.

Bea ist sehr still. Sie scheint in einer Art Traumwelt gefangen zu sein und reagiert nur zögerlich, wenn sie angesprochen wird. Meist sitzt oder liegt sie im Bett in der Hütte, die Kleine in der Wiege neben sich. Wenn die Kleine schreit, holt sie sie aus der Wiege und hält sie im Arm, wo sie sie leicht wiegt. Azra kommt regelmäßig bei ihr vorbei, wickelt die Kleine, wäscht sie und gibt ihr die Milch, die sie täglich vom Dorf holt. Bea schaut nur zu. Azra versucht immer wieder, Bea zum Mitmachen zu ermuntern, doch bis jetzt ist Bea daran nicht interessiert. Aylin versucht Bea aus dem Weg zu gehen, was Bea jedoch gar nicht bemerkt.

Am Samstagmorgen bleibt Aylin nach dem Aufstehen in der Hütte und beginnt zu packen. Bea liegt noch immer im Bett und schaut aus dem Fenster. Die Kleine schläft. Azra war bereits um vier Uhr da und hat ihr das Fläschchen gegeben. Aylin hat sich daran gewöhnt, dass Azra zu jeder Tages- und Nachtzeit in die Hütte kommt, um nach Bea und der Kleinen zu sehen. Sie ist froh, dass Azra dafür sorgt und sie sich nicht um das Baby kümmern muss.

„Weißt du schon, wie sie heißen soll?"

Bea reagiert nicht und schaut weiterhin aus dem Fenster.
„Bea." Aylin setzt sich neben sie aufs Bett und nimmt ihre Hand.
„Schau mich an, Bea."
Bea dreht den Kopf zu Aylin.
„Weißt du schon, wie dein Baby heißen soll?"
„Anna."
„Das ist ein ... schöner Name. Was werden wohl deine Eltern sagen?"
„Wozu?"
„Dass du mit einer kleinen Tochter nach Hause kommst."
„Sie werden sich freuen."
Aylin merkt, dass mit Bea noch immer kein Gespräch möglich ist. Langsam macht sie sich Sorgen um ihren Zustand. Das kann doch nicht daran liegen, dass sie krank war? Sie ist völlig abwesend und scheint meist nicht mitzukriegen, was um sie herum passiert. Nicht einmal das Kind – Anna – kann sie aus ihrer Lethargie bringen. Sie hofft, dass Bea bald wieder zu sich findet.
„Bea, komm, steh auf. Wir sollten packen. Übermorgen fahren wir nach Istanbul. Magst du aufstehen?"
„Ich bin so müde."
Es klopft an die Tür. Boris will Aylin mit ins Dorf nehmen.
„Komm rein, Boris." Und zu Bea: „Schau, Boris besucht uns."
„Hallo Boris", haucht Bea und dreht sich im Bett um.
„Hey Bea, wie geht es dir? Und deiner Kleinen?"
„Anna", sagt Aylin, „sie soll Anna heißen."
„Anna ist ein sehr schöner Name, Bea. Sie ist ein hübsches Kind. Bald werdet ihr nach Hause gehen. Freust du dich?" Boris geht zur Wiege und schaut die keine Anna an. Bea antwortet nicht. „Sie ist wirklich hübsch."
„Aylin, kommst du nun mit?"
„Nein", antwortet Aylin, „heute nicht. Ich fang' schon mal an zu packen. Außerdem möchte ich gerne mal Azra fragen, ob das normal ist, wie Bea sich verhält ... Kannst du nicht bitte da sein, wenn Azra kommt? Und übersetzen? Ich mache mir langsam Sorgen um Bea."
„Okay, kein Problem. Wann kommt sie?"

„Sie müsste bald da sein." In diesem Moment klopft es wieder an der Tür und Azra tritt ein. Sie klopft jeweils kurz an der Tür, wartet dann aber nicht, bis ihr geöffnet wird. Azra begrüßt sie flüchtig und geht direkt zur Wiege. Anna schläft noch, weshalb Azra nun zu Bea ans Bett geht. Doch diese ist in der Zwischenzeit auch wieder eingeschlafen.

Boris spricht sie an: „Azra, weißt du, was mit Bea ist?" Azra zuckt mit den Schultern. Sie erklärt Boris, dass die Geburt für Bea wohl sehr anstrengend war. Sie glaube, Bea sei verwirrt. Sonst hätten sie sie ja nicht draußen gefunden, als die Wehen begannen, und ihren Rucksack etwa fünfzig Meter die Landstraße hinauf. Sie meint, dass dies bestimmt schnell besser werde und man nun einfach Geduld brauche. Boris übersetzt. Azra will wissen, wer für das Kind sorgt, wenn sie am Montag nach Istanbul gehen. Sie bietet den beiden an, mitzukommen und nach der Kleinen zu schauen, bis sie abfliegen.

„Mitkommen? Nein, das geht nicht. Sag ihr, dass ich mich freue, wenn sie mir zeigt, wie man die Kleine wickelt und so. Dann mach ich das halt. Aber sie kann nicht mitkommen."

Boris dankt Azra für ihr Angebot, lehnt aber ab. Er fragt sie, ob sie Aylin alles zeigen kann. Außerdem erzählt er ihr, dass die Kleine Anna heißen soll.

„Anna", sagt Azra und geht wieder zur Wiege. Sie lächelt das schlafende Kind an und streichelt ihm über den Kopf. „Anna". Danach wendet sie sich an Aylin: „Anna, gut." Seit Azra nun weiß, dass das Kind bei der Mutter bleibt, ist sie auch zugänglicher gegenüber Aylin und ist natürlich damit einverstanden, ihr alles zu zeigen. Sie scheint sich zu freuen, dass Aylin nun bereit ist, anstelle von Bea Anna zu versorgen.

Früh am Montagmorgen heißt es Abschied nehmen. Bea ist noch immer nicht ganz bei sich. Sie lässt sich von allen drücken und küssen, doch es scheint, dass sie gar nicht weiß, weshalb. Sie steigt ins Auto, wo all ihr Gepäck schon verstaut ist. Aylin hat mehrheitlich alles selber gemacht und außerdem mit Azra Anna gewickelt und gefüttert. Sie ist froh, dass diese Zeit nun zu Ende geht, denn lange hätte sie das nicht mehr durchgehalten. Azra trägt Anna auf den Armen und kann sich kaum von dem kleinen Mädchen trennen. Schließlich gibt sie es Bea auf den Schoss und streicht beiden nochmals über den Kopf. Dabei kann sie ihre Tränen nicht zurückhalten. Sie hat für Anna eine Tasche vorbereitet mit Stoffwindeln, Tüchern und für zwei Tage abgepumpte Milch. Aylin musste ihr versichern, dass sie sich um Flaschennahrung kümmert, sobald sie in Istanbul angekommen sind. Es dauert fast eine halbe Stunde, bis sich alle verabschiedet haben und sie endlich losfahren können.

Die nächsten zwei Stunden spricht niemand ein Wort. Bea hält Anna im Arm und wendet ihren Blick nicht ab vom schlafenden Kind. Aylin ist sehr müde und versucht, im Sitzen etwas zu schlafen. Boris und Ali sind ebenfalls ruhig und konzentrieren sich auf die Straße und den Verkehr. Dann wacht Anna auf.

„Können wir kurz anhalten? Anna ist aufgewacht." Aylins Stimme klingt verschlafen.

„Wir haben noch etwa neun Stunden Fahrt vor uns, muss das sein?" Boris dreht sich vom Beifahrersitz nach hinten.

„Ja, das muss sein. Sie wird gleich anfangen zu schreien", sagt Aylin. Auch wenn sie erst seit zwei Tagen die Babypflege mit Azra übernommen hat, hat sie ein gutes Gefühl für die Kleine entwickeln können.

„Wenn wir alle zwei Stunden anhalten müssen, dann wird es Mitternacht, bis wir in Istanbul sind!", mault Boris.

„Dann warten wir, bis sie schreit." Aylin hat keine Lust, Boris und Ali vom Anhalten zu überzeugen. Anna verhält sich noch eine ganze Zeit ruhig, während Bea sie sanft wiegt.

Nach weiteren dreißig Minuten ist es dann vorbei mit der Ruhe.

„Wir sollten jetzt anhalten." Bea schaut von Anna auf. Aylin erschrickt beinahe, weil ihre Freundin gesprochen hat.

„Hast du gehört, Ali? Bea sagt, wir sollen anhalten. Also halt jetzt an!" Aylin wendet sich Bea zu: „Sie hat Hunger."

„Ja, und sie sollte gewickelt werden."

Kurz danach hält Ali den Wagen vor einem kleinen Lokal an. „Okay, machen wir eine kurze Pause", meint Ali, „gehen wir etwas trinken."

„Aylin, hilfst du mir mit Anna?" Aylin ist noch immer erstaunt, dass Bea offensichtlich aus ihrer Lethargie erwacht ist.

„Klar!"

Nach weiteren zehn Stunden erreichen sie Istanbul. Sie haben jeweils nur kurze Pausen gemacht und Ali und Boris haben sich beim Fahren abgewechselt. Es ist 19.30 Uhr, als Boris den Wagen vor dem Hotel Rox parkiert. Bea zeigt wieder Interesse am Geschehen und sie hat sich mit Aylin fast während der ganzen restlichen Fahrt unterhalten. Sie sprach über die Zukunft, und wie nun alles werden wird, doch sie verlor kein Wort über die Geburt und die nachfolgenden Tage. Aylin forderte sie auch nicht dazu auf und war froh, dass es ihrer Freundin wieder besser ging.

Einmal fragte sie, wie wohl Anna zu einem Flugticket kommen solle. Bea reagierte etwas verstört und Aylin beschloss, sie nicht damit zu belasten. „Wir schmuggeln Anna ins Hotel und besprechen morgen, wie wir das machen, okay?" Bea ist damit einverstanden und nach einer kurzen Pause redet sie wieder über ihre Ideen, wie sie zusammen mit ihren Eltern für Anna da sein will. Sie scheint keine Sekunde daran zu denken, dass ihre Eltern nicht damit einverstanden sein könnten. Doch dieses Verhalten kennt Aylin von ihrer Freundin: Bea ist eine unverbesserlich optimistische Träumerin. Das gefällt ihr auch so an ihr. Sie selber steht immer mit beiden Beinen auf dem Boden. Bea ist wie eine Inspiration für sie. Auch wenn sie die Vorstellungen ihrer Freundin manchmal schon fast zum Verzweifeln gebracht haben, sie mochte das.

Es ist kein Problem, Anna ins Hotelzimmer zu schmuggeln. Das Hotel verfügt über etwa fünfzig Zimmer, welche zweckmäßig und sauber eingerichtet sind. Es liegt in der Nähe des Flughafens und die Hotelgäste logieren oft nur ein bis zwei Tage dort. Es gibt viele internationale Gäste und Bea und Aylin fallen niemandem besonders auf. Boris und Ali parkieren das Auto und wollen sich später mit Bea und Aylin in der Hotelhalle treffen. Zuerst checken die Freundinnen jedoch ein und bringen Anna und ihr Gepäck aufs Zimmer.

Im Hotelzimmer schmeißen sie ihre Rucksäcke in eine Ecke, legen Anna in die Mitte des breiten Bettes und gesellen sich, links und rechts von Anna, zu ihr. Sie sind eine Weile ganz still und betrachten das schlafende Kind. Während Aylin noch immer überlegt, wie dieses kleine Geschöpf in wenigen Stunden aus diesem Zimmer verschwinden soll, am besten ohne Aufsehen, und Boris und Ali es in ein anderes Hotelzimmer bringen werden, wo es von seinen zukünftigen Eltern und einem Vermittler erwartet wird, kommt ihr der Zufall zu Hilfe.

„Ich bin geschafft!", seufzt Bea. „Ist es okay für dich, wenn ich jetzt kurz runtergehe und mich von Boris und Ali verabschiede und du in dieser Zeit nach Anna schaust? Ich möchte sie nicht alleine wissen, und mitnehmen will ich sie auch nicht. Ich komm' dann gleich wieder rauf, und lös' dich ab. Ich bin sehr müde und wäre froh, wenn ich dann gleich mit Anna schlafen gehen könnte. Ich verstehe aber, wenn du noch etwas länger bleiben willst, um dich von deinem Bruder zu verabschieden."

Aylin antwortet nicht sofort. Ihr Gehirn läuft auf Hochtouren. Natürlich! So geht's!

„Das ist eine gute Idee. Ich verstehe, dass du müde bist. Bin ich zwar auch, doch du hast recht: Ich sollte heute Abend noch etwas Zeit mit Boris verbringen. Sie wollen ja noch etwas essen und dann vier bis fünf Stunden im Auto schlafen, bevor sie nach Ankara zu meinem Onkel aufbrechen. Ich gehe dann also noch mit den beiden etwas essen. Es wird wohl nicht so spät ..."

„Egal. Mach ganz, wie du willst. Wenn ich raufkomme, versorg' ich noch Anna und schlaf' dann gleich mit ihr. Spätestens um einundzwanzig Uhr bin ich eh abgetaucht." Bea lacht. „Schließlich wird Anna mich so um vier Uhr wieder wecken." Bea beugt sich über Anna, gibt Aylin einen Kuss auf die Stirn und danach Anna, steht auf und verabschiedet sich: „Tschüss ihr Süßen. Bis gleich."

Das Licht fällt schon schal durchs Fenster, als Bea aufwacht. Sie öffnet die Augen und weiß im ersten Moment gar nicht, wo sie ist. Die Umgebung scheint ihr fremd. Sie schaut sich um. Aylin liegt neben ihr auf dem Bett und schläft noch tief. Plötzlich erinnert sie sich und schreit auf. „Aylin, Aylin, wach auf!" Sie rüttelt ihre Freundin heftig an den Schultern. „Anna ist weg!" Schnell ist sie aufgestanden und schaut sich überall im Zimmer um. Aylin ist nun auch wach, steht auf und geht zu Bea. Sie hält sie fest an beiden Unterarmen und zwingt sie, ruhig zu stehen. „Bea, ich muss mit dir reden. Beruhige dich und setz dich aufs Bett." Ihre Worte sind eindringlich und dulden keine Widerrede. Bea atmet schwer, gehorcht jedoch und setzt sich.

Sie schaut Aylin erwartungsvoll und mit weit aufgerissenen Augen an.

„Ich habe Anna weggebracht."

„Du lügst!", platzt es aus Bea heraus. „Du lügst! Wo ist Anna? Ich will mein Kind wiederhaben!"

„Nein, ich lüge nicht. Ich habe Anna gestern Nacht geholt und sie Boris und Ali gegeben, damit sie sie zu ihren Adoptiveltern bringen können."

„Warum? Warum hast du das getan?" Beas Stimme zittert. Noch immer atmet sie heftig. Sie versucht, sich an den letzten Abend zu erinnern. Sie hat Anna gewickelt, gefüttert und sie neben sich auf Bett gelegt. Die Kleine ist bald eingeschlafen. Sie betrachtete ihr schlafendes Kind noch eine ganze Weile und hielt ihre kleinen Händchen. Sie war so glücklich. Glücklich, dass sie hier in diesem Hotelzimmer war. Glücklich, dass sie bald zu Hause war, bei ihren Eltern und dankbar, dass sie alles überstanden hatte. Seit sie vor wenigen Tagen weggelaufen war, fühlte sie sich bis gestern Nachmittag wie gefangen in einer Seifenblase. Sie wusste nicht, wie sie von der Straße ins Haus gekommen war, und konnte sich nur wie durch einen Schleier an die Geburt von Anna erinnern. Sie erinnerte sich an das

Bett von Azra, an blutige Laken, an Essiggeschmack und sie hatte jedes Gefühl für Zeit und Ort verloren. Durch das Fieber schlief sie nicht tief und die Realität um sie herum mischte sich mit ihren Träumen. Als das Fieber weg war, fühlte sie sich wie in einer anderen Welt und alles schien nur wie durch Watte an sie heranzukommen. Sie war unfähig, sich an einem Gespräch zu beteiligen und dieses Baby, welches ihr immer wieder in die Arme gegeben wurde, war ihr fremd. Sie wusste nicht, warum sie immer wieder dieses Baby halten sollte. Warum sie diesem Kind einen Namen geben sollte. Sie war sehr erschöpft und tauchte nach kurzem Wachsein immer wieder in den Schlaf. Als sie gestern im Auto saß, die Landschaft an ihr vorbeizog, Anna im Arm, drang sie nach und nach wieder in die reale Welt ein. Sie begriff, dass das Kind auf ihrem Arm ihr Kind ist und sie auf dem Weg nach Hause sind, zu ihren Eltern. Sie verstand, dass Aylin ihren Wunsch, das Kind zu behalten, akzeptierte, und fühlte sich, wie wenn sie endlich aus einem Albtraum aufgewacht sei.

Bea spürt, wie ihre Augen zu brennen beginnen und sie kann die Tränen nicht zurückhalten.
„Bea, als ich gestern mit Boris und Ali noch zusammen war, haben wir uns Gedanken darüber gemacht, wie die kleine Anna morgen nach Zürich fliegen soll. Wir haben kein Ticket für sie. Wir haben keine Geburtsurkunde, keinen Ausweis. Wie sollten wir beweisen, dass dies dein Kind ist?"
„Das hätten wir schon geschafft! Du hast gesagt, dass wir das heute regeln werden. Du willst jetzt nicht sagen, dass du meine Anna weggegeben hast, weil wir kein Flugticket für sie haben!"
Bea spürt, wie Wut in ihr aufkommt. „Was glaubst du eigentlich, wer du bist? Du hast mein Kind gestohlen! Ich hasse dich!"
Aylin versucht wieder, Bea zu beruhigen und setzt sich neben sie aufs Bett. Doch Bea steht sofort auf. „Fass mich nicht an!" Sie läuft zu ihren Kleidern, welche sie gestern Nacht über den Stuhl gelegt hat und schlüpft in den warmen Rock, den sie von Azra bekam, als ihr ihre Kleider zu eng geworden waren. Jetzt

hängt der Rock an ihrem Körper herunter, doch in ihre Jeans passt sie noch nicht rein.

„Was willst du jetzt machen?", fragt Aylin und steht ebenfalls auf.

„Ich gehe zur Polizei. Du hast mein Kind gestohlen!"

„Mach keinen Fehler, Bea. Du bringst uns alle in Schwierigkeiten."

„Glaubst du, dass mich das interessiert?"

Aylin stellt sich Bea in den Weg: „Du gehst jetzt bestimmt nicht zur Polizei! Was willst du denen sagen? Du kannst kein türkisch, und selbst wenn, sagst du ihnen, dass du aus der Schweiz kommst, hier in der Türkei in den Ferien warst und ein Kind auf einem abgelegenen Bauernhof geboren hast? Die stecken dich in die Klapse oder nehmen dich wegen Drogenkonsum fest." Aylin hat sich vor der Zimmertür aufgebaut. Sie hat nicht vor, Bea aus dem Zimmer gehen zu lassen. Wenn ihre Freundin tatsächlich zur Polizei geht und angehört wird, könnte das sehr schwierig werden.

„Lass mich raus!"

„Nein!"

„Du lässt mich jetzt sofort gehen oder ich schrei das ganze Hotel zusammen!"

„Nein, du bleibst hier!"

Bea versucht, an Aylin vorbeizukommen und die Tür zu öffnen. Sie schäumt vor Wut. Sie hebt ihre Hand und knallt sie ihrer Freundin ins Gesicht. „Geh weg", ruft sie. Jetzt reicht es Aylin. Sie bekommt Bea an den Schultern zu fassen und schiebt sie zurück ins Zimmer, bis zum Bett, wo sie sie mit einem kräftigen Stoß aufs Bett schubst.

„Hör jetzt auf, dich wie ein kleines Kind zu verhalten!", schreit Aylin. Bea erschrickt und ihre Wut ist sofort weg. Sie beginnt zu weinen und schluchzt immer wieder den Namen ihrer Tochter. Aylin wartet kurz, und als sie merkt, dass Bea nicht mehr weglaufen will, setzt sie sich zu ihr aufs Bett. Vorsichtig streckt sie die Hand nach Bea aus, um ihr über den Kopf zu streicheln. Bea lässt sie gewähren.

„Bea, bitte hör mir zu. Ich habe das für dich getan. Es war kein leichter Entscheid, glaub mir bitte. Als ich gestern ins Zimmer kam, habt ihr beide selig geschlafen. Ich brachte es fast nicht übers Herz, Anna wegzunehmen. Ich habe hin und her überlegt ... und ich kam zum Schluss, dass ich handeln musste. Du warst die letzten Tage überhaupt nicht ansprechbar. Dann hast du im Auto über eine wunderbare Zukunft mit Anna gesprochen, bist mir aber völlig ausgewichen, wenn ich dich fragte, wie wir das anstellen sollen, Anna über die Grenze nach Hause zu bringen. Ich hatte das Gefühl, dass du dir gar nicht bewusst warst, was die Heimkehr mit Anna bedeutet. Ich musste handeln. Es tut mir sehr leid und ich verstehe, dass du traurig bist. Doch bitte denk vernünftig. Anna ist jetzt bei ihren Adoptiveltern, welche gut für sie sorgen werden. Ach Kleines!"

Aylin umarmt Bea und streichelt ihr weiter über den Kopf. Bea fühlt sich starr an, wie schockiert. Doch Aylin ist sicher, dass Bea diesen Schock überwindet und mit ihnen beiden alles wieder wie früher werden wird. Eine ganze Weile sitzen die Freundinnen auf der Bettkante und sprechen nicht mehr. Dann löst sich Bea aus der Umarmung und schaut auf. Ihr Blick ist starr und geht durch Aylin hindurch, an irgendeinen entfernten Punkt hinter ihr: „Ich verstehe, was du sagst. Doch was du getan hast, werde ich dir nicht verzeihen. Niemals."

Aylin hat nicht damit gerechnet, dass Bea nun so kalt und abweisend zu ihr ist, doch im Moment entlastet sie dieses Verhalten mehr, als weiter mit Bea zu streiten. Bea weint nicht mehr, sie schreit nicht mehr. Ruhig steht sie auf und sagt: „Ich gehe frühstücken."

„Soll ich dich begleiten?"
„Wie du willst."

Schweigend verlassen sie das Hotelzimmer. Auch während des Frühstücks fällt kein Wort mehr. Sie gehen nach oben, sortieren ihr Gepäck und bereiten sich auf den Heimflug am nächsten Morgen vor. Schweigen. Mitte Nachmittag ist alles bereit. Bea holt ein Buch hervor, legt sich aufs Bett und beginnt zu lesen.

Aylin geht nach unten in die Hotelhalle und kommt erst als es dunkel wird zurück ins Zimmer. Sie telefoniert mit Boris, hört, wie es gestern mit Anna gelaufen ist und erzählt ihm, wie Bea reagiert hat. Boris und Ali haben Anna wie abgemacht den zukünftigen Eltern gebracht und erhielten gleich ihr Geld. Es lief alles sehr gut und Aylin ist zufrieden. Es hätte schlimmer sein können. Dass Bea nicht mehr mit ihr spricht, beunruhigt sie noch immer nicht. Sie wird sich schon wieder erholen. Das Beste wird sein, sie jetzt in Ruhe zu lassen.

Zu diesem Zeitpunkt weiß Aylin nicht, dass sie Bea für immer verloren hat. Bea wird nie wieder mit Aylin sprechen.

Montag, 27. August 2012, Ennetbaden

„Ich habe eine Halbschwester!" Uschi kann kaum glauben, was ihre Mutter ihr in der letzten Stunde erzählt hat. „Ich fass es nicht!" Bea hebt den Kopf, schaut ihrer Tochter in die Augen und nickt. „Und …was hast du Schreckliches getan? Soweit ich das verstanden habe, hat dir diese Aylin, die gestern gestorben ist, deine Tochter geklaut!" Uschi hält kurz inne: „Du hast sie umgebracht? Ich mein, ich könnte das …"
„Nein!" Bea erschrickt. „Nein, ich habe sie nicht umgebracht. Nein, bestimmt nicht. Du hast mich heute Morgen angerufen und gesagt, dass Aylin tot aufgefunden wurde. Ich war im ersten Moment wie gelähmt. Dann wartete ich. Ich war der Meinung, dass eine solche Meldung mir irgendwie Frieden geben könnte, denn ich war bis heute Morgen überzeugt davon, dass sie allein Schuld daran hat, dass meine Tochter zur Adoption freigegeben wurde. Und dass sie deshalb auch Schuld hat, was in der Folge alles passiert ist. Dass ich diesen Verlust nie überwunden habe, dass meine Ehe in die Brüche ging, an all dem Schmerz, den ich seit diesem Tag so oft aushalten muss, an meinem ganzen Schicksal." Bea zündet sich eine Zigarette an. „Doch dieser Frieden blieb aus. Ich habe heute erkannt, dass ich selber Schuld habe, dass Anna ohne mich und ich ohne sie leben musste. Ich habe zugelassen, dass Anna mir weggenommen wurde. Ich hätte für sie kämpfen müssen. Ich hätte nicht einfach aufgeben sollen und mich zurückziehen. DAS habe ich Schreckliches getan."
Uschi spürt, dass ihre Mutter die Wahrheit sagt. Sie hat mit Aylins Tod nichts zu tun. Außerdem ist noch nicht abschließend klar, ob Aylin nicht doch verunfallt ist.

„Sie ist nicht zurückgekommen", fährt ihre Mutter fort.
„Wer ist nicht zurückgekommen?"

Uschi versteht nicht, was ihre Mutter meint. Sie hängt mit den Gedanken an der Tatsache, dass sie eine Halbschwester hat. Sie weiß im Moment nicht, was sie davon halten soll. Obwohl sie selten Mühe damit hat, ihre Gefühle einzuordnen, ist sie sehr verunsichert.

„Nina ... Anna, deine Halbschwester."
„Zurückgekommen? Ich verstehe nicht, was du damit sagen willst."
„Letzten Freitag hat es bei mir geklingelt. Eine junge Frau stand vor der Tür. Sie stellte sich mit Nina Klein vor und erklärte mir ohne große Umstände, dass ich wohl ihre Mutter sein müsse."
„Du verarscht mich jetzt!"
„Nein. Ich wüsste nicht, warum ich das tun sollte. Ich wusste sofort, dass diese Nina die Wahrheit sagt. Es war mir sofort klar, dass sie meine Anna ist."
„Und dann?"
„Natürlich habe ich sie hereingebeten. Ich habe ihr schließlich dein altes Zimmer angeboten."
„Interessant! Und wann wolltest du mich informieren?"
„Es tut mir leid, Uschi. Ich weiß, dass ich dich sofort hätte anrufen sollen. Doch an diesem Freitag habe ich mit Nina den ganzen Tag nur geredet. Sie hat mir erzählt, dass sie bis vor Kurzem glaubte, das Kind ihrer Eltern zu sein. Sie wusste nichts davon, dass sie adoptiert ist. Sie sei am 15. Dezember 1978 in Obersdorf in Bayern zur Welt gekommen. Hausgeburt. Sie erinnert sich gern an ihre Eltern. Diese waren sehr liebenswerte Menschen. Geschwister habe sie keine. Leider sind ihre Eltern, als sie gerade acht Jahre war, mit dem Auto verunfallt und beide noch an der Unfallstelle gestorben. Sie war damals bei einer Freundin auf einer Geburtstagsparty, als ihre Tante sie dort abholte und ihr dies mitteilte. Die Tante war die Schwester ihres Vaters. Offensichtlich wusste auch sie nicht, dass Nina nicht ihre leibliche Nichte ist. Ihr Bruder und seine Frau hatten damals eine Schwangerschaft vorgetäuscht. Sie war die einzige Verwandte der Kleins und hatte nur losen Kontakt zu ihrem Bruder. Doch nun erklärte sie sich bereit, ihre Nichte bei sich aufzunehmen."

„Dieses arme Kind!"
„Ja, wirklich. Diese Tante erwies sich schließlich als wahres Biest. Sie hatte selber zwei Kinder, welche jedoch einige Jahre älter waren als Nina. Ihr Mann war früh gestorben und Nina hatte sie vor allem deshalb aufgenommen, weil sie dadurch ein kleines zusätzliches Einkommen hatte. Sie hat keinen Hehl daraus gemacht, dass sie Nina als Belastung empfand. Nina hatte in dieser Zeit nicht viel zu lachen. An ihrem 18. Geburtstag hat sie ihren Rucksack gepackt und ging weg. Sie lebte danach einige Zeit in München. Erst auf der Straße, doch dann fand sie eine Anstellung im Service. Sie hat mit zwei Kolleginnen, die sie kennengelernt hat, eine Wohnung mieten können. Ihr Chef war sehr zufrieden mit ihr und sie durfte eine Ausbildung zur Köchin absolvieren. Mit achtundzwanzig lernte sie einen Mann kennen und bezog mit ihm schließlich eine Wohnung in Kempten, weil sie dort eine gute Anstellung als Köchin im Parkhotel fand. Doch dieser Mann war eine Enttäuschung. Er hat sie betrogen und im Wesentlichen von ihrem Geld gelebt. Sie schmiss ihn raus und lebt seither alleine. Zu ihrer Tante hatte sie keinen Kontakt mehr. Doch mit ihrer Cousine Daniela, der älteren Tochter ihrer Tante, pflegte sie einen losen Briefwechsel. Diese war es schließlich auch, die sie vor zwei Jahren besuchte, mit zwei Kartons, welche sie Nina mitbrachte. Ihre Tante war gestorben und beim Räumen des Hauses haben ihre Kinder diese beiden Kartons gefunden, welche seit damals, als Ninas Eltern starben, auf ihrem Speicher gelagert waren. Nina ließ die beiden Kartons erst mal ungeöffnet liegen."

Bea hält inne. Es fällt ihr sehr schwer, sich mit dieser ganzen Geschichte auseinanderzusetzen. Sie hat nun all die Jahre viel Kraft aufgewendet, dieses dunkle Geheimnis in ihrem Leben zu vergessen und nun holt sie alles ein. Erst erscheint ihre verlorene Tochter bei ihr zu Hause und drei Tage später wird Aylin tot aufgefunden. Die Ereignisse überschlagen sich und Bea spürt, dass sie damit überfordert ist. Doch sie weiß auch, dass es nun an der Zeit ist, sich diesen Tatsachen endlich zu stellen.

„Alles gut bei dir?" Uschi merkt, dass ihre Mutter Mühe hat.

„Nein, gut ist es nicht. Doch ich kann die Augen vor der Wahrheit nicht länger verschließen. Das habe ich schon zu lange gemacht."

„Und wie hat Nina dich gefunden?"

„In einer dieser Kisten, welche verschiedene Spielsachen, Fotoalben und Erinnerungen enthielten, fand sie ein gewobenes Tuch, schmutzig und ausgefranst. Sie entfaltete es und ein kleiner Zettel fiel heraus."

Bea steht auf und geht durch das Esszimmer in die Küche. Sie kommt zurück und streckt Uschi einen kleinen, zerknitterten Zettel hin.

AZRA SOLAK BOZAT steht darauf. Bea setzt sich wieder und schenkt Wein nach. Während sie eine Zigarette anzündet, erzählt sie weiter: „Nina konnte sich keinen Reim darauf machen. Sie legte das Tuch und den Zettel weg und vergaß es erst einmal. Beim Aufräumen ist ihr dieser Zettel ein Jahr später wieder in die Hände gefallen. Sie begann, die Wörter zu googeln und kam immer wieder auf türkische Interneteinträge. Sie wusste nicht, was das zu bedeuten hat und zeigte diesen Zettel irgendwann später einer türkischen Kollegin. Schnell fand sie dann heraus, dass es sich um einen Vor- und Nachnamen und eine Ortschaft handelte. Nach verschiedenen Abklärungen, welche jedoch nichts gebracht haben, reiste sie schließlich diesen Frühling in die Türkei und fand den Bauernhof, auf dem sie geboren wurde. Azra lebte nicht mehr. Doch Ada, die kleine Tochter, erkannte in Nina sofort mich. Sie erzählte ihr bereitwillig von unserem Aufenthalt dort und dass sie sich gefreut hatten, dass das Kind bei seiner Mutter bleiben durfte. Ada habe sich sehr über den Besuch von Nina gefreut. Sie hat dann auch Ali kennengelernt, der von Aylin und mir erzählte, und dieser konnte sich erinnern, wie mein Nachname war. Dass ich aus der Schweiz kam, wusste er ja auch und auch, dass ich in Nussbaumen wohnte."

„Wow – das muss für sie ja ein Schock gewesen sein!"

„Ja, natürlich war das ein Schock für sie. Doch sie ist gut damit umgegangen. Sie ist so praktisch veranlagt wie du." Uschi hat immer gemeint, dass ihre Bodenständigkeit vor allem damit zusammenhängt, dass sie schon früh eigenverantwortlich handeln musste. Ihre Mutter hat sie immer als „verzückt, entrückt" erlebt. Sie hat zwar für Uschi gesorgt und nach der Scheidung ging sie auch selber arbeiten, doch Uschi spürte, dass sie ihre Mutter nicht mit Problemen belasten konnte. In der Pubertät hat sie sich oft eine stärkere Mutter gewünscht und sie hat deswegen viel geweint. Sie musste immer stark sein für beide. Manchmal tauchte ihre Mutter mehrere Tage in ein Tief und es gab keine Möglichkeit, an sie heranzukommen. Ihr Vater hatte ihr vor etwa sieben Jahren, nachdem sie ihn darauf angesprochen hatte, erzählt, warum er sich scheiden ließ. Er hatte keinen Zugang mehr zu seiner Frau gefunden. Er hing noch immer an ihr, doch er konnte nicht mehr mit ihr leben. Es sei ihm schwergefallen, loszulassen. Doch er habe dies als einzige Lösung gesehen.

„Sie ist also am Freitag zu dir gekommen. War sie am Samstag, als ich dich abholte, hier?"

„Ja."

„Ach, deshalb wolltest du erst nicht mitkommen? Und hattest Kopfschmerzen!"

„Tut mir leid, Uschi. Ich wollte es dir sagen, doch ich getraute mich nicht. Ich war so durcheinander. Ich war völlig angespannt."

„Und hast deshalb nach dem Konzert am Samstag Entspannung gesucht. Jetzt wird mir alles klar und das macht jetzt auch Sinn. Ich habe dich selten so erlebt wie am Samstag und mich etwas über dich gewundert."

„Ich habe am Samstag mit Nina abgemacht, dass ich es dir erzählen werde. Sie war oben, als du vorbeikamst. Sie hat die ganze Nacht auf mich gewartet und war noch wach, als ich nach Hause kam. Ich habe ihr dann sagen müssen, dass ich es nicht geschafft habe, es dir zu sagen. Sie bot mir an, dieses Gespräch selber mit dir zu führen, doch ich lehnte ab. Wir vereinbarten, dass ich es dir im Laufe dieser Woche selber erzählen werde."

„Da muss mein Anruf heute Mittag ja fast wie ein Fingerzeig für dich gewesen sein!"

„Ja, es war ein schrecklicher Tag."

„Und wo ist Nina jetzt?"

„Das weiß ich eben nicht! Das macht mir auch große Sorgen. Sie ist gestern Abend, so um neunzehn Uhr, nach Baden gefahren. Ich habe ihr erzählt, dass ich am Samstag Aylin gesehen habe auf der Badefahrt ..."

„Ach ja? Wo denn?"

„Am Cordulaplatz, bei der Bodega Bar."

„Aha."

„Ja – jedenfalls ist sie gestern Abend losgezogen. Nina fragte mich nach Adoptionspapieren, doch ich konnte ihr leider nicht weiterhelfen. Ich habe ihr gesagt, dass vielleicht Aylin etwas wüsste und eben, dass ich sie in Baden gesehen habe. Es sah so aus, als wäre das ihr Stammbeizli gewesen. Sie war dort mit vielen Kolleginnen und Kollegen."

„Und Nina zog los und wollte Aylin treffen? Auf der Badefahrt? Ohne genau zu wissen, wie sie aussieht?" Uschi spürt, dass sie sich zu ärgern beginnt. Offensichtlich ist ihre Halbschwester nicht praktisch veranlagt, sondern genauso arglos wie ihre Mutter.

„Ja. Ich hatte ihr ein Bild von mir und Aylin gezeigt, als wir noch jung waren ..."

„Das tönt für mich etwas komisch, sorry. Wäre es nicht einfacher gewesen, sie zu Hause aufzusuchen?"

„Natürlich! Nina wollte das tun, gleich heute. Doch gestern Abend, wir haben auch den ganzen Sonntag mit Gesprächen verbracht, meinte sie, dass sie noch etwas raus und ein wenig allein sein wolle. Das konnte ich gut verstehen. Sie sagte, dass sie mal bei diesem Beizli vorbeischaue und vielleicht entdecke sie ja Aylin dort und vielleicht könne sie sie dann auch auf die Adoptionspapiere ansprechen."

„Das sind für mich etwas viele Vielleichts ..."

„Na ja, jedenfalls sorge ich mich jetzt sehr. Es ist inzwischen zwanzig Uhr und sie ist noch nicht zurückgekommen. Ich hoffe, es ist ihr nichts passiert."

„Hast du versucht, sie anzurufen?"
„Ja – mehrmals. Doch ihr Handy hat wohl keinen Akku mehr."

In diesem Moment kommt eine junge Frau um die Ecke und steuert direkt auf den Sitzplatz zu. Sie trägt einen großen Koffer bei sich und Uschi ist völlig klar, weshalb ihre Mutter keinen Grund hatte, daran zu zweifeln, dass Nina Anna ist. Diese junge Frau ist ihrer Mutter wie aus dem Gesicht geschnitten.

„Hallo Nina ... Wo warst du?" Bea steht auf und geht auf Nina zu.
„Ach Bea, ich habe alles falsch gemacht!" Nina ist aufgelöst und beginnt zu weinen. „Ich habe diese Frau getötet!"
„Was hast du? Komm setz dich zu uns." Bea nimmt Ninas Hand und führt sie zum Stuhl neben Uschi.
„Ich habe Aylin getötet. Aber es war keine Absicht! Es war ein Unfall!"
„Nein!", schreit Bea auf und hält sich die Hände vors Gesicht.
Jetzt mischt sich Uschi ein: „Ich bin Uschi ... Du hast bestimmt schon von mir gehört. Was ist passiert?"
„Ich ging gestern Abend nach Baden." Nina hat sich wieder gefasst, während Bea in sich zusammensinkt und nur noch ungläubig den Kopf schüttelt. Bea gehen hundert Gedanken durch den Kopf und sie kann nicht fassen, was sie eben gehört hat.
„Und du hast Aylin gefunden?", fragt Uschi.
„Nein – eigentlich hat sie mich gefunden. Ich bin durch die Stadt gelaufen und hab' mir alles angesehen. Ich suchte etwas Ablenkung und brauchte etwas Zeit für mich. Ich ging nicht davon aus, diese Aylin wirklich zu finden, doch der Spaziergang durch die Stadt hat mir gutgetan. Ich bin schließlich bei diesem Theater ..."
„Kurtheater ..."
„Ja, ich glaube, so heißt es. Ich bin schließlich da gelandet und fühlte mich etwas besser. Also beschloss ich, zurück zum Bahnhof laufen, um mit dem Bus wieder nach Ennetbaden zu fahren. Es war etwa einundzwanzig Uhr. Auf der Höhe des Casinos sprach mich eine elegant gekleidete Frau an. Sie schien erstaunt zu sein,

mich zu sehen und fragte, ob wir uns kennen. Ich habe in ihr nicht gleich Aylin erkannt. Sie trägt ihr Haar kurz und hat nicht mehr viel Ähnlichkeit mit dem Mädchen, das ich auf dem Foto gesehen habe. Also verneinte ich und lief weiter. Kann ich bitte ein Glas Wasser haben?"
Uschi sieht, dass ihre Mutter noch immer in Gedanken versunken ist. Dieses Verhalten kennt Uschi. Wenn die Realität für ihre Mutter zu schwierig wird, blendet sie alles, was um sie geschieht, einfach aus. Sie sitzt teilnahmslos auf ihrem Stuhl und starrt ins Leere. Uschi steht auf, holt ein Glas Wasser und fragt: „Und dann?", während sie das Glas vor Nina hinstellt.

„Danke. Ich lief weiter Richtung Bahnhof. Diese Frau ist mir aber nicht mehr aus dem Kopf gegangen und ich überlegte, warum sie mich angesprochen hat. Nach kurzem Nachdenken wusste ich, dass dies Aylin gewesen sein muss. Sie hat mich wohl angesprochen, weil sie in mir meine Mutter sah – ich war am Freitag, als ich ... unsere ... Mutter das erste Mal sah, selber erstaunt, wie sehr ich ihr gleiche."

„Ja, das stimmt wirklich. Aber was ist dann geschehen?" Uschi brennt darauf, Ninas Geschichte zu hören. Sie muss wissen, wie es zu diesem Unfall gekommen ist.

„Ich lief also bis zum Ende des Stadtparkes weiter Richtung Bahnhof und entschied mich dann aber zurückzugehen und Aylin zu treffen. Doch ich konnte sie nicht gleich wiederfinden. Ich bin etwa zwanzig Minuten im Stadtpark auf und ab gelaufen und habe Ausschau gehalten, doch ich habe sie nicht mehr gesehen. Es war auch schon dunkel und ich brach meine Suche ab und lief zurück. Im Augenwinkel nahm ich dann ein Paar wahr, dass sich offensichtlich stritt. Ich drehte automatisch meinen Kopf und sah, wie diese Aylin auf einen Mann einredete. Was sie gesagt hat, hab' ich nicht verstehen können. Ihre Stimme klang jedoch verärgert und sie fuchtelte mit den Händen herum. Die beiden standen etwas abseits unter den Bäumen im Park. Ich habe sie eine kurze Weile beobachtet. Dann ging Aylin weg und der Mann blieb zurück. Er spuckte auf den Boden, schüttelte den Kopf und verließ den Park wenig später ebenfalls in Richtung Innenstadt. Ich folgte ihm."

Nina schaut Richtung Bea: „Geht es dir gut?" Bea reagiert nicht auf Ninas Frage. Nina schaut Uschi fragend an.

„Es ist okay", sagt Uschi. „Mam hatte einen schweren Tag. Sie muss sich etwas erholen." Und zu ihrer Mutter gewandt: „Mam, möchtest du dich etwas hinlegen? Du bist ganz bleich im Gesicht ..."
Jetzt schaut Bea auf. „Nein, es geht. Danke. Sprich nur weiter Nina, ich höre zu."

„Ich bin also auch Richtung Innenstadt gelaufen. Der Mann ist Aylin gefolgt bis zu dem Platz vor dem einem großen Geschäft, Manor heißt es wohl, und dort ist er rechts abgebogen. Er verschwand in einer Unterführung. Ich blieb kurz stehen und schaute ihm nach. Er war wohl sehr betrunken, denn er torkelte. Er trug einen beigen Anzug, wirkte auf mich aber trotzdem irgendwie ungepflegt. Dann drehte ich mich um und wollte zurückgehen, als ich Aylin wiedersah. Sie lief eben durch das Stadttor. Kurzerhand folgte ich ihr. Es waren sehr viele Menschen auf der Straße und gleich hinter dem Stadttor türmte sich ein hohes Gebilde, Palazzo irgendwas ..., dort habe ich sie wieder verloren. Ich lief weiter geradeaus und überlegte, ob ich wieder umkehren soll. Ich war inzwischen an einer Bushaltestelle angelangt. Doch genau in diesem Moment sah ich sie wieder. Sie muss auf einer Parallelstraße gelaufen sein, denn ich sah sie durch eine Querstraße vor einer dieser kleinen Hütten ... Beizli?"

„Ja, Beizli", bestätigt Uschi. „Du hast sie wahrscheinlich am Cordulaplatz gesehen."

„Bei der Bodega ... Dort sah ich sie am Samstag ja auch." Bea hat wieder etwas Farbe im Gesicht und steht auf. „Ich hole uns etwas Kleines zu Essen aus der Küche. Sprich nur weiter Nina, ich höre dich ..."

Uschi wird langsam ungeduldig: „Du hast gesagt, du hast sie ... getötet ..." Es fällt ihr schwer, dieses Wort in Zusammenhang mit der jungen Frau, die ihre Halbschwester ist und die sie noch keine halbe Stunde kennt, zu benutzen. Sie denkt an die blonden Haare, die sie bei der Leiche gefunden haben, und ahnt, dass dies Ninas Haare sind. „Wie ist das passiert?"

„Ja, ich habe sie also wiedergesehen. Ich schlich mich in die Nähe dieser Bar. Es hatte kurz zuvor etwas geregnet, weshalb sie wohl im Restaurant hinter dem Beizli verschwand. Kurz darauf kam sie mit vier Herren wieder heraus. Sie hielten Getränke in der Hand und stellten sich um einen Bistrotisch. Aylin nahm eine Zigarette in den Mund und einer dieser Herren gab ihr Feuer. Was sie miteinander gesprochen haben, habe ich wieder nicht verstehen können. Doch die Stimmung war sehr ausgelassen und es wurde viel gelacht. Einer der Herren schien etwas ernster zu sein und hat sich auch etwas von der Gruppe entfernt, um zu telefonieren. Nach weiteren fünf Minuten zog sich Aylin ins Restaurant zurück und kam kurze Zeit später wieder an den Tisch. Ich überlegte mir, jetzt zurückzugehen und Aylin zu Hause aufzusuchen, um sie wegen möglicher Adoptionspapiere zu fragen. Ich sah keine Veranlassung, sie deswegen auf diesem Fest zu stören. Also bog ich in eine ganz schmale Gasse ein, welche Richtung Stadttor führte und von der Aylin gekommen sein musste. Im Gegensatz zu den vielen Menschen auf der breiten Straße, die ich genommen hatte, gab es hier nicht viele Spaziergänger. Ich war fast alleine unterwegs in dieser Gasse. Dann nahm ich Schritte hinter mir wahr.

Der Ton der Absätze auf den Pflastersteinen kam näher und schließlich überholte mich Aylin. Sie lief schneller als ich und sie war leicht nach vorne gebeugt beim Gehen. Eine Hand hielt sie um ihren Hals. Ich rief ihren Namen und sie blieb sofort stehen und drehte sich zu mir um. Nun standen wir uns gegenüber und schauten uns in die Augen. Eine gefühlte Ewigkeit sprach keiner von uns ein Wort, bis ich einfach sagte *Hallo Aylin, ich bin Nina, die Tochter von Bea*. Sie kam noch einen Schritt auf mich zu und starrte mich an. Sie sagte kein Wort. Sie atmete tief und ich hatte das Gefühl, dass ihr etwas auf den Magen geschlagen ist. Endlich meinte sie: *Aha, du hast sie gefunden!* Ich fragte sie, ob es ihr gut gehe, denn sie wirkte auf mich nicht so gesund. Sie fühle sich nicht besonders und habe komische Halsschmerzen, deshalb gehe sie jetzt nach Hause. Sie bat mich, sie bis zum Casino zu begleiten. Dort hatte sie ihr Auto parkiert.

Wir liefen also gemeinsam weiter und ich erzählte ihr, wie ich Bea gefunden hatte. Sie hörte nur zu und sagte kein Wort. Vor dem Lift in die Casino-Garage blieben wir dann stehen. Nun fragte ich sie, ob sie wisse, woher ich meine Adoptionspapiere bekommen könnte. Bea wisse nichts über solche Papiere. Sie habe lediglich etwas unterschrieben, aber keine Unterlagen bekommen. Kaum hatte ich das gesagt, lachte Aylin hysterisch und meinte etwas lallend, ich glaube, sie hat etwas viel getrunken: *Dieses Dummerchen! Natürlich weiß sie nichts! Du wurdest ja auch nicht adoptiert, mein Schatz, du wurdest verkauft! Mein Bruder hatte Spielschulden und er brauchte das Geld. Auch die Familie, die uns beherbergte, tat dies nicht ohne Bezahlung. Deine naive Mutter war leicht zu täuschen.*" Nina versucht, Aylins Stimme nachzumachen und Uschi kann sich leicht ein Bild davon machen, wie herablassend und verächtlich Aylin gesprochen hat.

Bea kommt in diesem Moment aus der Küche zurück. Der Teller mit Aufschnitt und gekochten Eiern, den sie mitbringt, fällt scheppernd zu Boden. „Was?", schreit Bea ungläubig. Sie beginnt zu wanken und Uschi springt auf, um sie zu stützen. „Verkauft!" Bea setzt sich auf den Stuhl und atmet tief.

„Das ist unglaublich! Was meint sie mit verkauft?" will Uschi wissen.

„Ja, *verkauft*. Ich konnte das erst nicht glauben. Doch sie erzählte, wie sie alles mit ihrem Bruder geplant hatte, schon bevor ihr in die Türkei aufgebrochen seid. Dabei lachte sie hämisch machte sich über uns lustig. Das ist eine scheußliche Frau. Irgendwann konnte ich ihr Lachen nicht mehr ertragen. Ich gab ihr eine zünftige Ohrfeige. Sie lallte nur: *Wie deine Mutter!* und wandte sich von mir ab. Ich war so wütend! Ich habe sie von hinten am rechten Arm gepackt. Sie drehte sich um und stieß mich weg. Dabei machte sie ein Geräusch, wie wenn man eine lästige Fliege vertreibt. Ich packte sie nochmals und sagte ihr, dass sie jetzt nicht einfach gehen könne. Sie provozierte mich noch mehr und griff mir in die Haare. Da schubste ich sie und sie verlor das Gleichgewicht. Wir standen nun etwas seitlich des Liftes. Sie fiel hin und rollte eine kleine Böschung hinab. Dann hörte ich nichts mehr. Ich wartete kurz und horchte in die Nacht, doch ich hörte nur die Musik, welche vom Stadtpark her tönte. Es war inzwischen so dunkel, dass ich auch nichts mehr erkennen konnte. Ich überlegte, ob ich zu ihr gehen soll. Da waren ein paar wenige Leute vor dem Casino, welche sich aber offensichtlich nicht um uns scherten. Also lief ich einfach weg. Ich versteckte mich hinter dem Casino, von wo ich den Lift beobachten konnte.

Ich war noch eine ganze Weile da. Doch Aylin kam die Böschung nicht hoch. Ich überlegte, ob sie wohl just in der Zeit, in der ich mich hinter dem Casino versteckte, zum Lift kam und schon weg sei. Ich habe dann nochmals etwa fünfzehn Minuten gewartet. Schließlich ging ich. Mein ganzer Körper zitterte, obwohl es nicht kalt war. Ich war bereits beim Bahnhof, als ich nochmals umkehrte. Unbemerkt schlich ich mich die kleine Böschung hinab. Ich habe gehofft, dass sie nicht mehr da sei und ihr nichts passiert ist. Doch dann sah ich sie …" Nina schluckt schwer und fährt fort: „Sie lag reglos da. Sie hatte sich den Kopf an einer kleinen Mauer aufgeschlagen und blutete leicht. Ich kniete mich neben sie und schüttelte sie an den Schultern. Doch sie lag da, die Augen und den Mund geöffnet und ich wusste, dass sie tot war." Nina beginnt zu weinen. „Das wollte ich nicht! Das müsst ihr mir glauben!"

Uschi weiß nicht, was sie sagen soll. Auch Bea findet keine Worte. Eine Zeit lang sitzen die drei Frauen um den Tisch, jede in ihre eigenen Gedanken versunken. Schließlich durchbricht Nina, nun wieder ganz gefasst, das Schweigen: „Ja, ich habe einen Menschen getötet. Ich saß eine kurz Zeit neben ihr. Ich konnte das alles nicht fassen. Ich hatte sie doch nur leicht geschubst und war sehr erstaunt darüber, dass sie deswegen hinfiel. Ich wusste nicht, was ich jetzt machen sollte. Für Aylin konnte ich nichts mehr tun. Ich wusste, dass ich die Polizei hätte rufen müssen, doch das schaffte ich nicht. Also lief ich ziellos durch die Stadt. Ich nahm den Aufstieg bei der Schlossberggasse und gelangte zur Ruine. Dort suchte ich mir einen ruhigen Platz zwischen zwei Bäumen, blickte hinunter auf die Stadt und sah, wie nach und nach alles dunkel wurde. Es begann bereits zu tagen, als ich mich erhob und auf den Weg zum Bahnhof machte. Ich hatte mir überlegt, dass ich mit meinem Vorgesetzten sprechen muss. Er ist mein Chef, aber auch so etwas wie ein väterlicher Freund. Also nahm ich den Zug um 06.45 Uhr und kam heute Morgen um halb elf in Kempten an."

„Du warst in Deutschland heute?" Uschi schaut Nina mit offenem Mund an.

„Ja, ich habe mit meinem Patron gesprochen. Ich habe ihm erzählt, was passiert war. Er kennt ja meine Geschichte und wusste, was ich in der Schweiz machen wollte. Ich hatte meinen Urlaub für dieses Jahr schon bezogen, weil ich in der Türkei war. Doch er hat mir einen zweiten Urlaub genehmigt, um meine Mutter zu suchen. Nun musste ich ihm mitteilen, dass ich wohl etwas länger in der Schweiz werde bleiben müssen. Ich werde mich morgen bei der Polizei melden ..."

„Stopp!" Jetzt mischt sich auch Bea wieder ins Gespräch ein. „Du wirst nicht zur Polizei gehen!"

„Doch, das muss ich tun ..."

„Nein! Das war ein Unfall ... Uschi, sag auch etwas! Es war ein Unfall. Dieses Biest! Die hatte mich die ganze Zeit belogen! Ich hasse sie!"

„Mam, beruhige dich ..."

„Nein! Ich beruhige mich jetzt nicht mehr! Seit über dreißig Jahren muss ich mit diesem schlimmen Geheimnis leben. Heute habe ich den ganzen Tag verzweifelt versucht, zu akzeptieren, dass ich selber Schuld habe an dem, was geschah. Und nun höre ich, dass die mich die ganze Zeit betrogen hat! Diese falsche Schlange! Sie hat bekommen, was sie verdient hat. Ich werde nicht zulassen, dass meine Anna mir ein zweites Mal weggenommen wird – niemals!"

Nina und Uschi schauen sich an. Der Wutausbruch ihrer Mutter überrascht beide und sie versuchen, sie zu besänftigen.

„Schau Mam, Nina muss zur Polizei gehen und sagen, was geschehen ist. Das weißt du …"

„Ach, hör doch auf! Du weißt genau, wie das dann laufen kann! Ich trau der Polizei nicht."

„Das ist doch Unsinn. Und ja, ich weiß ganz genau, wie das läuft. Sie wird ein faires Verfahren bekommen und so, wie du uns das erzählt hast, Nina, wird es nicht zu einer Verurteilung wegen Mordes kommen … höchstens fahrlässige Tötung. Ich finde es gut, wenn du dich stellst."

Bea ist aufgestanden und geht ins Haus.

„Wohin gehst du?", ruft Uschi ihr nach.

„Ich hole einen Besen …" Sie kehrt zurück und beginnt, die Scherben aufzufegen.

„Komm, lass das Putzen sein, Mam, wir müssen besprechen, was wir jetzt tun."

„Nein. Wir müssen nichts besprechen. Es ist alles klar. Nina, ich habe dir angeboten, so lange bei mir zu wohnen, wie du willst. Das Angebot steht. Ich möchte dich nicht wieder verlieren. Bitte geh nicht zur Polizei. Uschi, du hast selber gesagt, dass ihr einen Unfall vermutet …"

„Wer vermutet einen Unfall?", fragt Nina.

„Ich arbeite bei der Kantonspolizei in Baden. Heute Morgen wurde die Leiche von Aylin gefunden. Die Todesursache ist noch nicht bekannt. Mein Chef vermutet einen Unfall. Deswegen habe ich heute Mam angerufen. Ich erinnerte mich, dass sie mal von einer Aylin gesprochen hatte. Darum bin ich auch heute Abend vorbeigekommen und Mam hat mir erzählt, wie das damals gelaufen ist. Dass du verkauft worden bist, wusste sie allerdings nicht."

„Aha …"

„Wie lange kannst du hierbleiben?", fragt Uschi.

„Ich habe heute Verschiedenes geregelt. Habe meinem Patron Geld für drei Monate Miete dagelassen. Er ist bereit, mir weiterhin Urlaub zu geben, allerdings unbezahlt. Doch seit ich alleine lebe, habe ich mir etwas ansparen können, weshalb ein Lohnausfall nicht so schlimm ist. Ich weiß ja nicht, wie es jetzt weiter-

geht. Ich habe ein paar Sachen zusammengepackt", Nina schaut zu ihrem Koffer, der noch immer auf dem Sitzplatz steht, „und bin um halb vier mit dem Zug wieder nach Baden gefahren."
„Du kannst bei mir wohnen, keine Frage." Bea hat alles aufgekehrt und den Besen wieder zurückgestellt. „Aber geht bitte nicht zur Polizei", fleht sie Nina an.
„Wir machen das jetzt so: Ich werde morgen erst mal mit Urs darüber sprechen." Und zu Nina gewandt: „Das ist mein Chef. Ich rufe dich dann morgen an. Sei bitte bis dahin einfach zu Hause. Mal sehen, was er meint."
„Wenn du meinst. Dann warte ich also, bis ihr mich anruft. Seid mir bitte nicht böse, ich bin völlig erschöpft und würde jetzt gerne duschen und dann schlafen gehen. Es tut mir leid, Uschi, dass wir uns unter solchen Umständen kennenlernen."
„Ja, das tut mir auch leid, Nina. Ich hoffe, dass wir uns zu einem späteren Zeitpunkt ohne solche Hiobsbotschaften unterhalten können. Ich kann gut verstehen, dass du nun etwas Ruhe brauchst. Wir hören uns morgen."
Uschi steht auf und umarmt Nina. „Ich freue mich, dass es dich gibt", sagt sie. Nina erwidert die Umarmung und geht dann zu ihrer Mutter: „Mach dir keine Sorgen. Ich habe dich jetzt gefunden und darüber freue ich mich sehr. Wir haben noch viel Zeit, uns näher kennenzulernen." Sie gibt ihrer Mutter einen Kuss auf die Stirn und zieht sich zurück.

„Ich geh' dann auch mal", sagt Uschi. „Ich muss morgen arbeiten. Bitte verhalte dich jetzt ruhig. Wir werden alles klären, und selbst wenn Nina belangt werden kann, wird das keine hohe Strafe sein. Ich melde mich morgen."
„Ja, tut mir leid, dass ich so ausgeflippt bin."
„Das kann ich gut verstehen, Mam. Diese Aylin scheint keine nette Person zu sein. Freuen wir uns darüber, dass Nina jetzt da ist. Alles andere wird sich zeigen."

Dienstag, 28. August 2012

Als Uschi ihr Büro betritt, ist Urs schon da.

„Guten Morgen Uschi! Wie siehst du denn aus? Hast du die Nacht durchgefeiert?"

„Haha, guten Morgen Urs. Nein, nicht durchgefeiert. Ich konnte nicht schlafen, hab' kein Auge zugemacht." Uschi gähnt. Sie hat die ganze Nacht wach gelegen und versucht, mit all den Neuigkeiten, die sich ihr gestern Abend eröffneten, fertig zu werden. Gegen drei Uhr morgens war sie nahe daran, zu ihrer Mutter zu fahren. Dann hat sie es aber doch gelassen und sich ein Glas warme Milch gemacht. Doch Schlaf hat sie keinen mehr gefunden.

„Ich muss mit dir reden, Urs."

„Aha? Etwas Schlimmes? Hat es damit zu tun, dass du nicht schlafen konntest?"

„Ja, auch. Hast du gleich Zeit?"

„Später ... Ist das okay? Ich erwarte jede Minute den Anruf von Dr. Amrein. Er hat gestern die Leiche von Aylin Schmid untersucht. Er hat sich offenbar heute Morgen bereits einmal gemeldet, als ich noch nicht da war. Hast du die Zeitung schon gelesen?" Uschi schüttelt den Kopf. Das Telefon klingelt. Urs nimmt den Anruf entgegen.

„Erstickt? ... Aha ... Alkohol auch ... Kopfwunde ... Wird weiter untersucht ... Gut ... Elf Uhr? Gut, danke schön, auf Wiederhören." Urs legt das Telefon beiseite: „Du glaubst nicht, was ich eben erfahren habe! Diese Aylin Schmid, die wir gestern gefunden haben, ist erstickt!"

„Erstickt?" Uschi ist verunsichert.

„Ja, Dr. Amrein vermutet eine Vergiftung. Er muss aber noch weitere toxikologische Untersuchungen machen. Todeszeitpunkt müsste zwischen 22.30 Uhr und 23.30 Uhr gewesen sein. Er wird uns vor der Mittagspause nochmals anrufen."

Uschi lässt sich auf ihren Bürostuhl fallen.

„Was ist denn heute los mit dir, Uschi?", fragt Urs besorgt und steht von seinem Arbeitsplatz auf. „Kaffee?"

„Ja, gerne. Können wir den auswärts trinken?"

„Warum?"

„Ich möchte noch mal zum Casino."

„Warum?"

„Ich sag's dir, wenn wir unterwegs sind. Lass uns gehen, ich brauche etwas frische Luft."

Urs und Uschi durchqueren die Unterführung und laufen via Cordulaplatz Richtung Casino. In der ganzen Stadt wird noch aufgeräumt und abgebaut. Das große Fest ist vorbei und die unzähligen Bühnen, Beizlis und Ausstellungen müssen zurückgebaut werden. Wo man hinsieht, herrscht emsiges Treiben. Nach dem Stadttor biegen sie ab zum Theaterplatz und setzen sich an einen Tisch im Freien bei Restaurant Piazza. Sie bestellen einen Espresso und schauen zu, wie die Bühne am Theaterplatz verschwindet.

„Ich weiß, wem die blonden Haare gehören, die wir gestern bei der Leiche entdeckt haben", beginnt Uschi.

„Ich verstehe nicht ..."

„Die blonden Haare. In der Hand und auf der Bluse. Ich weiß, von wem die sind."

„Hast du deshalb schlecht geschlafen? Von wem sind die denn?"

Uschi erzählt Urs, was sie gestern bei ihrer Mutter alles erfahren hat. Urs hört schweigend zu. Sie haben den Espresso ausgetrunken und Urs hat bezahlt, als Uschi noch immer erzählt. Sie laufen durch die Badstraße und überqueren die Haselstraße neben dem hässlichen Kreisel mit Glasscherben und bleiben vor dem Casino stehen, als Uschi ihre Geschichte beendet.

„Das ist ja dicke Post!", meint Urs. „Kein Wunder, konntest du nicht schlafen!"

„Und jetzt?" Uschi ist froh, dass sie Urs nun alles erzählen konnte. Sie fühlt sich entlastet und ist sicher, dass es richtig war, diese Informationen nicht zurückgehalten zu haben.

„Dr. Amrein hat klar festgestellt, dass Aylin Schmid nicht aufgrund ihres Sturzes gestorben ist. Die Wunde am Kopf war eine

Platzwunde, die bestenfalls zu einer kleinen Gehirnerschütterung geführt hätte. Daher hat deine ... Schwester ... keine Schuld am Tod."

„Eben!" Uschi ist sehr erleichtert. „Dann kann es nicht Nina gewesen sein!"

„Wir müssen sie trotzdem befragen. Vielleicht hat sie etwas gesehen, was uns weiterhilft."

„Natürlich. Ich rufe sie gleich nachher an. Gehen wir jetzt nochmals zum Fundort der Leiche?"

„Wenn du willst. Was versprichst du dir davon?"

„Ich möchte einfach noch mal dahin."

Die Absperrungen sind weg. Sie laufen die Böschung runter und sehen schon von Weitem etwas liegen. Als sie näher kommen, erkennen sie einen Strauß Calla, welcher mit einem breiten roten Band zusammen gebunden ist. Am Band ist eine Karte befestigt. *JETZT ist es vorbei* steht darauf mit großen Buchstaben geschrieben, keine Unterschrift, kein Name.

Urs hat bereits seinen Block in der Hand. „Speziell ...", meint er. „Das ist wirklich außergewöhnlich. Was wohl damit gemeint ist? Wir müssen den Strauß mitnehmen. Vielleicht gibt es Fingerabdrücke oder DNA-Spuren auf dem Zettel."

„Mach bitte ein Foto davon. Wir nehmen nur den Zettel und das Band mit – die Blumen lassen wir da."

Uschi holt ihr Handy hervor und fotografiert den Strauß. Danach zieht sie Einweghandschuhe an und löst das Band von den Blumen. Sie steckt alles zusammen in eine Plastiktüte, welche sie in ihrer Freitag-Tasche immer mit dabei hat.

„Ich leite das dann gerade weiter. Urs", meint Uschi, als sie die Zeit auf ihrem Handy sieht „lass uns gehen. Es ist schon halb elf und Dr. Amrein will sich ja noch mal melden."

„Gut, gehen wir. Heute Nachmittag möchte ich mit deiner Schwester sprechen. Meldest du uns bitte an? Und ich möchte heute auch noch in der ABB vorbei. Mal hören, was ihre Mitarbeiter uns sagen können. In der AZ standen ein paar Dinge über Aylin Schmid, denen ich nachgehen will. Die Zeitungsfritzen

haben gut recherchiert. Sie haben eine Art Porträt abgedruckt, welches uns vielleicht hilfreich ist. Wir sollten aber trotzdem noch mit der Presse sprechen, bevor die selber zu kriminalisieren beginnen. Hast du heute Abend schon was vor?"
„Nein, nicht konkret ... Ich gehe vielleicht bei meiner Mutter vorbei. Aber ich seh' sie ja heute Nachmittag. Warum?"
„Als ich gestern meine Mutter zur Therapie fuhr, hat sie wie üblich auf dem ganzen Weg gequasselt – kennst sie ja. Sie erzählte mir von einer Bekannten, welche mit der ehemaligen Wirtin vom Isebähnli befreundet ist. Die kennt offenbar den Exmann von Aylin Schmid. Der muss ziemlich heruntergekommen sein. Was hältst du davon, wenn wir heute Abend im Isebähnli essen? Vielleicht treffen wir diesen Schmid. Wie meine Mutter sagte, ist er dort öfter anzutreffen."

Uschi kennt die Vorlieben ihres Chefs. Befragungen auf dem Polizeiposten versucht er zu verhindern. Anfänglich bekundete sie Mühe damit, denn aus ihrer Sicht war die Befragung auf dem Posten doch viel praktischer. Doch egal ob es regnet, kalt ist oder man vor Hitze fast umkommt: Urs geht raus. Er besucht die Menschen gerne in ihrer gewohnten Umgebung. Mit der Zeit hat Uschi die Vorzüge dieser Vorgehensweise schätzen gelernt. Sie finden nebst den Interviews jedes Mal auch weitere Hinweise, welche ihnen auf dem Polizeiposten verborgen geblieben wären.
„Okay, gehen wir essen. Du bezahlst!"
„Selbstverständlich", lacht Urs.

Kaum haben sie die Bürotür aufgeschlossen, klingelt das Telefon. Ilona ist inzwischen eingetroffen und Uschi winkt ihr zu, während sie den Anrufer begrüßt.
„Moment, Herr Dr. Amrein, ich nehm sie auf den Lautsprecher. Urs Leu ist auch hier." Sie drückt den Knopf und nickt Urs zu. Dieser begrüßt Dr. Amrein ebenfalls: „Und, gibt es etwas Neues?"
„Allerdings", tönt es aus dem Telefon, „die Leiche wurde definitiv vergiftet. Wir haben einen Giftstoff gefunden, der dem gefleckten Schierling zugeordnet werden kann. Allerdings fanden

wir keine Spuren dieser Pflanze – weder vom Stängel noch von den Blättern oder Blüten. Das Gift muss veredelt worden sein und wir können noch nicht sagen, ob es eingenommen oder durch eine Spritze zugeführt wurde. Doch beim Gift sind wir uns zu neunzig Prozent sicher. Außerdem hatte sie erheblich Alkohol im Blut, 1,3 Promille."

„Was ist mit der Kopfverletzung?", fragt Uschi. Sie will sicher sein, dass Aylin nicht wegen des Stoßes durch Nina gestorben ist.

„Die Verletzung am Kopf ist marginal. Diesbezüglich hat sich unsere erste Diagnose bestätigt. Die Verletzung am Kopf und der Sturz führten definitiv nicht zum Tod."

„Könnt ihr sagen, wann dieses Gift in ihren Körper gelangte?"

„Aufgrund der Menge und der Konstitution der Toten müsste dies etwa nach vier Stunden gewirkt haben. Zeitpunkt des Todes war mit größter Wahrscheinlichkeit zwischen 22.30 Uhr und 23.00 Uhr. Also etwa um 19.00 Uhr".

„Essenszeit", meint Uschi.

„Genau. Sie hat auch gegessen. Muss auch so um 19.00 Uhr gewesen sein."

„Was hat sie gegessen?" Will Urs wissen.

Uschi hat sich an ihren PC gesetzt und das Internet gestartet, während Urs beim Telefon sitzen bleibt und seinen Block hervorholt.

„Hackfleisch, Traubenblätter, Zwiebeln, Reis, Kichererbsen …"

„Das genügt" meint Urs, „das tönt nach türkischer Hausmannskost."

„Genau."

Uschi hat die Wirkungsweise von geflecktem Schierling gegoogelt und unter anderem gelesen, dass das Zeug sehr übel riecht.

„Dieses Gift vom gefleckten Schierling stinkt doch, oder?", will sie wissen.

„Ja, normalerweise schon", antwortet Dr. Amrein.

„Das würde man nicht unwissend trinken können …"

„Es riecht übel, nach Mäusekot. Allerdings verstehen wir noch nicht, in welcher Form dieses Gift in den Körper gelangte. Wie gesagt, haben wir keine Bestandteile der Pflanzen gefunden. Es muss also in flüssiger Form zugeführt worden sein. Allerdings kann man es nicht einfach so unbemerkt dem Essen oder Trinken beifügen."

„Weil es stinkt", meint Urs.

„Ja."

„Könnte der Geruch durch andere Flüssigkeiten oder Speisen überdeckt werden?"

„Das ist theoretisch möglich. Ich wüsste jetzt allerdings nicht wie."

„Und erstickt ist sie, weil?"

„Weil das Gift, Coniin, ein Nervengift ist. Es führt zu einer Lähmung entlang der Wirbelsäule bis hinauf zum Gehirn. Die Beine werden schwer und die Lähmung steigt von unten nach oben. Der Tod wird durch eine Atemlähmung herbeigeführt. Weil das Gehirn erst später gelähmt wird, erstickt der Vergiftete bei vollem Bewusstsein."

„Tönt übel", meint Urs.

„Ist es auch. Ich melde mich noch mal, wenn wir mehr wissen. Sollte sie das Gift eingenommen haben, müsste es Spuren in der Mundhöhle und dem Hals geben. Das untersuchen wir gerade."

„Danke für die Infos – wir hören uns." Urs hängt das Telefon auf.

Uschi und Urs gehen ins Sekretariat nebenan und begrüßen Ilona. Niemand würde Ilona achtundvierzig Jahre alt schätzen. Sie sieht nicht nur sportlich aus, sie ist es auch. Sie ist verheiratet und wohnt mit ihrem Mann und der jüngeren Tochter in einem Haus in Fislisbach. Ihre ältere Tochter ist schon vor einiger Zeit ausgezogen. Sie ist eine eher kleine, schlanke Frau mit dunkelbraunen langen Haaren, welche sie meist zu einem Pferdeschwanz zusammen gebunden hat. Sie ist sehr agil, immer gut aufgelegt und Uschi fragt sich manchmal, woher sie die Zeit nimmt, nebst ihrer Arbeit für Haus und Familie zu sorgen, regelmäßig Sport zu treiben und sehr aktiv in einer Guggenmusikgruppe Saxofon zu spielen.

„Alles wieder gut mit deinem Zahn?", fragt Uschi.

„Sprich bloß nicht davon." Ilona läuft etwas Spucke aus dem Mundwinkel, welchen sie sofort mit einem Tempo wegwischt. Offensichtlich ist sie noch nicht lange da und ihr Mund ist noch immer halbseitig gelähmt von der Spritze. Urs läuft indes zum kleinen Kühlschrank, welchen Anita organisiert hat und holt sich ein Wasser raus.

„Oje, du Arme! Willst du nicht nach Hause gehen?"

„Nein, danke, es geht schon. Ich mach erst noch etwas fertig. Dann gehe ich." Ilona tönt, als hätte sie eine große Kartoffel im Mund.

„Hast du's gehört? Diese Tote von gestern wurde wahrscheinlich vergiftet."

Uschi stellt sich neben Ilona an ihr Pult.

„Vergiftet? Die, die gestürzt ist?"

„Ja ... Wir wissen auch noch nicht viel mehr." Urs hat sein Wasser ausgetrunken und wirft die PET-Flasche in den Papierkorb. Ilona steht sofort auf, und fischt sie heraus: „Urs! PET gehört nicht in den Papierkorb!", schimpft sie, lacht aber dabei.

„Sorry, ja, weiß ich."

„Was für ein Gift war es denn?", will Ilona wissen.

„Schierling, gemeiner Schierling."

„Ah, den kenn' ich! Mein Vater hatte einmal eine Begegnung mit dieser Pflanze. Er wollte sie ausreißen, um in unserem Garten ein neues Beet anzulegen. Die sind ganz schön hoch, diese Pflanzen! Jedenfalls hatte er am Abend überall dort, wo die Pflanze seine Haut berührte, rote Flecken ... Hat ausgesehen wie eine Verbrennung. Er musste zum Doktor und bekam eine Salbe."

„Das heißt, der Zugang zu diesem Gift war leicht", meint Urs. Ilona wechselt auf ihrem Bildschirm zu Google und gibt *gemeiner Schierling* ein.

„Schaut mal, ich habe noch mehr über diese Pflanze rausgefunden. Der Zugang zu diesem Gift scheint wirklich einfach zu sein. Sie wächst überall in Europa, typisch auf Schuttflächen oder Brachen. Sie war ja auch in unserem Garten."

„Ist das Zeug auch giftig für die Tiere?", will Uschi wissen.
„Ja, es kam früher zu zahlreichen Todesfällen bei Nutzvieh, weshalb die Landwirte es gezielt eliminieren."

„Dann mal los – durchleuchten wir ihr Umfeld", meint Urs. Die Geschichte, die Uschi ihm heute Morgen erzählt hat, kommt ihm in den Sinn. Er denkt an das türkische Essen und fragt sich, ob eine Familienfehde das Motiv für diesen Mord sein könnte. Immerhin gab es mindestens ein Familiengeheimnis: der Verkauf eines Kindes durch Aylin und ihren Bruder. Wo *ein* Geheimnis ist, können auch weitere sein. Dass Uschis Mutter oder ihre Halbschwester etwas mit dem Mord zu tun haben, glaubt er nicht, auch wenn das Unrecht, das den beiden geschehen ist, Anlass für einen Mord sein könnte. Zu Ilona gewandt meint Uschi: „Danke schön. Wir sind heute Nachmittag nicht hier. Geh du auch bald nach Hause, Ilona. Gute Besserung!"

Urs und Uschi gehen zurück in ihr Büro. „Ich rufe gleich meine Mutter an und melde uns an. Um welche Zeit möchtest du in der ABB vorbeischauen?"
„Ich denke, so um 16 Uhr?"
„Gut ... Ich melde uns dann um vierzehn Uhr bei meiner Mutter an. Ist es okay, wenn ich jetzt Mittag mache und kurz nach Hause gehe? Ich bin völlig k. o. und würde mich gerne eine Stunde hinlegen."
„Ja, kein Problem. Ich schau mir das Dossier von Aylin Schmid an und gehe dann etwas Kleines essen. Komm doch um 13.45 Uhr zurück, damit wir zusammen zu deiner Mutter fahren können."
„Gehst du nicht nach Hause zum Essen?"
„Nein. Meine Mutter macht heute mit ihren drei Kolleginnen eine Ausfahrt nach Luzern. Sie gehen ins Chateau Gütsch. Marianne, ihre Nachbarin, hat sie eingeladen zum Geburtstag."
„Aha. Die wissen, was gut ist!"
„Das kannst du laut sagen. Also, tschüss, bis später." Urs greift zum Dossier.
„Bis dann, tschüss."

Jahreswechsel 1993/1994

Bea ist gerade vom Arbeiten nach Hause gekommen. Seit ihr Mann vor zwei Jahren aus dem gemeinsamen Haus ausgezogen ist und sie kurz darauf geschieden wurden, arbeitet sie in der Stadt Zürich bei einer Großbank in der Nähe des Hauptbahnhofes in der Buchhaltung. Sie ist Teilzeitangestellte und bekam diese Stelle durch eine Bekannte. Solange Uschi die Primarschule in Ennetbaden besuchte, war sie nur an drei Nachmittagen pro Woche weg. Eine Nachbarin betreute Uschi jeweils nach der Schule am Nachmittag, bis sie um 19.15 Uhr von ihrer Mutter abgeholt wurde. Seit diesem Sommer hat sie ihr Pensum von dreißig auf sechzig Prozent erhöhen können und arbeitet nun drei ganze Tage pro Woche. Uschi besucht die Bezirksschule in Baden und über Mittag isst sie bei einer Schulkollegin, welche in der Stadt wohnt.

Es ist dunkel, als sie nach Hause kommt. Uschi ist noch nicht da, weil sie heute mit ihren Freundinnen nach der Schule noch zum Kerzen ziehen ging. Danach darf sie mit ihnen ins Kino und es ist ausgemacht, dass sie spätestens um 22.30 Uhr zu Hause ist. Bea ist müde. Es war ein anstrengender Tag im Büro und sie ist froh, dass morgen Samstag ist und sie ausschlafen kann. Sie geht ins Schlafzimmer, zieht sich aus und hängt die Kleider zum Lüften auf den Balkon. Dann schlüpft sie in ihren Hausanzug und in die warmen Pantoffeln, holt sich einen Joghurt aus dem Kühlschrank und setzt sich damit in das Wohnzimmer, welches bereits weihnachtlich geschmückt ist. Im TV laufen die Nachrichten. Sie will später einen Film anschauen und auf Uschi warten. Sie weiß zwar, dass auf Uschi absolut Verlass ist und sie immer zu den abgemachten Zeiten nach Hause kommt, doch auch wenn sie noch so müde ist, könnte sie keinen Schlaf finden, wenn ihre Tochter noch nicht da ist. Der Wetterbericht hat gerade angefangen, als es an der Tür klingelt. Bea steht auf und öffnet. Es dauert einen Augenblick, bis sie realisiert, wer geklingelt hat. Einem ersten Reflex folgend, knallt sie die Haustür gleich wieder zu. Die Hausglocke ertönt erneut. Sie wartet und will zurück in das Wohnzimmer gehen, doch dann besinnt sie sich anders und öffnet nochmals die Tür.

„Was willst du?", fragt sie, ohne die Besucherin zu begrüßen.

„Mit dir reden." Aylin steht in einem eleganten Pelzmantel vor der Tür. Auf dem Kopf trägt sie eine Pelzmütze und an den Füssen hochhackige Winterstiefel. Ihr Gesicht ist makellos geschminkt und Uschi nimmt ein süßes, schweres Parfum wahr.

„Es gibt nichts zu reden."

„Darf ich reinkommen? Mir ist kalt."

„Nein."

Aylin scheint damit gerechnet zu haben und lässt sich dadurch nicht irritieren.

„Gut. Dann hör mir bitte zu."

Bea antwortet nicht, rührt sich aber auch nicht von der Stelle.

„Ich werde heiraten. Ich habe mir lange überlegt, ob ich zu dir kommen soll. Ich finde, nach all der Zeit, die inzwischen vergangen ist, sollten wir uns wieder vertragen. Ich möchte dich zu meiner Heirat im Januar einladen."

Bea sagt nichts. Seit sie damals, vor fünfzehn Jahren, aus der Türkei zurückgekommen sind, hat sie Aylin nicht mehr gesehen. Anfänglich ist Aylin oft bei ihr vorbeigekommen, wenn sie wusste, dass Beas Eltern arbeiten. Doch sie hat ihr die Tür nie geöffnet. Aylin hat angerufen, doch Bea nahm das Telefon nicht ab. Wenn ihre Mutter zu Hause war und den Anruf entgegen nahm, ließ sie sich verleugnen. Ihrer Mutter hatte sie etwas von einem Jungen in der Türkei erzählt, in den sie sich verliebt hatte und der ihr von Aylin ausgespannt wurde, weshalb sie die Freundschaft mit Aylin beendet hat. Ihre Mutter konnte die heftige Reaktion ihrer Tochter zwar nicht nachvollziehen, doch sie akzeptierte das. Aylin hat begonnen, Briefe zu schreiben, welche Bea zwar gelesen, aber niemals beantwortet hat. Die Briefe waren erst voller Entschuldigungen. Später brachte

Aylin ihre Wut über das Verhalten von Bea aufs Papier und irgendwann hörte sie nichts mehr von ihr.
„Darf ich mit dir rechnen?"
Bea sagt noch immer nichts.
„Ach komm, Bea, das ist doch kindisch! Man muss auch einmal vergessen können. Schließlich habe ich es immer nur gut mit dir gemeint!"
„Bist du fertig?"
„Bea, bitte, komm zu meiner Hochzeit!"
Bea schüttelt den Kopf, geht einen Schritt zurück und schließt die Tür. Wieder klingelt Aylin, doch Bea öffnet ihr nicht mehr.

Aylin bleibt noch eine Weile vor der geschlossenen Haustür stehen. Obwohl sie nicht damit gerechnet hat, dass Bea ihr um den Hals fallen und alles wieder gut sein wird, ist sie ob der kühlen Reaktion von Bea erstaunt. Sie kommt zum Schluss, dass Beas Verhalten nichts mehr mit einem normalen Verhalten zu tun hat.
„Nun", sagt sie halblaut vor sich hin, „ich hab's versucht." Mit diesen Worten läuft sie zu ihrem Auto und fährt davon.

„Wo warst du?", wird sie von ihrem zukünftigen Ehemann begrüßt. Ruedi Schmid hat es sich mit einem Glas Rotwein bequem gemacht. „Auch ein Glas?", fragt er, ohne dass Aylin ihm die erste Frage beantwortet hat.
„Ja gerne, das kann ich jetzt vertragen!" Aylin hat die Stiefel ausgezogen und sie gegen Hausschuhe getauscht. Ruedi stellt das Glas auf den Salontisch im Wohnzimmer und nimmt Aylin den Mantel ab.
„Ärger?"
„Ich hab dir doch von dieser ehemaligen Freundin, Bea, erzählt. Ich war heute Abend bei ihr und wollte sie zu unserer Hochzeit einladen …"
„Ah ja! Und? Kommt sie?"
„Nein. Sie hat mich nicht mal ins Haus gebeten!" Aylin geht mit Ruedi ins Wohnzimmer und setzt sich auf einen Fauteuil. Ruedi nimmt ihr gegenüber Platz.

„Und hast du deine Mutter erreicht?", fragt er.

„Ja. Sie hat sich entschieden. Sie wird definitiv bei ihrer Schwester in der Türkei bleiben. Sie kommt am zweiten Januar nochmals in die Schweiz und bleibt dann bis nach unserer Hochzeit hier. In der Zeit will sie alles regeln für ihre Rückreise in die Türkei."

„Das überrascht mich nicht. Als sie im letzten August probeweise zu ihrer Schwester zog, dachte ich mir schon, dass sie nicht zurückkommen will."

„Warum?"

„Sie hat dort ihre Schwester, welche wie sie verwitwet ist, und ihre beiden Brüder mit den Familien ... und vor allem: ihre Enkelkinder. Seit Boris Vater geworden ist, reiste sie ja alle zwei bis drei Monate zu ihnen. Hier lebt sie in einem großen Haus ganz alleine und mal ehrlich, Aylin, viel hast du sie ja nicht besucht ..."

„Was willst du damit sagen? Ich habe mich um dich gekümmert. Ich habe immer viel zu tun. Wann sollte ich auch noch Zeit finden, sie regelmäßig zu besuchen!"

„Reg dich nicht auf, Kleines. Ist ja gut. Ich hab nur gesagt, dass ich sie verstehen kann."

„Sie ist immer noch beleidigt, dass wir an Weihnachten nicht in die Türkei kommen."

„Ja, apropos Weihnachten: Meine Tochter hat mich angerufen."

„Was will die schon wieder?"

„Sie hat mich gefragt, ob wir an Weihnachten zu ihr und ihrem Mann kommen. Meine beiden Söhne sind auch da und ..."

„Ha! Du hast ihr doch gesagt, dass wir in New York sind?"

„Darüber möchte ich mit dir sprechen. Wir fliegen nach unserer Hochzeit Ende Januar in die Karibik. Könnten wir Weihnachten in New York nicht auf nächstes Jahr verschieben?"

„Niemals! Du hast es mir versprochen!"

„Ja, das habe ich. Doch damals wusste ich noch nicht, dass meine Exfrau sich das Leben nehmen wird."

„Was hat das damit zu tun?"

„Ich glaube, meine Kinder möchten sich mit uns versöhnen ... vor unserer Hochzeit."

„Deswegen soll ich auf New York verzichten? Sie haben mich, seit ich mit dir zusammen bin, wie Luft behandelt. Sie haben mir die alleinige Schuld gegeben, dass ihre Mutter depressiv war, nachdem du sie vor neun Jahren wegen mir verlassen hast. Und nachdem ihre Mutter nicht mehr für sie sorgen konnte, weil sie in der psychiatrischen Klinik war, und sie in ein Internat mussten, haben sie mich auch dafür verantwortlich gemacht!"

„Du hast dich schließlich auch quergestellt, als ich damals die Kinder zu mir holen wollte …"

„Fällst du mir jetzt in den Rücken? Findest du es richtig, wie sie mich behandelt haben? Ich war noch keine dreißig Jahre alt, als ihre Mutter das erste Mal in die Klinik kam. Deine drei Kinder waren Teenager. Du glaubst doch nicht, dass ich für sie die Ersatzmutti hätte spielen sollen? Du weißt, dass ich keine Kinder will und niemals wollte …"

„Ich gebe dir nicht die Schuld und ich falle dir auch nicht in den Rücken. Ich habe lediglich gedacht, dass du erwachsen genug bist, zu verstehen, dass es für die drei nicht so einfach war, als ihre Mutter sich diesen Juni das Leben nahm. Es war auch nicht einfach für sie, als ich sie verlassen habe. Sie waren Jugendliche und haben nicht verstanden, warum. Ihre Mutter war schon lange depressiv und wir führten auch schon lange keine Ehe mehr. Als dann du als junge, attraktive Frau in mein Leben kamst, waren sie überzeugt, dass du Schuld an allem hast. Das müsstest du doch nachvollziehen können. Nun sind sie älter geworden, habend einiges erkannt und sind bereit, sich mit uns zu versöhnen."

„Tut mir leid, ich wollte dich nicht ärgern, Bärli. Aber versteh doch … Ich habe mich so auf New York gefreut!" Aylin spürt, dass sie nun nicht länger zickig sein sollte. Ruedi ist ein sehr gutmütiger und lieber Mensch. Während der neun Jahre, in denen sie nun mit ihm zusammenlebt, ist es zwei Mal vorgekommen, dass er wütend auf sie wurde. Sie befürchtete damals, dass er sie verlassen werde. Nun hat sie es endlich geschafft, dass er sie heiraten wird und sie will nichts riskieren, was diese Absicht beeinträchtigen könnte. Sie ist sehr zufrieden mit ihrem Leben mit Ruedi. Er verdient genügend Geld, dass sie auf fast

nichts verzichten muss, und weil er beruflich so engagiert ist, kann sie ihre Tage und Wochen planen, wie es ihr gefällt. Er ist zufrieden, wenn sie ihn zu gesellschaftlichen Anlässen begleitet und er mit seiner schönen, jungen und intelligenten Frau immer einen guten Eindruck macht.
Ruedi steht auf und geht zu Aylin. Er streckt die Hand nach ihr aus und bedeutet ihr, ebenfalls aufzustehen. Aylin erhebt sich und er nimmt sie in die Arme: „Ich liebe dich. Und ich verstehe, dass du dich auf New York gefreut hast. Ich bitte dich, darauf zu verzichten. Es liegt mir sehr viel daran, wieder Kontakt zu meinen Kindern zu haben."

Aylin überlegt, ob sie nochmals versuchen soll, zu intervenieren. Doch etwas in seiner Stimme bedeutet ihr, dass sie jetzt nachgeben sollte. „Dir zuliebe." Sie küsst ihn. „Du musst mir aber versprechen, dass wir nächstes Jahr ganz sicher fahren."
„Ich verspreche es dir, mein Schatz."
„Für welchen Weihnachtstag sind wir eingeladen?"
„Heiligabend."
„Dann könnten wir ja am Weihnachtstag nach Ankara zu meiner Mutter gehen. Wenn wir eh hier sind ..."
„Genau! Ich lasse gleich morgen den Flug buchen."
„Können wir noch über etwas anderes sprechen?" Aylin löst sich aus der Umarmung und geht in die Küche. Ruedi folgt ihr und sieht zu, wie sie das vorbereitete Nachtessen, welches ihre Haushälterin bereitgestellt hat, in den Ofen schiebt.
„Was möchtest du besprechen?", fragt er.
„Meine Mutter möchte das Haus verkaufen. Doch ich würde es gerne behalten. Ich bin dort aufgewachsen und mir liegt dieses Haus am Herzen."
„Hast du das deiner Mutter schon gesagt?"
„Ja. Doch wenn sie es nicht verkauft, müsste ich meinen Bruder auszahlen. Sie würde es mir dann als Vorerbe überlassen."
„Dann tu das doch!"
„Aber ..."
„Ich werde dir das Kapital geben."

Aylin dreht sich zu Ruedi und lacht ihn an: „Du bist der Beste! Danke schön! Würdest du auch mit mir dort wohnen wollen?"
„Hm …" Ruedi scheint wenig begeistert von dieser Idee. Er hat für sich und Aylin eine schöne Attikawohnung mitten in der Stadt Baden gekauft und der Gedanke, zukünftig in Nussbaumen zu wohnen, gefällt ihm nicht.
„Ich versteh schon." Aylin macht einen Schmollmund. „Aber das war nur so ein Gedanke. Ich werde das Haus vermieten. Ich möchte nur nicht, dass fremde Leute es kaufen. Vielleicht überlegst du es dir später einmal …, so in fünf oder zehn Jahren?"
„Ich überlege es mir. Und jetzt habe ich Hunger!"

))(())((

Ruedi Schmid geht am zweiten Januar arbeiten; er hat sich viel vorgenommen. Als Controller in der ABB Baden ist der Jahreswechsel eine seiner arbeitsintensivsten Zeiten. Am Berchtoldstag trifft man nur wenige Mitarbeitende an, und diese Ruhe schätzt Ruedi sehr. Er startet den PC, als das Telefon läutet. Leicht verärgert nimmt er ab: „Ruedi Schmid, Contr..."
„Ich bin's! Sorry für die Störung. Ich habe vergessen, dich zu fragen, ob wir heute Abend mit meiner Mutter essen gehen. Ich gehe sie gleich am Flughafen abholen."
„Hallo Schatz", seine Laune bessert sich. „Ja klar! 19.00 Uhr?"
„Kannst du nicht etwas früher? Du weißt ja, dass meine Mutter nicht gerne spät isst …"
„18.30 Uhr – äußerstes Angebot!" Ruedi lacht.
„Gut, danke. Ich reserviere im Trudelkeller. Bis dann, ich liebe dich." Ohne eine Antwort abzuwarten, hängt Aylin das Telefon ein. Sie hat länger als geplant geschlafen und muss sich jetzt beeilen, rechtzeitig am Flughafen zu sein. Anfänglich wollten sie zusammen mit ihrer Mutter erst am zweiten Januar zurückfliegen. Doch nachdem klar war, dass sie über die Festtage nicht nach New York fliegen wollten, haben sie von einem Geschäftskollegen von Ruedi eine Einladung zu Silvester bekommen, welche sie nicht ablehnen konnten. Deshalb sind sie schon am

27. Dezember zurückgeflogen. Ruedi hat die Zeit genutzt, um arbeiten zu gehen und Aylin traf sich jeden Tag mit einer ihrer Kolleginnen zum Shoppen. Sie war in Zürich, in Luzern und in St. Gallen, um ein geeignetes Kleid für ihre Hochzeit zu finden. Doch sie konnte sich nicht entscheiden und beschloss, mit ihrer Mutter nochmals loszuziehen.

Ihre Mutter hatte sich über den Besuch an Weihnachten sehr gefreut und auch über den Vorschlag von Aylin, dass sie das Haus in Nussbaumen behalten will und ihren Bruder auszahlen wird. Jetzt erwartet sie ihre Tochter am Flughafen. Sie ist schon vor einer halben Stunde gelandet, doch Aylin ist nirgends zu sehen. *Hoffentlich ist nichts passiert*, denkt sie, als Aylin atemlos durch die Glastüre zum Ankunftsterminal kommt.

„Hallo Mama! Sorry, es hatte so viel Verkehr!" Sie umarmt ihre Mutter zur Begrüßung.

„Hallo Aylin! Gut siehst du aus!"

„Danke, du aber auch!"

„Du Schmeichlerin. Wo hast du parkiert?"

„Gleich vor dem Terminal. Wir sollten uns beeilen. Ich habe nichts bezahlt. Bin gleich losgerannt …"

„Von mir aus können wir gleich gehen."

Nach einer knappen Stunde kommen sie in Nussbaumen an. Aylins Mutter schließt auf und sie gehen erst durch das ganze Haus, um zu lüften. Eine Nachbarin schaut in der Zeit, in der Aylins Mutter jeweils in der Türkei ist, nach dem Haus. Es ist wie immer alles sehr ordentlich, doch die Luft in den Räumen riecht abgestanden.

„Hast du schon etwas unternommen wegen einem Mieter?", will Aylins Mutter wissen. Sie stellt ihre Koffer erst mal in das Wohnzimmer.

„Nein, aber ich kenne einen Makler, den ich damit beauftragen will. Der kommt am siebten Januar aus seinen Ferien zurück. Ich glaube nicht, dass es Schwierigkeiten gibt, einen Mieter zu finden."

„Ich freue mich sehr, dass du das Haus behalten willst. Und es ist großzügig von deinem Ruedi, dass er das finanziert!"
„Ja, er ist ein guter Mann."
„Bist du glücklich?"
„Ja, ich glaube schon."
„Das tönt aber nicht so überzeugend …"
„Doch, Mama, ich bin glücklich. Es geht mir sehr gut und Ruedi liest mir auch nach all der Zeit, in der wir schon zusammen sind, immer noch jeden Wunsch von den Augen ab. Manchmal frage ich mich allerdings, was ich im Leben noch machen könnte. Ich bin jetzt 34 Jahre alt …"
„Willst du keine Kinder? Es wäre langsam Zeit."
„Nein, Mama, das haben wir schon ein paar Mal diskutiert. Ich will keine Kinder. Ich überlege mir, vielleicht irgendwann wieder arbeiten zu gehen. Schließlich habe ich Marketing studiert und manchmal habe ich das Gefühl, dass ich etwas mehr tun möchte, als die Frau eines erfolgreichen Mannes zu sein. Doch im Moment ist das noch kein Thema. Kaffee?"
„Ja, gerne."
Aylins Mutter trägt ihren Koffer ins Schlafzimmer und beginnt auszupacken, während ihre Tochter in der Küche Kaffee kocht. Schnell hat sie alles eingeräumt und geht zurück zu Aylin in die Küche.
„Wenn das Haus nur schon geräumt wäre! Ich werde nicht viel in die Türkei mitnehmen."
„Das schaffen wir schon. Ich habe mir gedacht, dass ich einen Mieter suche per Mai oder Juni. Dann haben wir genügend Zeit, alles zu räumen."
„Ja, das tönt gut. Jetzt kümmern wir uns erst mal um deine Hochzeit, mein Kind." Aylins Mutter nimmt einen Schluck Kaffee.
„Es wird keine große Hochzeit werden, Mama, das weißt du. Nur im kleinen Kreis und ich habe einen Hochzeitsplaner, der sich um alles kümmert."
„Ja, ich weiß. Aber das Kleid suchst du dir selber aus, nicht?"

„Klar! Ich bin die letzten Tage mit meinen Kolleginnen schon mal losgezogen. Doch ich habe mich nicht entscheiden können. Ich würde das Kleid gerne mit dir kaufen gehen."

„Ja, super, ich freue mich ... Übrigens, Boris kommt mit seiner Frau und seinen beiden Jungs am vierzehnten Januar an."

„Gut."

„Hast du Bea noch mal gefragt?"

„Nein, natürlich nicht. Ich habe dir doch an Weihnachten erzählt, wie sie mich abserviert hat. Da geh' ich bestimmt nicht noch mal hin!"

„Ich finde, dass sie völlig übertrieben reagiert hat. Ich verstehe das ehrlich gesagt überhaupt nicht!"

„Tja. Ich auch nicht. Sie wurde geschieden. Sie lebt jetzt allein mit ihrer Tochter in Ennetbaden. Sie erschien mir verbittert und gereizt. Vielleicht ist sie einfach unzufrieden mit ihrem Leben. Ich kann ihr Verhalten nach all den Jahren nicht mehr persönlich nehmen."

„Sie ist geschieden? Das hast du mir gar nie erzählt. Das wusste ich nicht ..."

„Ja, ihr Mann hat sie verlassen. Ich weiß auch nichts Genaues. Eine Kollegin kennt einen Freund ihres Exmannes und hat mir erzählt, dass Gerry nicht mehr wusste, wie er mit seiner Frau umgehen sollte. Er hatte immer viel Verständnis für sie, hat sie umsorgt, war für sie da. Doch sie sei immer etwas in sich gekehrt gewesen und er kam mit den Jahren gar nicht mehr an sie heran. Sie hat mir erzählt, dass er es sich wirklich nicht leicht gemacht habe, doch schließlich hat er sich entschieden, zu gehen. Er hat ihr das Haus überlassen und sorgt auch finanziell gut für sie und seine Tochter."

„Oje, das tut mir leid! Hättest du gedacht, dass sie mal so ... komisch ... werden wird? Ich habe immer noch das fröhliche kleine, blonde Mädchen im Gedächtnis, das sie einmal war. Als ihr damals aus der Türkei zurückgekommen seid, dachte ich, dass sich euer Streit wegen dieses Jungen bestimmt bald wieder legen würde ... Doch da hatte ich mich wohl getäuscht."

„Mama, können wir bitte über etwas anderes sprechen? Das Thema Bea macht mich traurig."

Aylins Mutter hatte mitbekommen, wie sehr sich ihre Tochter nach der Rückkehr aus der Türkei um die Freundschaft mit Bea bemühte. Tagelang, wochenlang hatte sie auf verschiedenen Wegen versucht, mit Bea wieder in Kontakt zu kommen. Dass es Aylin bei diesen Versuchen, sich mit Bea wieder zu versöhnen, auch darum ging, ihre Freundin davon abzuhalten, jemandem zu erzählen, was wirklich geschehen war, konnte ihre Mutter nicht wissen. Sie machte sich damals große Sorgen um Aylin, welche ihr unausgeglichen und betrübt erschien. Erst im September, als sie ihr Studium begann, ging es ihrer Tochter wieder besser. Natürlich versteht sie, wenn Aylin so kurz vor ihrer Hochzeit nicht ausgerechnet an diese Zeit erinnert werden will.

„Ja, lass uns über etwas Erfreuliches sprechen." Ihre Mutter lächelt und streicht ihr sanft über den Kopf.

„Ja, zum Beispiel über die Kinder von Ruedi. Wir waren ja an Heiligabend bei ihnen eingeladen. Ich glaube wirklich, sie haben mich endlich als die Frau an Ruedis Seite akzeptieren können. Gestern hat mich Doris, die Älteste, angerufen und mir ein gutes neues Jahr gewünscht ..."

„Das freut mich aber!"

„Mama, hast du heute noch etwas vor?"

„Nein, warum?"

„Ich habe mir gedacht, dass wir heute Abend essen gehen, mit Ruedi. Ich habe im Trudelkeller schon reserviert."

„Da freu ich mich drauf! Aber ich möchte mich ehrlich gesagt jetzt gerne etwas hinlegen. Ich bin geschafft von der Reise. Es ist erst halb zwei ..."

„Das ist bestens. Ich hol' dich dann um 18 Uhr ab, okay?"

„Ja, gerne. Ist es wirklich gut für dich, wenn ich jetzt etwas ausruhe? Oder wolltest du noch etwas unternehmen?"

„Nein, heute nicht. Aber morgen gehen wir zwei los und schauen wegen meinem Kleid!"

„Dann bis später." Aylin zieht sich den Mantel über, während ihre Mutter zur Haustür geht. Sie umarmen sich und Aylin fährt nach Hause.

Aylin lernte Ruedi kennen, als sie nach ihrer Studienzeit eine Temporärstelle in der damaligen BBC angenommen hatte. Die Assistentin von Ruedi hatte einen halbjährigen unbezahlten Urlaub gewährt bekommen und in dieser Zeit wurde Aylin als Vertretung angestellt. Sie spürte schon bald, dass Ruedi ihr sehr zugetan war. Er war mit seinen fünfunddreißig Jahren zehn Jahre älter als sie, verheiratet und hatte bereits drei Kinder. Sie fand diesen Mann sehr interessant. Seine engagierte Art gefiel ihr und sie fühlte sich in seiner Gesellschaft wohl und sicher. Überall, wo sie mit ihm hinkam, genoss er großes Ansehen.

Sie wusste, dass er verheiratet war. Doch nachdem er ihr gestanden hatte, dass er sich in sie verliebt hatte und ihr erzählte, dass er sich in einer Ehekrise befand, sah sie kein Hindernis, sich auf eine Beziehung mit ihm einzulassen. Das eine kam zum anderen, und noch bevor ihre temporäre Anstellung vorbei war, war sie mit ihm fest zusammen. Er hat eine Attikawohnung in der Stadt Baden gekauft, welche sie beide ein Jahr später bezogen. Aylin hat sich keine Stelle mehr gesucht. Erst wollte sie nur mal Zeit haben, die von Ruedi gekaufte gemeinsame Wohnung schön einzurichten. Sie hatte aber auch, nachdem nichts mehr in der Wohnung verbessert werden konnte, keine Lust zu arbeiten. Ruedi bekräftigte sie nicht darin, sich eine Anstellung zu suchen. Er selber arbeitete viel und besuchte zahlreiche gesellschaftliche Anlässe, zu denen er seine junge Freundin mitnahm. Anfänglich war er eher vorsichtig, doch Aylin entpuppte sich als sehr charmante und intelligente Begleiterin, weshalb er sie schon nach kurzer Zeit sowohl in politischen wie auch In geschäftlichen Kreisen stolz vorstellte. Er wollte nicht, dass sich daran etwas änderte und Aylin vielleicht, wenn sie selber arbeiten ginge, keine Zeit mehr hätte.

Je länger Aylin mit Ruedi zusammen war, je mehr störte es sie, dass sie immer als „Partnerin" vorgestellt wurde. Sie wollte ihn als Frau Schmid begleiten. Er war nicht ihre große Liebe, aber sie mochte ihn.

Sie begann, über das Thema Heirat zu sprechen. Sie spürte, dass Ruedi dabei ein ungutes Gefühl bekam, und schloss daraus, dass er Mühe damit hätte, dies seinen Kindern mitzuteilen. Also wollte sie es langsam angehen, denn wenn Aylin sich ein Ziel gesetzt hatte, dann bemühte sie sich auch, dies zu erreichen.

Nun war es so weit. Inwiefern der Tod seiner Exfrau damit zu tun hat, wusste sie nicht und wollte sie auch nicht wissen. Tatsache ist, dass er sie in den Ferien im September gefragt hat, ob sie seine Ehefrau werden möchte. Sie machten einen Kurzurlaub auf einer Mittelmehrkreuzfahrt in der Agaïs. Als das Schiff in Agios Nikolaos Halt machte, führte er sie mit einem Mietauto in eine nicht weit entfernte hübsche Taverne in den Bergen. Dort feierten Einheimische ein Geburtstagsfest. Sie hatten gerade zu Ende gegessen, als einer der Kreter zu ihrem Tisch kam und sie einlud, mit ihnen zu feiern. Es wurde Musik gespielt und Raki ausgeschenkt. Die Männer tanzten zusammen und es dauerte nicht lange, da wurde Aylin in die Tanzgruppe aufgenommen. Ruedi hielt sich lieber zurück und beobachtete das bunte Treiben. Sie sah so wunderschön aus und sie bewegte sich mit der Musik, als hätte sie nie etwas anderes getan. Als sie atemlos zurück zum Tisch kam, holte er aus seiner Jackentasche einen wunderschönen Diamantring, den er früh morgens in einem Schmuckladen in Agios Nikolaos gekauft hatte, als Aylin noch schlief. Er nahm ihre Hand und steckte ihr den Ring an. Dabei fragte er sie, ob sie seine Frau werden wolle. Natürlich wollte sie!

Gleich nach den Ferien engagierte sie einen Hochzeitsplaner und verschickte Einladungen. Sie wollte schnell heiraten. Bis Ende des Jahres war unrealistisch – doch im Januar müsste das zu schaffen sein. Dieses Ziel war nun erreicht. Und jetzt?

Sie hat noch etwa drei Stunden Zeit, bis sie sich für das Abendessen umziehen will. Sie fühlt sich angespannt und gleichzeitig müde. Sie ist nervös und ahnt den Grund, doch sie kann sich nicht eingestehen, dass sie Angst hat. Sie fragt sich, ob sie das

Richtige tut. Diese lang ersehnte Heirat mit Ruedi hat auch etwas Beklemmendes. Ihr Ziel der letzten Jahre, Ruedis Ehefrau zu werden, ist nun erreicht. Anstatt sich darüber zu freuen, spürt sie Unbehagen. Was kommt danach? Und vor allem: Wofür soll sie sich nach der Hochzeit engagieren?

Aylin setzt sich auf die Couch und versucht, sich zu beruhigen. Doch das gelingt ihr nicht und sie wählt eine Telefonnummer.

„Markus Wegmann", meldet sich eine sympathische Männerstimme.

„Hey Markus, ich bin's, Aylin."

„Oh, ich fühle mich geehrt!"

„Bist du schlecht drauf?"

„Warum, weil ich mich geehrt fühle, dass die Dame sich an mich erinnert? Ich habe seit November nichts mehr von dir gehört! Hattest du schöne Festtage?", fragt Markus spitz.

„Du bist schlecht drauf. War ein Fehler, dich anzurufen. Sorry. Mach's gut …"

„Warte!" Markus beruhigt sich. „Häng nicht auf. Tut mir leid. Ich habe ein paar Mal versucht, dich zu erreichen. Ich dachte … Ich überlegte …, ob du vielleicht jetzt, wo du endlich geheiratet wirst …, ob wir …"

„Markus! Halt! Das kann ich jetzt nicht gebrauchen. Du weißt, dass sich zwischen uns nichts ändert. Egal ob ich heirate oder nicht."

„Okay. Ich glaube dir."

„Ja, bitte. Es tut mir leid. Ich hätte mich melden müssen. Ich weiß. Ich war sehr beschäftigt und ich … habe ein ganz schlechtes Gewissen, dass ich mich nicht mal vor Neujahr gemeldet habe … Kannst du mir das verzeihen?"

„Ja, kann ich. Du warst bestimmt sehr beschäftigt mit Hochzeitsvorbereitungen." Markus lacht. „Das war das Zweite, was ich mir überlegt habe."

„Markus, hast du heute Nachmittag kurz Zeit für mich? Ich muss um siebzehn Uhr aber wieder zu Hause sein."

„Jetzt? Ja. Was brauchst du? Markus, den besten Freund? Markus, den Lover? Markus, den Anwalt?"

„Blödmann", Aylin spürt, wie sie sich etwas entspannt. „Ich brauche einen besten Freund."

„Okay, kommst du bei mir vorbei?"

„Ja … Viertelstunde?"

„Bis gleich."

Aylin macht sich auf den Weg nach Nussbaumen. Sie überlegt sich kurz, ob sie ihr Kleid für das Abendessen heute gleich mitnehmen soll, weil sich Markus' Wohnung nicht weit vom Haus ihrer Mutter befindet. Dann müsste sie nicht zurück nach Baden, um danach in Nussbaumen ihre Mutter abzuholen. Doch sie verwirft den Gedanken gleich wieder. Sie ist lieber allein und ungestört, wenn sie sich umzieht und schminkt.

Kurz darauf steht sie in der elegant eingerichteten Wohnung von Markus. Er wohnt allein, obwohl er eine Freundin hat. Aylin hatte ihn vor vielen Jahren kennengelernt. Sie war damals mit Studienkolleginnen in den Ferien in Spanien und Markus arbeitete als Animateur in ihrem Hotel. Er erzählte ihr, dass er nach drei Jahren das Philosophiestudium sausen ließ und nun jobbt, bis die Semesterferien vorbei sind. Danach will er Jus studieren. Sie haben in diesen Ferien viel miteinander gesprochen und fühlten sich einander nah. Am Ende ihrer Ferien schliefen sie zusammen, tauschten ihre Adressen und sie flog nach Hause. Vier Wochen später meldete sich Markus bei Aylin. Er wohnte in Zürich, nahe der Uni, in einer WG. Aufgewachsen war er auf dem Mutschellen, nahe der Stadt Baden. Danach trafen sie sich regelmäßig. Für beide war klar, dass ihre Beziehung etwas Besonderes war. Sie waren in erster Linie beste Freunde. Sie vertrauten sich mit der Zeit alles an und kannten sich gegenseitig schon bald sehr gut. Markus war der Einzige, dem sie alles über Bea und das Kind erzählt hatte. Sie wusste, er würde niemals etwas weitererzählen und er ist der Einzige, der davon weiß und der trotzdem ihr Freund sein konnte. Und so war es auch. Ab und zu kam es auch dazu, dass sie miteinander schliefen. Jeder von ihnen beiden führte Beziehungen, die auf ihr Verhältnis keinen Einfluss hatten – und umgekehrt auch nicht. Später, als Markus die Anwaltsprüfung bestanden und seine eigene Kanzlei aufgebaut hatte, war Markus auch Aylins Anwalt, den sie ab und zu schon gebraucht hatte.

Markus nimmt ihr den Mantel ab.
„Setz dich." Er zieht einen Stuhl an der Küchenbar vor. „Magst du ein Glas Wein?"
„Gerne."
„Also, raus damit. So wie ich dich verstanden habe, hast du nicht viel Zeit." Markus schenkt ein.
„Du weißt, dass es immer mein Ziel war, Frau Aylin Schmid zu sein. Ich meine, ich bin es ja schließlich auch …"
„Ja, das bist du. Du lebst schon so lange mit Ruedi zusammen. Ich verstehe, dass du heiraten möchtest. Ich hoffe einfach, dass diese Heirat wirklich nichts zwischen uns ändert."
„Warum sollte es? Wir haben beide unsere Beziehungen. Was macht es da für einen Unterschied, ob verheiratet oder nicht. Oder?"
„Ja, du hast recht. Was hast du dann für ein Problem? Du hast dein Ziel erreicht! Freu dich doch!"
„Genau … das will ich ja. Aber irgendwie gelingt es mir nicht. Was kommt denn jetzt? Irgendwie habe ich nun, da ich mein Ziel fast erreicht habe, nichts mehr, wofür ich mich einsetzen kann, wofür ich kämpfen kann … Ich fühle mich so orientierungslos."
„Du hast Marketing studiert, such dir einen Job!"
„Das ist Lichtjahre her! Ich habe nach dem Studium nie im Marketing-Bereich gearbeitet. Wer sollte mich anstellen?"
„Das siehst du viel zu schwarz. Du hast in den letzten Jahren ja nicht einfach nichts getan. Du bist zu einer perfekten Gastgeberin geworden, bist stilsicher, hast ein Auge für Trends und ein tadelloses Benehmen. Außerdem siehst du gut aus …"
„Ja, ja, du glaubst, dass gutes Aussehen hilfreich ist bei der Arbeitssuche?"
„Natürlich! Egal was die Arbeitgeber faseln von Kompetenz und Know-how, doch das Aussehen vermittelt den berühmten

ersten Eindruck und ist immer ein wichtiger Bestandteil für eine Anstellung. Ob man das wahrhaben will oder nicht."
„Du meinst also, ich soll so etwas wie eine berufliche Karriere anstreben?"
„Warum nicht? Außer du möchtest nun doch Kinder haben …"
„Bestimmt! Seh ich so aus? Aber das mit der Karriere gefällt mir irgendwie. Ich habe in letzter Zeit ab und zu daran gedacht, arbeiten zu gehen. Ich weiß zwar nicht, was Ruedi dazu sagen wird, doch das ist auch nicht so wichtig."
„Liebst du ihn?"
„Ruedi? Liebe ist ein sehr großes Wort."
„Du weichst aus. Liebst du den Mann, den du heiraten wirst?"
„Ich mag ihn. Ich bin gerne mit ihm zusammen und ich fühle mich wohl mit ihm. Ich liebe das Leben, das er mir ermöglichen kann … Ist das Liebe?"
„Nein. Das ist keine Liebe, Aylin."
„Ok – aber es reicht für eine Ehe?"
„Ja, das tut es wohl. Ich glaube sogar, dass das eine gute Voraussetzung für eine Ehe ist. Ich wünsche dir jedenfalls, dass du mit Ruedi ein zufriedenes und glückliches Leben führen kannst" Markus umarmt Aylin und küsst sie auf den Mund. „Und du meine Freundin bleibst."
„Danke, Markus. Ich bin froh, dass es dich gibt. Und ja, ich möchte sehr gerne deine Freundin bleiben."

Aylin fühlt sich jetzt wesentlich entspannter und ist nicht mehr so unruhig. Ein Gespräch mit Markus hilft ihr meistens, weil sie beide ähnlich denken und handeln. Sie muss ihm nichts vormachen und kann einfach sie selber sein, ohne dafür verurteilt zu werden. Sie ist sich jetzt sicher, dass ihr nächstes Projekt „Karriere bei der Arbeit" heißen wird.

Dienstag, 28. August 2012

Uschi kommt rechtzeitig auf den Parkplatz, wo Urs schon auf sie wartet. „Danke für das Dossier", begrüßt er Uschi. „Ich weiß noch nicht so genau, was ich von dieser Frau halten soll. Ich habe mit der Presse noch einen Termin abgemacht für heute Nachmittag. Bist du wieder fit?"
„Ja, ich fühle mich besser, danke. Ich habe meine Mutter angerufen und uns angemeldet. Habe ihr schon mal gesagt, dass Nina nicht schuld ist an ihrem Tod – mehr werden sie heute Nachmittag von dir erfahren. Sie erwarten uns."

Uschi will schon ins Auto steigen, doch Urs bleibt stehen und räuspert sich: „Ich habe mir über Mittag noch ein paar Gedanken über dich gemacht. Diese Aylin Schmid hat durch ihre Handlungen damals einschneidend in das Leben deiner Mutter eingegriffen, und zwar in einer Art, dass es heute auch dich betrifft. Deshalb gestatte mir die Frage: Bist du befangen?"

Uschi hat diese Frage erwartet. Während der langen Mittagspause hat sie sich erst etwa eine halbe Stunde hingelegt und kurz geschlafen. Dann bereitete sie in der Küche eine Schüssel Salat zu und wärmte sich ein Stück Käsekuchen, welcher noch im Kühlschrank lag. Sie versuchte, ihre Gedanken und Gefühle zu ordnen und fragte sich selber, ob sie sich in dieser Sache als befangen definieren würde. Immerhin waren die Informationen, welche sie seit gestern bekommen hat, keine leichte Kost. Diese Aylin hatte ihrer Mutter und auch Nina ganz schön zugesetzt. Schließlich kam sie aber zum Schluss, dass sie nicht befangen sei. Sie kannte diese Aylin nicht. Sie hat erfahren, dass sie, mindestens damals, etwas getan hatte, wofür sie hätte belangt werden können. Doch damit unterschied sich Aylin nicht von verschiedenen anderen Opfern. Ihre Halbschwester war zwar die letzte Person, die Aylin lebend gesehen hat, aber sie hat sie nicht umgebracht."

„Gut, dass du das ansprichst." Ich habe mir auch Gedanken darüber gemacht und bin zum Schluss gekommen, dass ich mich nicht befangen fühle."

„Gut. Ich erwarte aber, dass du mich informierst, wenn sich daran etwas ändern sollte, okay?"

„Klar, mach ich. Fahren wir?"

Bea steht schon in der offenen Tür, als Uschi mit Urs zum Hauseingang kommt. Sie hat vom Sitzplatz aus gesehen, dass ein Auto vorfährt und sie hatte Uschi und ihren Chef ja erwartet. Nina steht neben ihrer Mutter und Uschi ist erneut erstaunt, wie sehr sich Mutter und Tochter gleichen.

Nach einer kurzen Begrüßung beginnt Urs mit der Befragung von Nina, nicht ohne seinen Block hervorzuholen. Uschi und Bea setzen sich zu ihnen. Uschi hat das Dossier von Aylin vor sich und ist bereit, Ninas Aussage aufzuzeichnen.

„Uschi hat ihnen schon mitgeteilt, dass Aylin Schmid nicht durch Sie getötet worden ist."

„Ja", antwortet Nina, „ist das sicher?"

„Wir können ausschließen, dass sie aufgrund des Sturzes, der durch Sie verursacht worden ist, starb."

„Weshalb ist sie gestorben?"

„Dazu möchte ich zum jetzigen Zeitpunkt noch nichts sagen. Wir ermitteln noch. Wo waren Sie gestern zwischen 19.00 Uhr und 20.00 Uhr?"

„Ich war hier."

„Gibt es Zeugen?"

„Ja, Bea war auch hier." Urs schaut zu Bea, welche nickt. Es gibt keinen Grund, daran zu zweifeln.

„Gut, dann erzählen Sie mir jetzt bitte, was Sie am Sonntagabend gemacht haben."

Nina erzählt Urs die Geschichte vom Sonntagabend noch einmal. Sie ist jetzt wesentlich gefasster als gestern Abend und Uschi ist positiv überrascht, wie klar und genau Ninas Aussagen sind.

„Können Sie den Mann beschreiben, den Sie mit Aylin Schmid im Park beim Casino gesehen haben?", fragt Urs, nachdem Nina geendet hat.

„Es war schon am Dämmern und die beiden standen unter zwei großen Bäumen. Es gab dort schwaches Licht von Lampions und ich habe ihn nur von hinten gesehen. Er schien älter zu sein als Aylin, so sechzig oder siebzig Jahre alt. Er war etwas größer als sie, trotz seiner leicht geduckten Haltung. Er hat eine Halbglatze und weißes Haar, welches gut zehn Zentimeter lang ist."

„Wie war er gekleidet?"

„Er trug einen hellen Anzug. Helles Hemd, nicht weiß, und eine dunkle Krawatte ... Aber die Kleider schienen irgendwie zerknittert. Als er später auf diesem Platz vor dem Kaufhaus in die andere Richtung lief, konnte ich sehen, dass sein Anzug beige war und sein Hemd hellblau." Uschi hält Urs drei Fotos hin. Zwei davon zeigen Aylins Exmann Ruedi Schmid, ein drittes einen Arzt aus dem Kantonsspital. Aylin Schmid hatte vor zwei Jahren einen Arzt verklagt und Recht bekommen. Der Arzt hat seine Approbation verloren und die Zeitungen berichteten über den Fall.

Urs nimmt die Fotos entgegen und zeigt sie Nina.

„Der." Nina zeigt auf das Bild von Ruedi Schmid, auf welchem er älter ist.

„Sind Sie sicher?"

„Ganz sicher." Urs gibt die Fotos zurück an Uschi und nickt.

„Haben Sie verstehen können, was sie gesprochen haben?"

„Nein. Sie waren zu weit weg und ich hätte ihre Mundart sowieso nicht verstanden. Sie schienen sich zu streiten. Worüber, weiß ich nicht."

„Die Geschäftsmänner, am Cordulaplatz, können Sie die beschreiben?"

„Ich habe nicht alle von vorn gesehen. Außerdem war es dunkel. Die Herren trugen alle dunkle Anzüge und weiße Hemden. Zwei von ihnen standen mit dem Rücken zu mir am Tisch. Sie waren etwas älter, so um die fünfzig. Einer hatte graues kurzes Haar, der andere eine Glatze und ich glaube, eine Brille. Sie waren in ein Gespräch vertieft. Einer der Herren war etwa so alt wie ich, hatte dunkelbraunes, etwas gewelltes kurzes Haar. Mir fiel sein kantiges Gesicht auf. Er hatte seine Krawatte in der Hand und gab Aylin Feuer. Der Vierte stand etwas abseits und telefonierte mit seinem Handy. Weil er außerhalb des Lichtkegels stand, konnte ich sein Gesicht nicht sehen. Ich habe aber gesehen, dass er langes, dunkles Haar hat, welches zu einem Pferdeschwanz zusammengebunden war." Urs wird hellhörig. „Pferdeschwanz?"

„Ja, er hat langes Haar. Das war streng nach hinten gebunden." Uschi sieht, wie Urs einen Kopf mit Pferdeschwanz in seinen kleinen Block kritzelt, dazu drei große Fragezeichen. Ein Lächeln huscht über ihr Gesicht. Typisch Urs, denkt sie. Er macht oft kleine Bilder, wo andere etwas schreiben würden.

„Haben Sie gesehen, was die Herren getrunken haben?", führt Urs die Befragung weiter.

„Es stand Bier auf dem Tisch. Und zwei Gläser Wein ... Ich habe aber nicht gesehen, wer was getrunken hat. Ich glaube, drei der Herren hatten Bier in der Hand, als sie rauskamen und derjenige, der telefonierte ein Glas Rotwein ... und Aylin hatte auch Wein."

„Ist Ihnen sonst noch etwas aufgefallen?" Nina überlegt.

„Der Mann mit der Krawatte in der Hand schien sehr vertraut mit Aylin zu sein. Er hat ihr mehrmals den Arm um die Schulter legen wollen, was sie jedoch immer wieder abwehrte."

„Der war etwa so alt wie sie?"

„Ja ... wesentlich jünger als Aylin."

Urs reibt sich das Kinn. Er scheint über etwas nachzudenken. Für Uschi ist das meist ein Zeichen, dass er sich kurz ausklinken will und sie die Befragung übernehmen soll.

„Nina, um welche Zeit warst du am Cordulaplatz?"

„Ich habe keine Uhr. Als ich jedoch unter dem Stadttor durchgelaufen bin, zeigte die Turmuhr kurz vor zehn Uhr. Ich habe da hinaufgeschaut, weil ich hörte, wie eine Frau neben mir ihrem Ehemann erklärte, dass das Stadttor noch bis vor Kurzem als Gefängnis gedient haben soll. Ich schaute dann kurz hoch, lief aber sofort weiter, weil ich ja Aylin nicht verlieren wollte. Stimmt das? War das ein Gefängnis?"

„Ja, das stimmt", bestätigt Bea. Mein Schulweg in die Kantonsschule führte unter dem Turm durch. Wir haben ab und zu einen Häftling gesehen, beziehungsweise gehört."

Uschi will nicht weiter darauf eingehen. Sie haben noch einen Termin in der ABB abgemacht und es ist bereits halb vier. Deshalb fährt sie weiter: „Und um welche Zeit hast du Aylin mit ihrem Exmann im Stadtpark beobachtet?"

„Das muss so gegen halb zehn gewesen sein." Uschi notiert sich die Zeiten.

„Ist dir an Aylin etwas aufgefallen?"

„Weiß nicht, die hatte die Hucke voll ... Sorry, ich glaube, sie war betrunken. Sie hatte etwas Mühe mit Sprechen ... Außerdem hatte ich das Gefühl, dass sie ihre Beine nicht recht unter Kontrolle hatte. Sie hat auch gesagt, dass sie sich nicht gut fühlt und deshalb schon nach Hause fahren möchte. Ich fand, sie hat etwas krank ausgesehen."

„Sie wollte nach Hause fahren ... Mit dem Auto?"

„Ich denke schon ... Ich machte mir zu dieser Zeit keine Gedanken darüber. Was sie mir sagte, vor allem wie sie mir das sagte, war für mich unfassbar. Außerdem habe ich versucht, kein allzu großes Aufsehen zu erregen. Zum Glück gab es eine Veranstaltung hinter dem Casino, weshalb beim Lift wenig bis keine Leute waren."

Urs weiß, dass er ein Bild gesehen hat, auf dem Aylin mit einem Herrn mit Pferdeschwanz abgebildet war. Er kann sich aber nicht erinnern, wo er dieses Bild gesehen hat.

„Uschi, kann ich kurz das Dossier haben?", fragt er. Sie reicht es ihm hinüber und er durchsucht es, wird aber nicht fündig.

„Haben Sie die Tageszeitung hier, Frau Frei?", will er wissen. Nina schaut Uschi fragend an, doch diese zuckt nur mit den Schultern.

„Nein, tut mir leid, ich habe keine Zeitung abonniert", antwortet Bea.

„Dann wissen wir für den Moment alles. Danke, Frau Klein. Wie können wir Sie erreichen, falls wir noch Fragen haben?" Nina schaut zu Bea: „Frau Frei hat mir angeboten, bis auf Weiteres bei ihr zu wohnen. Ich habe in Deutschland bereits meinen Chef informiert und einen unbezahlten Urlaub bekommen. Ich habe mich darauf eingestellt, der Polizei zur Verfügung zu stehen. Schließlich dachte ich bis heute Mittag, als Uschi anrief, dass Aylin gestorben ist, weil ich sie geschubst habe ..."

„Ja, ich habe ihr angeboten, hier zu wohnen, während sie in der Schweiz ist. Ich bin so froh, dass du Aylin nicht umgebracht hast!" Bea steht auf und stellt sich hinter den Stuhl von Nina. Sie legt ihr beide Hände auf die Schultern und zu Uschi gewandt fragt sie: „Ist das für dich in Ordnung? Wenn Nina in deinem Zimmer wohnt?" Dabei nimmt sie ihre rechte Hand von Ninas Schulter und legt sie stattdessen auf Uschis Schulter, welche gleich neben Nina Platz genommen hatte. Jetzt hat sie ihre beiden Töchter beisammen ... Bea holt tief Luft. Dass dies einmal geschehen könnte, hatte sie nicht gewagt zu glauben. „Natürlich!", antwortet Uschi. Urs kennt Uschi nun lange genug, um zu wissen, dass diese Antwort ganz ehrlich gemeint war. Beide Töchter schauen hinauf zu ihrer Mutter und es ist für einen kurzen Moment ganz still. Urs räuspert sich und meint: „Wir müssten jetzt gehen."

Uschi steht auf und umarmt ihre Mutter. „Es wir alles gut", sagt sie ihr leise ins Ohr. Nina schreibt ihre Handynummer auf und gibt den Zettel an Uschi weiter. Sie verabschieden sich und setzen sich ins Auto.

„Ich möchte noch kurz im Büro vorbei", meint Urs, als er den Motor startet. „Ich will schnell die Aargauer Zeitung holen."

Uschi bleibt ruhig.

„Du magst sie."

„Wen?"

„Nina."

„Ja, du hast recht. Ich mag meine große Schwester. Ich habe mir so oft eine Schwester oder einen Bruder gewünscht, als ich ein Kind war. Jetzt habe ich sie. Das verwirrt mich noch, aber es ist ein gutes Gefühl. Sie beeindruckt mich. Sie ist so ... stark."

„Das bist du auch."
„Bin ich das?"
„Ja."

Urs lenkt den Wagen auf seinen Parkplatz beim Büro. „Ich hol nur schnell die Zeitung. Kannst sitzen bleiben." Und schon ist er weg. Uschi ist froh, kurz alleine zu sein. Sie fragt sich, warum Urs unbedingt die Zeitung im Büro holen will, doch sie weiß ja, dass er ab und zu Ideen hat, welche sich im Nachhinein als hilfreich erwiesen haben. Sie lässt sich also überraschen und lenkt ihre Gedanken stattdessen wieder zu Nina. Sie hat eine Schwester – Halbschwester. Es gab sie die ganze Zeit. Sie will Nina so schnell als möglich besser kennenlernen, doch im Moment ist das problematisch. Einerseits hat sie wegen diesem Mordfall wenig Zeit und andererseits ist Nina – wenn auch nur als Zeugin – in diesen Fall involviert. Sie stellt sich vor, wie es sein wird, eine Schwester zu haben. Sie möchte noch so vieles über sie wissen. Sie möchte Zeit mit ihr verbringen. Sie will ihr vieles zeigen. Sie hofft, dass Nina nun in ihrem Leben bleibt.

Die Autotür öffnet sich und Urs steigt ein.
„Ich hab's gefunden." Er legt die Zeitung von gestern auf die Knie von Uschi und startet seinen Opel.
„Was hast du gefunden?" Uschi schaut ihn fragend an.
„Seite fünf, das Foto ... Schau dir das Bild an."
„Das ist ja Aylin ... mit ihren Mitarbeitern."
„Genau! Und siehst du den Typen mit den langen Haaren? Das könnte doch der mit dem Telefon gewesen sein, von dem deine Schwester erzählt hat. Die vier Herren könnten ihre Mitarbeiter gewesen sein."
Uschi schaut zu Urs. *Gut!*, denkt sie.
„Bravo! Dann müssten die anderen drei leicht zu finden sein."

Sie parkieren ihr Auto auf dem ABB-Gelände und melden sich bei der Sekretärin von Roger Berger. Er ist seit vier Jahren Aylins Vorgesetzter. Sie arbeitete zuvor in einer anderen Abteilung.

Ruedi Schmid, welcher großen Einfluss auf das Management hatte, empfahl sie für die zu besetzende Teamleiterstelle in der Marketingabteilung und Aylin hat den Job bekommen.

Roger Berger war vom ersten Tag an sehr beeindruckt von dieser Frau. Er war fasziniert von ihrem selbstgefälligen Auftreten. Sie strömte Kraft und Selbstsicherheit aus. Sie wusste in jedem Moment, was sie will und was sie nicht will und sie ließ dies auch ihr Umfeld wissen.

Er selber war nie verheiratet, denn dafür hatte er bis jetzt, wo er bald sechzig wurde, keine Zeit gefunden. Er geht in seinem Beruf auf. Als Aylin in seine Abteilung wechselte, veränderte sich alles für ihn. Doch sie war verheiratet, weshalb er sich ihr gegenüber höflich, aber eher distanziert verhielt. Als sich Aylin vor zwei Jahren schließlich scheiden ließ, lud er sie öfter zum Essen ein. Kurz darauf waren sie ein Paar.

Sie entschieden sich, ihre Liebschaft geheim zu halten, weil sie miteinander arbeiten. Doch Anfang dieses Sommers gestand er Aylin, wie tief er für sie empfindet. Er hat noch nie derartige Gefühle für eine Frau gehabt und war selber über die Intensität überrascht. Aylin ging es nicht anders. Sie liebte zum ersten Mal in ihrem Leben einen Menschen so sehr, dass dieser für sie wichtiger war als sie selber. Vor drei Wochen haben sie sich schließlich heimlich verlobt. Sie planten, die Mitarbeiter beim Weihnachtsessen Ende des Jahres darüber zu informieren, dass Aylin aus der ABB austreten werde, weil sie beschlossen haben, im nächsten Juni zu heiraten.

„Oje, die Leute von der Polizei!", ruft die Sekretärin, als Urs und Uschi aus dem Lift kommen. „Sie habe ich ganz vergessen!"
„Guten Tag Frau Willi, wir hatten telefoniert." Urs schüttelt der Dame die Hand.
„Es tut mir leid. Herr Berger fühlte sich gestern nicht gut. Er war zwar heute Morgen im Büro, doch er sah schlecht aus. Kurz nachdem sie sich heute angemeldet haben, kam Herr Berger zu

mir und bat mich, alle Termine für diese Woche abzusagen. Er sah wirklich sehr schlecht aus. Dann ist er nach Hause gefahren. Ich habe vergessen, Ihnen das mitzuteilen." Frau Willi wühlt in ihren Akten und scheint völlig absorbiert zu sein „Hoffentlich habe ich nicht auch noch andere Termine vergessen abzusagen! Es ist heute wie in einem Bienenhaus hier ..." Sie stöhnt und scheint völlig überfordert zu sein.

„Er ist also gar nicht da?", fragt Urs.

„Nein, leider nicht ... Ich habe ja so viel zu tun. Frau Schmid ist doch ..."

„Kein Problem, Frau Willi", versucht Urs die arme Frau zu beruhigen. „Wir melden uns bei ihm zu Hause."

„Ich weiß nicht, ob ihm das angenehm ist ..." Urs geht nicht darauf ein. Stattdessen dreht er sich zu Uschi, welche ihm die Zeitung schon entgegenstreckt.

„Arbeitet dieser Mann hier?" Er zeigt auf den Langhaarigen auf dem Zeitungsbild.

„Herr Marbach. Das ist Herr Marbach."

„Ist er zu sprechen?"

„Ich rufe ihn gleich an, einen Moment bitte." Frau Willi setzt sich an ihr Pult und telefoniert. Urs blinzelt Uschi zu, welche dies mit einem Nicken bestätigt.

„Er holt Sie ab ... Kann ich sonst noch etwas für sie tun?", meint Frau Willi, und ordnet gleichzeitig Post auf ihrem Bürotisch.

„Nein, danke, wir warten. Lassen Sie sich nicht weiter stören."

Kurz darauf erscheint ein junger Herr in Anzug mit einem Pferdeschwanz.

„Ich bin Rolf Marbach", stellt er sich vor und schüttelt beiden die Hände. Dabei macht er einen leichten Knicks. „Ich gehe dann mal vor", meint er und wendet sich zur Tür.

In Marbachs Büro angekommen, fragt Urs: „Sie wissen, dass Frau Schmid tot ist?"

„Ja, natürlich!"

„Wie habe sie davon erfahren?"

„Aylin kam am Montag nicht ins Büro. Sie hatte sich ja am Sonntag bei der Badefahrt frühzeitig verabschiedet. Wir gingen davon aus, dass sie krank ist. So um halb zehn kam Roger zu mir und fragte, ob ich wisse, wo Aylin sei. Er schien etwas verärgert zu sein. Ich erzählte ihm, dass sich Aylin gestern nicht wohlgefühlt hat und früh nach Hause ging. Roger drehte sich um und verließ ohne ein Wort mein Büro. Etwa eine Stunde später hörte ich im Radio, dass Aylin Schmid am Montagmorgen tot aufgefunden worden ist. Sie hatte einen Unfall."
„Was haben sie dann getan?"
„Ich habe sofort Roger angerufen. Er hatte es auch gehört. Wir trafen uns im Großraumbüro und haben die Kollegenen informiert."
„Wie haben sie diese Nachricht aufgenommen?"
„Wie meinen Sie das?"
„Was haben Sie gedacht, als Sie vom Tod ihrer Chefin erfuhren?"
„Ich war ... überrascht?"
„Aha."
„Kennen Sie diese Männer?" Er zeigt ihm das Bild in der gestrigen Zeitung.
„Ja, klar, das ist unser Team." Herr Marbach hebt seinen Arm und zeigt durch die Glasscheibe, welche sein Büro vom Großraumbüro trennt, auf die Mitarbeiter. Urs und Uschi folgen seinem Blick und vergleichen die Personenen mit denen auf dem Foto.
„Da fehlt einer", rutscht es Uschi raus.
„Ja", doppelt Urs nach, „einer fehlt."
„Ja, das ist Bruno Heller. Er ... arbeitet nicht mehr bei uns."
„Hat er gekündigt?"
„Ich bin nicht befugt, darüber zu sprechen."
Urs schaut Uschi fragend an und zieht die Augenbrauen hoch. Dabei holt er seinen Block aus der Tasche.
„Nicht befugt?" Urs macht eine Notiz und schaut Rolf Marbach skeptisch an.
„Ja. Nicht befugt. Frau Schmid hat ausdrücklich erklärt, dass über Bruno nicht gesprochen werden darf."

„Das erscheint mir merkwürdig." Urs schaut Rolf Marbach noch immer an, fixiert ihn geradezu. Dieser hält dem Blick stand, äußert sich aber nicht mehr.

„Nun gut. Herr Marbach, wo waren sie am letzten Sonntag zwischen 19.00 Uhr und 20.00 Uhr?"

„Zu Hause. Ich habe TV geschaut und ein bisschen gedöst. Ich war am Samstag lange auf der Badefahrt und am Sonntag bei meiner Mutter zum Mittagessen eingeladen. Ich kam so um 17.00 Uhr nach Hause und war sehr müde, weshalb ich mich hingelegt habe."

„Gibt es dafür Zeugen?"

„Nein. Warum fragen Sie mich das alles?"

„Es kann also niemand bestätigen, dass Sie zu dieser Zeit zu Hause waren. Ein Telefonat vielleicht?"

„Nein."

„Was haben Sie im Fernsehen angeschaut?"

„Weiß nicht ... Doch ... das Motormagazin. Das schau ich mir meistens am Sonntag an."

„Aha." Urs kritzelt wieder etwas in seinen Block.

„Wann haben Sie Frau Schmid vor ihrem Tod zum letzten Mal gesehen?"

„Am Sonntag. Wir haben uns auf einen Drink zum Schluss der Badefahrt verabredet. Bei der Bodega-Bar. Die ganze Abteilung."

„Um welche Zeit?"

„So um 22.00 Uhr. Frau Schmid konnte nicht früher da sein. Ich war schon um 21.00 Uhr da, zusammen mit Heinz Maurer und Manfred Roth." Rolf Marbach zeigt durch die Glasscheibe auf zwei seiner Mitarbeiter.

„War Herr Berger auch da?"

„Nein, der war nicht da. Nur unser Team war da."

„Mit wem haben Sie telefoniert, als Sie sich mit ihrem Team getroffen haben?" Urs bemerkt, dass Rolf Marbach erschrickt.

„Ich habe nicht telefoniert."

„Herr Marbach, Sie wurde gesehen, wie Sie telefoniert haben."

„Wer hat das gesagt?"

„Das ist nicht relevant. Mit wem haben Sie telefoniert?"

Rolf Marbach antwortet nicht.

Uschi nimmt ihr Handy hervor und zeigt es Urs.

„Wir können das ganz leicht überprüfen. Darf ich bitte Ihr Handy haben?"

„Nein … Ich meine, ich habe das Handy nicht bei mir."

Urs schaut Rolf Marbach an und lächelt. *Mist*, denkt Rolf, *was mache ich jetzt?* Er hatte mit Bruno Heller telefoniert. Er war seit über zehn Jahren ein guter Kollege von ihm und konnte noch immer nicht fassen, weshalb er vor zwei Wochen von Aylin Schmid gekündigt wurde und sofort seinen Arbeitsplatz verlassen musste. Er hatte nichts getan, was eine fristlose Kündigung gerechtfertigt hätte.

„Ich habe mit Bruno telefoniert", meint Rolf Marbach schließlich.

„Bruno Heller? Das ist der Mitarbeiter, der nicht mehr hier arbeitet?", fragt Urs.

„Ja. Er ist ein Kumpel von mir und wir haben privaten Kontakt."

„Worum ging es in Ihrem Telefongespräch?"

„Bruno wollte wissen, ob die *Hexe* schon gelandet sei."

„Die Hexe?"

„Frau Schmid."

„Können Sie mir das erklären?"

„Ich bringe mich in Teufels Küche … Warum ist das wichtig? Sie ist verunfallt und lebt nicht mehr …"

„Sie wurde vergiftet", räumt Urs ganz nüchtern ein.

Rolf Marbach schaut zuerst Urs und dann Uschi ungläubig an.

„Vergiftet? Sie wurde umgebracht?" Rolf Marbach geht um seinen Bürotisch und setzt sich. Urs und Uschi beobachten, wie Rolf Marbach erst fassungslos ist, sich danach aber ein Lächeln auf seinem Gesicht abzeichnet. Er nickt mit dem Kopf, als hätte er eine große Erkenntnis gehabt.

„Sie wissen etwas?", fragt Urs.

„Nein, ich weiß nicht, wer sie vergiftet hat. Aber um ehrlich zu sein, das überrascht mich weniger als die Version mit dem Unfall."

„Das ist ja sehr interessant! Warum?"

„Ich habe selten einen Menschen kennengelernt, wie Aylin einer war. Sie war kaltherzig, arrogant und egozentrisch. Sie hatte mehr Feinde als Finger an der Hand, und seit sie mir vor vier Jahren aus dem Nichts vor die Nase gesetzt wurde, bestand eine große Aufgabe von mir darin, unsere Mitarbeiter immer wieder zu motivieren."

„Sie wurde Ihnen vor die Nase gesetzt?"

„Ja, Aylin Schmid wechselte vor vier Jahren in unsere Marketingabteilung. Zuvor war sie im Vertriebsbetrieb angestellt und arbeitete dort im Offertwesen. Diesen Job hatte sie, soviel ich weiß, ihrem Exmann zu verdanken. Als dann die Teamleitung im Marketing frei geworden ist, für die ich eigentlich vorgesehen war, bewarb sich auch Aylin. Sie war ein Nobody in diesem Bereich – und trotzdem wurde sie angestellt, obwohl mir diese Position ein halbes Jahr zuvor angeboten wurde." Rolf Marbachs Stimme war anzuhören, dass er damit noch immer große Probleme hat.

„Das ist ärgerlich", meint Urs.

„Allerdings! Vor allem, als ich auch noch merkte, dass sie das Rüstzeug für diese Position nicht annähernd mitbringt."

„Wie haben Sie das gemerkt?"

„Sie hat die meisten ihrer Aufgaben an mich delegiert. Nachdem sie angestellt wurde, wurde auch meine jetzige Funktion definiert. Vorher gab es den Teamleiter und das Team. Jetzt gibt es die Teamleiterin, deren Stellvertretung – das ist meine heutige Position – und das Team. Aylin tat eigentlich nichts anderes, als Kundenkontakte zu pflegen und ihre schlechte Laune bei den Mitarbeitenden auszulassen. Alle Aufgaben, welche sie als Teamleiterin erfüllen musste, wurden kurzerhand an mich delegiert."

„Das muss schwer für sie sein."

„Ja, tatsächlich habe ich mir überlegt, meine Stelle zu kündigen, als sie Bruno Heller rausgeworfen hat. Ich erfülle die Pflichten eines Teamleiters, nehme alle Aufgaben und Verantwortungen wahr, ohne dass ich die notwendigen Kompetenzen und die entsprechende Entlohnung dafür bekomme ... Ein Scheißjob." Rolf Marbach legt den Kugelschreiber, mit dem er zuvor gespielt hat, auf sein Pult zurück und steht wieder auf. „Entschuldigung … Aber meine berufliche Situation ist wirklich frustrierend."

„Doch jetzt, da Frau Schmid tot ist, haben sie ja wieder neue Perspektiven."

„Allerdings." Rolf Marbach schaut Urs direkt in die Augen. „Jetzt kann sich vieles wieder zum Guten wenden. Ich habe mich heute Morgen bereits bei Herrn Berger für ein Gespräch angemeldet. Ihm ging es allerdings nicht gut. Doch er hat mir am nächsten Montag einen Termin gegeben."

„Dann kommt Ihnen der Tod von Aylin Schmid ja ziemlich gelegen."

„Unglücklich bin ich darüber nicht – das ist so."

Urs schaut zu Uschi – doch diese schüttelt ganz leicht ihren Kopf. Uschi ist davon überzeugt, dass Rolf Marbach unschuldig ist, obwohl er ein Motiv und kein Alibi hat.

„Warum wollte Herr Heller wissen, ob Frau Schmid schon da sei?"

„Bruno wollte mit Aylin sprechen und sie bitten, sich die Sache mit der Kündigung noch mal zu überlegen. Er hat eine Frau und drei Kinder und macht sich Sorgen über seine Zukunft. Seiner Frau hat er von der Entlassung noch nichts gesagt …"

„… und er wollte die Gelegenheit nutzen und sie informell kontaktieren."

„In etwa. Er glaubte fest daran, dass Aylin sich das Ganze noch mal durch den Kopf gehen lässt und ihm noch eine Chance gibt. Schließlich hat er immer einen sehr guten Job gemacht."

„Und was glauben sie?"

„Ob er eine Chance gehabt hätte? Ich glaube es nicht. Das habe ich ihm auch gesagt. Doch er war nicht davon abzubringen."

„Danke, Herr Marbach. Das reicht uns erst mal. Ich bitte Sie allerdings, sich weiterhin zur Verfügung zu halten, falls wir noch weitere Fragen haben." Urs händigt Rolf Marbach seine Visitenkarte aus. „Und bitte melden Sie sich, wenn Ihnen noch etwas in den Sinn kommt, was hilfreich für die Aufklärung sein könnte."

„Ja, mach ich." Rolf Marbach nimmt die Karte entgegen und gibt auch Uschi die Hand.

„Wenn ich Sie noch bitten dürfte, uns die Namen, Anschrift und Telefonnummern Ihrer Mitarbeiter zu überlassen?" Uschi zeigt auf die E-Mail-Adresse auf der Visitenkarte. „An diese E-Mail bitte – auch die von Bruno Heller. Danke schön und auf Wiedersehen."
Urs und Uschi sind schon auf dem Weg nach draußen, als Urs sich noch mal umdreht.
„Herr Marbach, nur noch eine Frage. Wie hat Aylin Schmid auf sie gewirkt am Sonntag?"
„Ganz normal."
„Ihnen ist nichts aufgefallen?"
„Nein. Das heißt, sie ging schon bald wieder nach Hause, nachdem sie bei uns eingetroffen war. Sie meinte, sie fühle sich nicht so gut."
„Danke schön. Auf Wiedersehen."

)()()(

Bruno Heller schlendert auch an diesem Dienstag die Badstraße entlang, wie er es seit seiner fristlosen Entlassung jeden Tag macht, wenn er morgens aus dem Haus geht und sich von seiner Frau bis zum Abend verabschiedet. Er hat es bis jetzt nicht übers Herz gebracht, ihr die Wahrheit zu sagen. Regelmäßig verlässt er morgens das Haus, um den ganzen Tag zu warten, bis er am Abend wieder zurückkommt. Das war nur deshalb nicht unerträglich, weil die ganze Stadt in Aufruhr war. Überall wurde gezimmert, gehämmert und gebaut für die Badefahrt. Er musste nur aufpassen, dass er nicht seiner Frau über den Weg lief, wenn diese einkaufen ging. Doch es hat so viele Leute in der Stadt, dass man nicht so leicht entdeckt wird. Und wenn schon: Wäre er auf seine Frau getroffen, hätte er ihr halt erzählt, dass er einen Außentermin wahrnehme. Das war nicht ungewöhnlich.

Er hat sich angewöhnt, im Kafi Moser auf der hinteren Terrasse, neben dem Stadtturm, einen Caffè Latte zu trinken, dazu aß er ein oder zwei Gipfeli und las die Zeitung. Ein perfekter Ort: So musste er nur in eine Richtung schauen, um zu checken, ob jemand kommt, der ihn kennt. Er setzte sich immer an den hintersten Tisch, sodass er nur von seiner Zeitung aufschauen musste, um den Überblick zu haben. Dort saß er jeweils etwa zwei Stunden, bevor er durch das Stadttor und am Stadthaus vorbei in die Halde spazierte. Er lief dann den ganzen Weg bis zur Schiefen Brücke der Limmat entlang. Im Restaurant Du Parc aß er jeweils zu Mittag. Manchmal hat er sich auch ein Sandwich gekauft und dieses im Stadtpark gegessen. Am Nachmittag lief er dann durch die Stadt und schaute zu, wie die verschiedenen Beizli und Bühnen Gestalt annahmen. Als die Badefahrt schließlich begann, gab es ebenfalls viel zu sehen. Tagsüber wurde repariert, neu dekoriert, Abfall entsorgt und Lieferungen angenommen. Die Menschen waren freundlich, aufgestellt und haben viel gelacht. Manchmal ertrug er die gute Laune nicht. Dann spazierte er hoch zur Ruine und sogar bis hinauf in die Baldegg.

Im Gegensatz zu den vorherigen Tagen fühlt er sich heute jedoch leicht und beschwingt. Gut, dass er zu Hause noch nichts erzählt hat, denn nun wurde ja alles gut und Rolf würde ihm helfen, seine Stellung wiederzubekommen.

Als er am Sonntag zur Bodega-Bar kam, war Aylin bereits gegangen. Er hat nur noch seine ehemaligen Mitarbeiter gesehen und sich unbemerkt wieder davongemacht. In der Badstraße sah er Aylin mit einer ihm unbekannten Frau. Die junge Frau hat unaufhörlich auf Aylin eingeredet. Er folgte ihnen bis zum Casino und sah, wie sich die beiden Frauen gestritten haben. Er hat beobachtet, wie die junge Frau Aylin leicht gestoßen hat und diese nach hinten umkippte und den Rasen hinunterrollte. Die junge Frau ist dann gegangen, und als Aylin nach einer kurzen Weile nicht mehr auftauchte, ging er selber auch nach Hause. Er war frustriert, dass er Aylin nicht sprechen konnte, und überlegte sich, nun seiner Frau die Wahrheit zu sagen. Das wollte er gleich morgen tun.

Er legte sich ins Bett, wo seine Frau bereits schlief, doch er fand keinen Schlaf. Immer wieder ging ihm der zehnte August durch den Kopf. Es war ein Freitag und das Großraumbüro war leer, weil seine Mitarbeiter bereits Feierabend hatten. Es war zwanzig Uhr, doch er sollte noch den Halbjahresbericht, an dem er arbeitete, fertigstellen. Auch Rolf Marbach war noch in seinem Büro und starrte konzentriert auf den Bildschirm seines PCs. Den Halbjahresbericht hatte er eigentlich schon vor drei Wochen abgegeben, doch Aylin hatte diesen nicht angenommen. Unter anderem wies der Bericht die Aufwendungen für Marktforschung aus, welche den budgetierten Betrag um ein Mehrfaches überstiegen, und das Ergebnis war mehr als fragwürdig. Aylin verlangte, dass der Bericht insofern geändert wird, dass ihr keine Vorwürfe aus der Abteilungsleitung entstehen können. Sie hatte sich verspekuliert und trotz aller Warnungen eine nicht vorgesehene Marktforschung in Auftrag gegeben, welche ohne Resultate blieb. Einen solchen Ausrutscher konnte sie sich nicht leisten und sie war sehr verärgert, dass Bruno Heller nicht selber auf die Idee gekommen ist, beim Zusammentragen der Daten seine Chefin zu schützen. Es widerstrebte Bruno Heller sehr, einen geschönten Bericht zu verfassen. Schließlich packte er seine Unterlagen und ging zu Rolf ins Büro. Er erklärte ihm kurz, was Aylin von ihm verlangte und fragte ihn, ob er eine Idee hat, wie er das bewerkstelligen soll. Rolf riet seinem Freund, einfach das hinzuschreiben, was Aylin sich wünschte. Er erzählte ihm von dem Fall vor zwei Jahren, als aus der Controlling-Abteilung auf Unstimmigkeiten im Marketingbereich hingewiesen wurde. Aylin setzte Himmel und Hölle in Bewegung, mit dem Resultat, dass ihr frisch geschiedener Exmann und Leiter des Controllings mit 61 Jahren auf der Weihnachtsfeier verabschiedet und frühpensioniert wurde. Doch Bruno Heller wollte so nicht arbeiten, und trotz der Warnung seines Freundes entschied er sich, den Bericht nicht zu fälschen. Stattdessen machte er eine Aktennotiz zum Bericht, in der er den Sachverhalt kurz schilderte und erklärte, dass er sich außerstande sehe, den Bericht zu fälschen. Er schlug eine Formulierung vor, die den Sachverhalt realistisch abbildete, jedoch auch eine plausible Erklärung beinhaltete. Er überlegte kurz, ob er diesen Bericht gleich Herrn Berger aufs Pult legen oder ihn wenigstens in Kenntnis setzen sollte, doch er verwarf diesen Gedanken gleich wieder. Es wäre nicht korrekt, damit zu Aylins Vorgesetzten zu gehen. Also legte er den Bericht und die Aktennotiz auf das Pult in Aylins Büro und hoffte auf ihre Fairness. Auf dem Rückweg holte er Rolf ab, der inzwischen den PC heruntergefahren hatte, um noch auf ein Bier mit ihm zu gehen. Hätte er damals diesen Bericht nur nicht Aylin gegeben.

Am nächsten Montag rief Aylin Bruno zu sich ins Büro. Bruno erinnerte sich Wort für Wort an das verhängnisvolle Gespräch: „Was fällt dir ein! Du hast dich meinem Auftrag widersetzt!", brüllte sie ihn an. „Und außerdem hast du den Termin um Wochen überschritten!"

„Aber ..." Bruno war völlig perplex. „Ich hatte dir den Bericht doch rechtzeitig ..."

„Schweig! Ich rede jetzt! Ich stelle fest, dass du meine Anordnungen nicht befolgst und du deine Arbeiten zu spät ablieferst. Ich kann dir nicht mehr vertrauen. Entweder, meine Mitarbeiter stehen hinter mir, oder ich habe keine Lust, mit ihnen weiter zu arbeiten. Ich schlage vor, du gehst zurück an deinen Arbeitsplatz, räumst alles zusammen und gehst. Du bist hiermit fristlos entlassen." Bruno sprang von seinem Stuhl auf „Was? Du kündigst mir?"

„Ja, richtig zugehört."

„Warum? Das kannst du nicht ..."

„Oh doch, das kann ich." Aylin holt ein Blatt Papier aus ihrer Schublade, auf welchem die fristlose Kündigung bereits formuliert ist.

„Bitte unterschreib hier. Damit ist die Kündigung rechtmäßig übergeben." Bruno Heller liest die Kündigung.

„Du kannst mir nicht kündigen. Rolf müsste damit einverstanden sein und die Kündigung ebenfalls unterschreiben ..."

„Zerbrich dir nicht meinen Kopf. Unsere Besprechung ist beendet."

Bruno Heller drehte sich immer wieder im Bett und er kam immer wieder zum selben Schluss: Aylin ist gemein, unlauter und korrupt. Doch all diese Gedanken brachten ihn nicht weiter, weshalb er um drei Uhr aufstand und nach Baden zurückfuhr. Er wusste nicht, was er dort zu finden glaubte, doch er musste raus. Er lief durch die menschenleere Stadt in den Stadtpark. Die Luft war mild und feucht, weil es kurz zuvor wieder geregnet hatte. Er setzte sich auf eine Parkbank vor dem Kurtheater und fand auch hier keine Ruhe.

Schließlich machte er sich wieder auf den Heimweg. Auf der Höhe des Casinos fiel ihm ein bellender Hund auf. Er wunderte sich, denn das Bellen kam nicht aus einem umliegenden Haus, sondern von der anderen Seite des Casinos. Kurzerhand drehte er seine Schritte in die Richtung, aus der das Bellen kam, und erblickte schon bald einen struppigen Mischlingshund, welcher offensichtlich ohne Herrchen unterwegs war. Intuitiv ging er etwas in die Knie und streckte dem Hund seine Handfläche entgegen. Dieser kam auf ihn zu, schnupperte und legte wieder los mit Bellen. Der Hund lief Richtung Böschung und er folgte ihm. Er lief ein paar Schritte die Böschung herunter und dort sah er sie liegen. Aylin hatte Mund und Augen geöffnet und er sah sofort, dass sie tot war. Der Hund stand bellend neben ihm und er versuchte, ihn zu beruhigen, was ihm schließlich auch gelang. Dann hob er Aylins Arm und ließ ihn wieder fallen. Er kniete sich neben sie in das feuchte Gras und legte sein Ohr an ihren Mund – doch wie er vermutete, atmete Aylin nicht mehr. Bruno Heller war fassungslos. Nun lag sie da, seine Widersacherin. Deshalb war sie also nicht mehr aufgetaucht! Er konnte sich jedoch nicht vorstellen, dass sie wegen dem leichten Stoß dieser jungen Frau, welche er am Vorabend beobachtete, tödlich verunglückt ist. Die Böschung war nicht sehr steil und es waren höchstens zwölf Schritte vom Garagenlift bis zu Aylin. Bruno Heller setzte sich neben sie und der Streuner tat es ihm gleich. „Nun liegst du also hier. Starrst mit geöffneten Augen in den dunklen Nachthimmel, ohne etwas zu erkennen. Das hast du nun davon!" Bruno Heller hielt inne. Er meinte, ein Geräusch zu hören, doch er hatte sich wohl getäuscht, denn der Hund blieb ruhig sitzen. Also setzte er seinen Monolog fort. Er erzählte der Toten von seinem Leid, von seinen Schwierigkeiten, in die sie ihn gebracht hatte und von Gerechtigkeit und Moral. Er redete sich alles von der Seele, was ihn so sehr bedrückte und über seine Wangen liefen ununterbrochen Tränen.

Er hatte jegliches Gefühl für Zeit und Raum verloren und wusste nicht, wie lange er dort gesessen und vor sich hingeredet hat, als der Hund plötzlich den Kopf hob und nervös umherschaute. Es begann zu tagen und im diffusen Licht des Morgens erkannte er ein oranges Fahrzeug, welches Richtung Schiefe Brücke fuhr und anhielt. Zwei Männer mit Besen und Säcken stiegen aus und begannen Kübel zu leeren, als der Hund neben ihm aufsprang und bellend den Männern entgegenlief. Bruno Heller erhob sich, wischte sich die Tränen von den Augen und machte sich davon. Zu Hause war es noch immer still. Seine Frau würde bald aufstehen. Er wollte ihr jedoch heute lieber nicht begegnen, weshalb er sich umzog, einen Espresso trank und ihr einen Zettel hinterließ:

Bin heute schon früher zu Arbeit gegangen. Wartet heute Abend nicht auf mich, wir haben ein Geschäftsessen. Ich wünsch dir einen schönen Tag, Bruno.

Auch heute Morgen hat sich Bruno aus dem Haus geschlichen, bevor seine Frau aufwachte. Diesmal schrieb er keinen Zettel. Er hatte sich gestern Abend noch mit Rolf getroffen und sie haben über den Unfall von Aylin gesprochen. Bruno erwähnte nicht, dass er sie Sonntagnacht schon gesehen hatte, denn im Nachhinein kam ihm sein nächtliches Zusammentreffen mit der Leiche sehr unwirklich und absonderlich vor. Stattdessen diskutierten sie darüber, welche neuen Perspektiven sich beruflich nun für Rolf boten und Rolf versicherte Bruno, ihn so bald als möglich wieder einzustellen.

Bruno will gerade in die Apotheke in der Badstraße, als sein Handy klingelt.

„Bruno? Rolf hier. Du glaubst nicht, was ich eben erfahren habe!"

„Hallo Rolf ..."

„Sie wurde vergiftet! Die Hexe wurde vergiftet! Es war gar kein Unfall. Die Polizei war eben hier ..."

„Das hab' ich mir gedacht."

„Was hast du dir gedacht?"

„Dass sie nicht verunfallt ist."

„Bruno, weißt du etwas? Ich musste der Polizei auch deinen Kontakt melden ... Sie werden mit dir sprechen wollen. Hast du etwas damit zu tun?"

„Nein! Was denkst du? Ich habe sie Sonntagnacht gesehen."

Bruno erzählt Rolf nun doch von seinem nächtlichen Treffen mit Aylin und dass er sich nicht vorstellen konnte, dass man an dieser Stelle zu Tode fallen könnte.

„Du musst dich sofort bei der Polizei melden!"

„Du hast doch gesagt, dass die auf mich zukommen ..."

„Verstehst du nicht, Bruno, wenn du dich nicht meldest, machst du dich doch verdächtig."

„Aber ich habe nichts getan! Ist denn die ganze Welt verrückt? Rolf, seit Aylin mich rausgeworfen hat, verstehe ich vieles nicht mehr ..."

„Bruno, ich bitte dich. Ruf diesen Herrn Leu von der Kapo an. Erzähl ihm, was du gesehen hast. Vielleicht hat ja diese junge Frau etwas damit zu tun ..."

„Nein, das glaub' ich nicht. Aber okay, ich melde mich bei ihm."

Rolf gibt ihm die Telefonnummer.

„Und was jetzt?", fragt Bruno. „Wie geht es jetzt weiter? Du hast gesagt, du stellst mich wieder ein."

„Ja, klar. Im Moment kann ich allerdings noch nichts tun. Ich habe am nächsten Montag einen Termin bei Roger Berger, hab' ich dir ja gestern Abend gesagt. Dann werde ich mich bereit erklären, die Arbeit von Aylin zu übernehmen – tu ich ja jetzt schon – und mich offiziell für den Job als Teamleiter bewerben. Ich werde ihm klar machen, dass wir ohne dich in größere Schwierigkeiten kommen könnten, vor allem jetzt, wo alles etwas drunter und drüber geht und ich dich deshalb wieder in meinem Team haben will. Ich bin überzeugt, dass Roger damit kein Problem haben wird, zumal er weiß, dass du ein ausgezeichneter Mitarbeiter bist. Vielleicht weiß er ja gar nichts von deiner fristlosen Entlassung – würde mich nicht wundern, so selbstherrlich, wie Aylin jeweils vorgegangen ist. Ich denke, dass du nächste Woche deinen Job wiederhast."

„Dann erzähl' ich Sonja nichts."

„Wenn du es bis jetzt verschwiegen hast vor deiner Frau – das find ich zwar ehrlich gesagt etwas komisch – dann musst du ihr jetzt wirklich nichts mehr erzählen. Genieß die freie Woche noch. Nächste Woche, spätestens ab Dienstag, musst du wieder arbeiten. Sag ihr doch, dass du dir ein paar Tage frei genommen hast, dann kannst du morgen wenigstens zu Hause bleiben."

„Gut, das mach ich. Und mit diesem Herrn Leu nehme ich Kontakt auf. Mich nimmt ja wunder, wer Aylin vergiftet hat. Feinde hat sie bestimmt genug – nur, welcher hat sich an ihr gerächt?"

„Tja, das frag' ich mich auch schon die ganze Zeit, seit die Polizei hier war. Sie ist ein furchtbares Biest. Meinst du, ihr Ex hat was damit zu tun? Dem hat sie ja übel mitgespielt."

„Ich könnte es verstehen. Doch ich kenne Ruedi von früher. Wir waren mal zusammen auf einem Ausbildungswochenende und pflegten anschließend losen Kontakt. Er wohnt auch in Baden und wir haben ab und zu ein Bier miteinander getrunken, bevor Aylin in unsere Abteilung kam. Danach hab ich ihn fast nie mehr gesehen. Ich kann mir nicht vorstellen, dass Ruedi jemanden umbringen würde. Er ist ein so liebenswerter, ruhiger und freundlicher Mensch ..."

„Er scheint in der Zwischenzeit aber recht heruntergekommen zu sein."

„Kein Wunder! Aber er würde niemanden umbringen."

„Wir werden es früher oder später erfahren."

)o(o(o(

Nach kurzer Fahrt parkiert Urs das Auto vor dem AZ-Gebäude.
„Kommst du mit rauf oder willst du warten? Ich habe mit Meier abgemacht und ihm versprochen, dass ich ihm etwas zu Aylin Schmid sage, wenn er mir verspricht, auf unsere Ermittlungsarbeiten Rücksicht zu nehmen. Werde ihm kurz sagen, dass Aylin Schmid ermordet wurde, die Ermittlungen laufen und sachdienliche Hinweise an die Kantonspolizei zu melden sind."
„Dauert das lange?"
„Zehn Minuten ..."
„Dann warte ich kurz hier."
„Okay – bis gleich." Urs steigt aus dem Auto, lässt den Schlüssel aber stecken.

Uschi merkt, dass sie müde ist. Sie hat letzte Nacht nicht wirklich viel geschlafen und heute Abend wollen sie ja noch diesen Ruedi Schmid suchen. Sie gähnt, lehnt sich im Autositz etwas nach hinten und schließt die Augen. Sofort muss sie wieder an Nina denken. Was sie wohl jetzt gerade tut? Was sie wohl für ein Mensch ist? Sie möchte Nina unbedingt besser kennenlernen. Vielleicht bleibt sie ja in der Schweiz? Soweit sie das mitbekommen hat, gibt es ja nichts, was sie in Deutschland zwingend halten würde. Hier hätte sie eine Familie ... In diesem Moment denkt sie an ihren Vater. Sie öffnet die Augen und ist sofort hellwach. Sie sucht ihr Handy und wählt die Nummer ihres Vaters, welcher bereits nach dem ersten Läuten abnimmt.
„Hallo meine Schöne", begrüßt er sie wie immer.
„Hey Paps, alles gut bei dir?"
„Ja, bei dir auch?"
„Es ist viel los ..."
„Hab' ich mir schon gedacht. Ich habe in der Zeitung gelesen, dass Aylin tot aufgefunden wurde."
„Hast du sie gekannt?"
„Natürlich! Sie war die beste Freundin deiner Mutter ... Und sie war schuld, dass deine Mutter mich sitzen ließ."
„Warum sitzen ließ? Ich denke, ihr habt so schnell geheiratet, als ihr euch kennengelernt habt?"

„Das stimmt schon – aber das war beim zweiten Mal. Ich war schon viel früher in deine Mutter verliebt. Doch Aylin hat ein ziemlich intrigantes Spiel gespielt und deine Mutter und mich auseinandergebracht. Dann fuhr sie mit ihr in die Türkei. Kurz nachdem sie zurückgekommen ist, traf ich deine Mutter zufällig in Baden. Wir haben uns verabredet und ja, dann ging es schnell – ein Jahr später warst du unterwegs und wir haben geheiratet."
„Das hab' ich gar nicht gewusst!"
„Du musst auch nicht alles wissen. Wie geht es deiner Mutter? Sie hatte, soviel ich weiß, seit der Rückkehr damals aus der Türkei keinen Kontakt mehr zu Aylin – was mich zwar gewundert hat, doch ich war darüber nicht traurig. Ich mochte diese Aylin nicht."
„Mam geht es ... gut."
„Ist was?"
„Nein. Doch ... Ich möchte dir etwas erzählen, aber nicht am Telefon. Hast du morgen Abend Zeit? Heute Abend kann ich leider nicht."
„Klar – gehen wir was essen?"
„Nein, ich komm' lieber zu dir."
„Ist es etwas Ernstes?"
„Es ist etwas ... Überraschendes."
„Da bin ich ja gespannt! Dann bis morgen Abend. Ich bin ab 18.30 Uhr zu Hause."

Uschi hat gerade das Handy in ihre Handtasche verstaut, als Urs schon wieder ins Auto steigt.
„Das ging aber schnell!" Uschi ist etwas erstaunt – denn wenn Urs normalerweise von zehn Minuten spricht, meint er eigentlich eine halbe Stunde.
„Ja, war auch nicht viel zu besprechen."
„Gehen wir jetzt ins Büro?"
„Es ist jetzt kurz nach fünf – ich denke, vor sieben Uhr müssen wir nicht ins Isebähnli. Gehen wir ins Büro – vielleicht hat Herr Marbach uns die Kontakte schon geschickt."
„Und wir sollten Dr. Amrein nochmals anrufen. Der hat bestimmt in der Zwischenzeit neue Erkenntnisse."

Kaum betreten Urs und Uschi ihr Büro, klingelt das Telefon. Uschi nimmt den Anruf entgegen. Urs hört, wie sie Dr. Armrein begrüßt und dann still zuhört. Sie nickt ab und zu mit dem Kopf und bedankt sich schließlich für die Ausführungen. „Ich werde Herrn Leu informieren. Auf Wiedersehen, Herr Dr. Armrein."

„Das war Amrein. Es ist jetzt sicher, dass Aylin Schmid das Gift eingenommen hat. Offensichtlich mit einer der Speisen, die sie zum Abendessen hatte. Der Rachenraum und der Hals weisen Rötungen auf, welche darauf hinweisen, dass das Gift über das Essen zugeführt worden ist. Er meint, wenn wir wissen, wo sie gegessen hat, dann wissen wir auch mit großer Wahrscheinlichkeit, wer sie vergiftet hat. Außerdem haben sie Fingerabdrücke gefunden, die nicht von ihr selber stammen, an ihrem goldenen, breiten Armreif. Und Haare von verschiedenen Personen ... Und sie muss an diesem Sonntag Geschlechtsverkehr gehabt haben. Dr. Amrein hat einen Bericht erstellt und diesen abgeschickt. Wird morgen da sein. Er hat die Leiche freigegeben. Ich schreib' Anita gleich eine E-Mail, dass sie morgen Aylins Mutter entsprechend informiert."

„Wir wissen, dass sie sich so um halb zehn mit ihrem Exmann getroffen hat, bevor sie zu ihren Geschäftskollegen stieß. Vielleicht haben sie sich schon vorher getroffen, zum Essen? Oder sie war mit dem jungen Typen essen, von dem Nina Klein gesagt hat, dass er sie immer wieder umarmen wollte ... Hatte sie ein Verhältnis mit ihm?"

„Was ist mit diesem Heller?", fragt Uschi.

„Ich glaube nicht, dass sie mit ihm essen war." Urs setzt sich an sein Pult und öffnet das Dossier von Aylin Schmid.

„Nein, das glaube ich auch nicht. Aber vielleicht hat er Aylin schon vor dem Treffen in der Bodega Bar beobachtet. Vielleicht hat sie am Stand in der Badstraße türkisch gegessen und jemand hat ihr in einem unbeobachteten Moment Gift ins Essen gemischt. Und später hat er Rolf Marbach angerufen, weil er wissen wollte, ob das Gift schon gewirkt hat ..."

„Möglich. Was hältst du übrigens von diesem Rolf Marbach?"; fragt Urs.

„Ich glaube nicht, dass er der Mörder ist. Er hätte ein Motiv – ohne Zweifel. Doch hätte er uns dieses Motiv derart auf dem Silbertablett serviert, wenn er etwas damit zu tun hätte?"

„Wahrscheinlich nicht – aber es könnte sein, dass er mehr weiß, als er zugibt. Als ich ihn nach dem Telefonat gefragt habe, hat er erst abgestritten, dass er telefoniert hat. Warum?"

Uschi überlegt kurz: „Du meinst, dass er mit Heller gemeinsame Sache gemacht hat? Oder zumindest wusste, dass Heller sie verfolgt hat?"

„Kann sein. Wir müssen mit diesem Heller sprechen." In diesem Moment klingelt das Handy von Urs. „Wer ist denn das noch?" Urs nimmt das Gespräch entgegen. „Ah, guten Abend Herr Heller, von Ihnen haben wir eben gesprochen."

Uschi horcht auf. Sie versucht zu verstehen, was Urs mit Heller bespricht, doch dieser Herr Heller scheint einen Monolog zu halten. Urs versucht den Redefluss mehrmals zu unterbrechen, schafft es aber nicht. „Das ist interessant", meint er schließlich. „Kommen Sie doch bitte morgen um zehn Uhr zu uns ins Büro, damit wir Ihre Aussage aufnehmen können. Danke schön und bis morgen."

Nach dem Anruf schüttelt Urs den Kopf, nimmt seinen Block hervor und kritzelt etwas hinein. Bruno Heller hat ihm soeben von seinem Gespräch mit der toten Aylin erzählt. Er war, nach seinen Angaben, an diesem Sonntag mit Frau und Kindern auf der Badefahrt. Seine Frau ist um einundzwanzig Uhr mit den Kindern nach Hause gegangen, während er noch geblieben ist. Damit hat er ein Alibi für die Tatzeit. Doch offensichtlich hat er die Woche zuvor Beobachtungen gemacht, welche interessant sind."

„Nun erzähl schon! Was hat er gesagt?"

„Er hat Aylin Sonntagnacht gesehen, als sie schon tot war. Er saß eine lange Zeit neben ihr und hat sich seinen ganzen Frust von der Seele geredet. Aber für die Tatzeit hat er ein Alibi. Er war mit Frau und Kindern bis 21 Uhr auf der Badefahrt."

„Komischer Kauz! Sitzt neben einer Toten... warum hat er uns das nicht gleich gemeldet?"

„Gute Frage. Ich habe ihn für morgen vorgeladen. Er hat noch etwas erzählt, was ich weiter verfolgen möchte. Er glaubt, dass Aylin mit Roger Berger ein Verhältnis hat, und er weiß mit Sicherheit, dass Frau Schmid mit einem Mitarbeiter – Philipp Gauss – eine kurze Affäre hatte."

„Mein Gott – diese Frau hat's faustdick hinter den Ohren! Ich kann mir gar nicht vorstellen, dass diese Aylin einmal die beste Freundin meiner Mutter war! Ich habe vorhin noch kurz mit meinem Vater telefoniert und erfahren, dass sich Paps und Mam schon vor dem Türkeiaufenthalt meiner Mutter gekannt haben. Sie hat die beiden auseinandergebracht. Die war offensichtlich schon immer intrigant und hat ihr Umfeld manipuliert. Ich sag' das nicht gerne – aber Aylin ist ein Mordopfer, mit dem ich wenig bis kein Bedauern habe."

„Hm ..." Uschi merkt, dass Urs ihr offensichtlich nur mit halbem Ohr zugehört hat und mit seinen Gedanken ganz woanders ist.

„Urs?" Sie bekommt keine Antwort. Urs starrt in Aylins Dossier und liest einen Zeitungsartikel vom Oktober 2010.

„Lies das mal!", ruft er nun, als er fertig gelesen hat. Er streckt Uschi den Zeitungsartikel entgegen. Sie liest den kurzen Beitrag über den Ärzteskandal.

„Ja, und?"

„Dieser Dr. Sommer ist offensichtlich entlassen worden, nachdem Aylin Schmid ihn verklagt hatte. Er hat sogar seine Approbation verloren."

„Du glaubst, dass Dr. Sommer Aylin vergiftet hat?"

„Nicht wirklich. Mir fällt nur der Name Markus Wegmann auf ... ihr Anwalt. Ich glaube, ich habe diesen Namen schon einmal in einem anderen Zusammenhang mitbekommen."

„Er war ihr Scheidungsanwalt. Hier ..." Uschi legt den Zeitungsartikel zurück und blättert im Dossier. Sie hält Urs die Kopie des Amtsblattes hin.

„Aha – vielleicht sollten wir diesen Herrn Wegmann auch mal kontaktieren. Anwälte wissen oft viel über ihre Mandanten. Und für mich sieht es so aus, als habe sie für verschiedene Rechtsfälle nur mit diesem Wegmann zusammen gearbeitet."

„Das kann ein Zufall sein. Das sind nun zwei Fälle …"
„Aber das eine ist eine Scheidung und das andere eine Anklage gegen einen Arzt. Das sind sehr verschiedene Rechtsgebiete … Ich persönlich würde mir jeweils einen Anwalt nehmen, der schon Erfahrung im einen oder anderen Gebiet hat."
„Da ist was dran. Soll ich mit Wegmann einen Termin machen?"
„Gerne. Ich möchte ihn in der Kanzlei besuchen."
„Schon klar", Uschi lächelt. „Ich versuche gleich, ihn noch zu erreichen."
„Danke. Ich muss noch schnell rüber ins Stadthaus. Ist wahrscheinlich niemand mehr da, aber ich müsste mal noch mit dem Staatsanwalt sprechen." Urs macht ein gequältes Gesicht. „Treffen wir uns um 18.30 Uhr im Isebähnli? Du bist, wie gesagt, eingeladen … Egal ob wir Schmid antreffen oder nicht."
„Das ist ein Angebot! Bis später also."

)(*)(*)(

Uschi sitzt schon an einem Tisch und hat sich etwas zu trinken bestellt, als Urs mit zwanzig Minuten Verspätung im Isebähnli eintrifft.
„Sorry, Frauchiger war noch da … Ich habe ihm rapportiert."
Urs setzt sich zu Uschi an den Tisch und schnauft aus.
„Das war aber ein tiefer Seufzer!"
„Ja, meine Mutter hat mich noch angerufen."
„Aha?"
„Sie stecken irgendwo im Stau. Sie müsse dringend mit mir sprechen, meinte sie. Sie habe interessante Neuigkeiten …"
„Hat sie doch immer." Uschi lacht.
„Ich konnte sie davon abhalten, mir alles am Telefon zu sagen. Habe ihr gesagt, dass ich morgen Zeit für sie habe. Ich komm' morgen also erst gegen neun Uhr ins Büro."
„Kein Problem. Übrigens, ich habe versucht, diesen Wegmann anzurufen – den Anwalt. Habe ihn nicht erreichen können. Ich versuche es morgen noch mal. Außerdem habe ich mir noch ein paar Gedanken über die Blumen gemacht. Den Zettel und das

Band habe ich ins Labor schicken lassen. Morgen werden wir wissen, ob es irgendwelche Spuren darauf gibt. Meinst du, die Blumen hat der Mörder hingelegt?"

„Nachdem ich nun einiges über Aylin gehört habe, glaube ich zumindest nicht mehr, dass dies eine Beileidsbekundung ist. Es scheint sie ja niemand wirklich zu vermissen. Hast du schon bestellt? Ich habe Durst und Hunger!"

„Nein", meint Uschi und hebt den Kopf, um sich nach einer Bedienung umzusehen. Sie hält ihre Hand hoch und die Serviertochter kommt an den Tisch. Sie bestellen je eine Vor- und eine Hauptspeise und einen halben Liter Rotwein. Urs möchte zusätzlich ein Bier.

„Ich habe im Internet noch etwas recherchiert ... wegen der Blumen. Hat mich aber nicht wirklich weitergebracht. Die Calla ist die Blume der Trauer, welche eine Art Unsterblichkeit symbolisiert ... Jemand trauert also doch um sie. Deshalb habe ich Zweifel, dass der Mörder die Blumen hingelegt hat. Es muss ein Bewunderer von Aylin gewesen sein. Jemand, der findet, dass sie wunderschön und faszinierend war. Denn das ist auch eine Bedeutung dieser Blumen."

„Schön war sie. Das ist keine Frage. Faszinierend wohl auch ... Vielleicht dieser Berger? Heller glaubt ja, dass Aylin Schmid und Roger Berger ein Verhältnis hatten. Erinnere mich bitte daran, dass wir morgen Berger noch zu Hause besuchen und ihn auch zu den Blumen befragen."

„Mach ich ... Urs, schau mal." Uschi hebt den Kopf und schaut Richtung Tür. „Ist das nicht dieser Schmid?"

Urs dreht sich um. „Tatsächlich." Urs steht auf und geht auf Ruedi Schmid zu. Uschi sieht, wie die beiden kurz miteinander sprechen, um gleich danach zu ihrem Tisch zu kommen.

„Darf ich vorstellen: Ruedi Schmid ... Und das ist meine Assistentin Uschi Frei. Nehmen Sie bitte Platz, Herr Schmid. Möchten Sie etwas trinken?"

Ruedi Schmid trägt einen hellbeigen Anzug, welcher jedoch Flecken und auch einige Löcher aufweist. Dazu ein hellblaues Hemd und eine dunkelgrüne Krawatte, die auch schon bessere

Tage gesehen hat. Uschi denkt bei sich, dass er sich seit Sonntag wohl nicht mehr umgezogen hat. Sein graues, schulterlanges Haar steht wirr von seinem Kopf ab, seine Fingernägel sind schmutzig und seine Augen wässrig und blass. Der Gedanke, dass gleich ihr Essen kommt und sie in dieser Gesellschaft essen soll, schlägt ihr etwas auf den Magen. Trotzdem reicht sie Herrn Schmid ihre Hand zur Begrüßung.

Urs zieht einen Stuhl hervor. Er hat wohl gemerkt, dass Uschi von Herrn Schmids Äußerem nicht sehr angetan ist, und platziert ihn neben sich, auf den Platz, der an diesem Tisch am weitesten von Uschi entfernt ist. Er zwinkert Uschi zu und sie zeigt, dass sie ihm dankbar ist, indem sie kurz nickt und etwas verlegen lächelt.

„Ein Bier bitte." Die Stimme dieses verwahrlosten alten Mannes tönt sehr warm und angenehm, was Uschi überrascht. Urs bestellt für Herrn Schmid ein Bier und wendet sich diesem wieder zu.

„Herr Schmid, Ruedi Schmid, stimmt das?"

„Wer will das wissen?"

„Wir sind von der Kantonspolizei. Frau Frei ist meine Assistentin." In diesem Moment springt Herr Schmid von seinem Stuhl auf.

„Ich habe nichts zu schaffen mit der Polizei. Ich trinke mein Bier lieber woanders."

Urs steht ebenfalls auf. „Bitte setzen Sie sich wieder. Wir möchten Sie nur etwas fragen."

In diesem Moment kommt die Serviertochter mit den Getränken, begrüßt Herrn Schmid mit ‚Hallo Ruedi' und stellt die Getränke auf den Tisch. Ruedi Schmid setzt sich wieder und nimmt einen großen Schluck aus seinem Glas. Urs tut es ihm nach.

„Also, Herr Schmid. Sie wurden am Sonntagabend kurz nach einundzwanzig Uhr im Stadtpark gesehen, wie Sie mit Aylin Schmid gestritten haben. Was können Sie uns dazu sagen?"

„Diese Schlampe!", ruft Ruedi Schmid so laut, dass die anderen Gäste sich umdrehen.

Urs überlegt sich kurz, ob es eine gute Idee war, Ruedi Schmid im Isebähnli zu befragen. Wenn er weiterhin so laut spricht, wird es schwierig, eine Befragung durchzuführen, ohne dass alle Leute im Restaurant diese mitbekommen. Uschi hat absichtlich einen Tisch etwas abseits ausgewählt, doch offensichtlich reicht der Abstand zu den anderen Gästen bei dieser Lautstärke nicht aus. Noch während er überlegt, woanders hinzugehen, sagt Ruedi Schmid, nun mit einer viel gemäßigteren Stimme: „Entschuldigung. Das ist mir jetzt so rausgerutscht. Diese Frau hat mein Leben zerstört. Nun ist sie ja tot ..."

„Sie wissen davon?"

„Natürlich! Ich lese Zeitung. Auch wenn ich in der Zwischenzeit ganz unten angekommen bin und aussehe wie ein Clochard, lese ich jeden Tag die Zeitung von vorne nach hinten, aber ohne den Sportteil. Der interessiert mich nicht."

Die Serviertochter bringt das Essen.

„Haben Sie Hunger, Herr Schmid. Darf ich Ihnen auch etwas bestellen?"

Herr Schmid gibt keine Antwort, doch Uschi sieht, dass ihm das Wasser im Mund zusammenläuft. Obwohl sie erst dachte, dass sie neben diesem Typen nicht essen könne, hat sie nach dieser kurzen Zeit bereits Mitleid mit dem alten Mann.

„Wenn's genehm ist, würde ich gerne etwas essen ... Ein Schnitzel und Pommes", meint er. Die Serviertochter steht noch immer am Tisch. Urs schaut sie an und nickt.

„Also, Herr Schmid. Sie haben sich mit Ihrer Exfrau – das war sie doch? – am Sonntagabend gestritten."

„Ja, Aylin ist meine Exfrau. Und ja, wir haben uns gestritten."

„Worum ging es denn bei diesem Streit?"

„Um Geld, es ging nur um Geld."

„Haben Sie sie zufällig getroffen?"

„Nein, wir haben uns am Tag zuvor zufällig in Baden gesehen. Ich sehe Sie oft in der Stadt, weiche ihr aber meist aus. Aber an diesem Samstag fasste ich meinen ganzen Mut und ging auf sie zu. Der Sohn meiner Tochter ist schwer krank und braucht dringend eine Therapie, welche wir aber nicht bezahlen können.

Also fragte ich sie, indem ich an ihr Mitgefühl appellierte, ob sie uns 10.000 Franken geben würde – für diese Therapie. Doch Mitgefühl ist nicht unbedingt ihre herausragende Eigenschaft. Ich war deshalb erstaunt, als sie mir sagte, dass sie sich das überlegen werde. Ich solle am Sonntag zum Stadtpark kommen." Ruedi Schmid trinkt sein Bier aus. „Kann ich noch eins bekommen?", fragt er und schaut Urs an.

„Natürlich."

Ruedi bestellt sich das gleich selbst, indem er Rosmarie ruft und den Daumen hochhält. Diese scheint die Zeichensprache zu verstehen.

„Und dann haben Sie sie am Sonntag getroffen?"

„Ja, sie hatte gesagt, dass sie um neun da sei – aber es war etwas später, vielleicht eine Viertelstunde."

„Und hat sie Ihnen das Geld mitgebracht?"

„Natürlich nicht! Deshalb war ich ja auch wütend. Nach ihrer Antwort am Samstag hatte ich so sehr gehofft, dass sie mir hilft, damit ich meiner Tochter das Geld für die Therapie geben kann. Doch sie hat mir – in ihrer kurz angebundenen Art – erklärt, dass sie nicht die Absicht habe, mir auch nur einen Franken zu schenken."

„Haben Sie ihr etwas zuleide getan?"

„Was, ich? Wohl kaum. Ich habe für diese Frau alles gemacht. Ich habe ihr jeden Wunsch von den Augen abgelesen, habe sie beschenkt, bin mit ihr um die ganze Welt gereist ..." Ruedi Schmid blickt auf und fixiert mit seinen Augen einen Punkt an der gegenüberliegenden Wand. Er scheint in sich gekehrt und spricht nicht weiter. Die Serviertochter durchbricht diesen kurzen Augenblick der Stille und stellt das Essen und ein Bier hin. ‚En guete', sagt sie und verschwindet. Ruedi Schmid bleibt mit seinem Blick noch ein paar Sekunden an der Wand hängen, schaut dann aber auf seinen Teller und beginnt schweigend zu essen. Uschi schaut Urs an. In ihrem Blick ist jetzt nur noch volles Mitgefühl für diesen Mann. Die beiden tun es Ruedi Schmid gleich und beginnen zu essen. Nach einer gefühlten Ewigkeit meint Ruedi Schmid, nachdem er den letzten Bissen hinunter geschluckt hat:

„Ich weiß nicht, warum. Aber diese Frau hat mich fasziniert. Sie hat mich verhext. Obwohl ich ahnte, dass sie mich immer wieder betrogen hat und ich wusste, dass sie mich nur ausnutzt, konnte ich nicht von ihr lassen. Und nun ist sie tot. Jetzt ist es vorbei."

Bei diesen Worten horcht Uschi auf. Sie legt Messer und Gabel weg und lässt einen kleinen Rest auf dem Teller liegen.

„Herr Schmid", sagt sie, „haben Sie für Aylin Blumen hingelegt?"

„Sie meinen die Calla? Nein – dafür habe ich kein Geld. Ich habe die Blumen gesehen. Es waren ihre Lieblingsblumen ... seit ich sie kenne."

„Die Blumen sind also nicht von Ihnen?", fragt Uschi nochmals nach.

„Nein, sag ich doch. Ich war heute am Unfallort. Dort habe ich die Blumen gesehen."

„Können Sie sich vorstellen, wer die Blumen dorthin gebracht hat?", will Urs wissen, der inzwischen auch fertig ist mit Essen.

„Nein, keine Ahnung." Erneut wirkt Ruedi Schmid abwesend und taucht mit seinen Gedanken in die Vergangenheit.

25. März 2010, Bezirksgericht Baden

„Ich erkläre Sie beide hiermit für geschieden. Das begründete Urteil wird Ihnen zugestellt. Die Rekursfrist dauert dreißig Tage." Ruedi schaut traurig zu seiner frisch von ihm geschiedenen Frau. Er kann nicht fassen, dass das nun tatsächlich passiert ist. Sie sitzt aufrecht auf ihrem Stuhl, perfekt gekleidet und so schön wie eh und je. In ihrem Gesicht zeichnet sich ein zufriedenes Lächeln ab. Aylin dreht sich um und gibt ihrem Anwalt die Hand. „Super gemacht!", sagt sie zu ihm und gibt ihm einen Kuss auf die Wange. „Danke schön." Ihren Exmann würdigt sie keines Blickes.

Ruedi dreht sich auch zu seinem Anwalt. Dieser zuckt mit den Schultern. „Wir werden gegen dieses Urteil Rekurs einlegen. Bitte kommen Sie morgen in meiner Kanzlei vorbei", meint er. In seiner ganzen Karriere hat er eine solche Scheidung noch nicht erlebt. Er hofft sehr, dass sein Mandant morgen, wenn er darüber geschlafen hat, nun endlich einsieht, dass seine Großzügigkeit völlig unrealistisch ist. Seit sechs Monaten versucht er ihn zu überzeugen, dass sein gesamter Besitz bei der Scheidung nicht allein an seine Frau fallen darf. Er hat Konventionsvorschlag um Konventionsvorschlag erarbeitet und jedes Mal kam sein Mandant damit zurück mit dem Kommentar, sie unterschreibe das nicht. Er hatte mit ihrem Anwalt, Markus Wegmann, telefoniert. Doch dieser hielt sich bedeckt. Er wusste wohl, dass kein Gericht eine derartige Aufteilung des Eigentums bei einer Scheidung beschließen würde, außer, beide sind damit einverstanden und einigen sich mit einer Scheidungskonvention. Er wolle noch mal mit seiner Mandantin sprechen, meinte er.

Natürlich hat er das nicht gemacht. Markus Wegmann erzählte Aylin zwar von diesem Anruf, riet ihr aber, noch etwas abzuwarten mit einem Entgegenkommen. Er wusste genau, was er tat, und er konnte Ruedi, zu dem auch er seit Aylins Heirat Kontakt hatte, gut einschätzen. Er war davon überzeugt, dass Ruedi seiner Frau noch immer so verfallen war, dass er schließlich einlenken würde, wenn sie ihm dafür versprach, dass Ruedi auch nach der Scheidung ein Teil ihres Lebens bleiben werde. Dass sie Freunde bleiben.

Schließlich unterschrieb Ruedi die Konvention am letzten Montag. Sein Anwalt war bestürzt, doch was sollte er tun? Aylin Schmid wollte alles. Und heute hat sie es nun auch bekommen.

„Nein, ich will nicht rekurrieren", meint Ruedi Schmid. „Ich habe keine Kraft mehr. Und ich habe – wie Sie ja wissen – auch kein Geld mehr. Ich habe nicht einmal mehr ein Zuhause und kann meiner Tochter nicht zumuten, weiterhin bei ihr wohnen zu bleiben. Machen wir einen Strich. Ich werde mir jetzt eine kleine Wohnung suchen und sehen, wie es weiter geht. Das einzige, was ich nicht verstehe, ist, warum ich ihr noch Unterhalt bezahlen muss. Sie arbeitet doch seit fünfzehn Jahren selber. Seit zwei Jahren sogar Vollzeit in einem guten Job."

„Aber Sie verdienen viel mehr als Ihre ... Ex ... Frau ... und der Lebensstandard, den Sie ihr geboten haben, war sehr hoch."

„Ja, ja. Es wird schon gut sein, wie es ist. Irgendwie fühlt es sich auch leichter an, keinen Besitz mehr zu haben. Ich habe ja eine gute Arbeit bei der ABB, und so wie es aussieht, wird sich meine Rente mit der Scheidung massiv verkleinern." Ruedi bringt so etwas wie ein Lachen zustande. „Ich gewöhne mich am besten schon mal daran, nicht mehr reich zu sein."

Im Augenwinkel beobachtet Ruedi, wie Aylin mit dem Anwalt den Gerichtssaal verlässt.

„Entschuldigen Sie mich bitte ...", meint er und streckt seinem Anwalt die Hand hin. „Danke für die Beratung und Vertretung. Sie haben das sehr gut gemacht. Ich melde mich morgen noch mal – doch ich werde das Scheidungsurteil nicht anfechten. Ich möchte noch kurz meine ... Exfrau ... sehen, bevor sie wegfährt." Ruedi schaut zur Tür, in der Aylin eben verschwindet. „Auf Wiedersehen." Er dreht sich um und geht Aylin nach. Die Verabschiedung seines Anwaltes hat er nicht mehr gehört, er war schon zu weit weg. Der Anwalt bleibt kurz verdutzt stehen, räumt die Akten in seine Mappe und verlässt ebenfalls das Gericht.

Ruedi kommt auf die Schlossbergstraße und schaut sich nach Aylin um. Wohin ist sie nur so schnell gegangen? Er läuft zur Unterführung und gelangt auf den Cordula-Platz, wo er Aylin sieht.
„Aylin!", ruft er ihr nach. Sie dreht sich um und wartet, bis er bei ihr angelangt ist.
„Was willst du noch?"
„Ich will mich noch verabschieden ... Oder hättest du Zeit, mit mir einen Kaffee zu trinken?"

Aylin ist genervt, doch ihr ist klar, dass sie Ruedi nicht zeigen darf, wie wenig sie daran interessiert ist, dass er Teil ihres Lebens bleibt – im Gegenteil. Sobald die Rekursfrist abgelaufen ist, wird sie sich mit ihm nicht mehr abgeben. Aylin schaut auf die Uhr.
„Gut. Ich telefoniere nur kurz und sage, dass es später wird. Wir können auch zu Mittag essen gehen. Ich lade dich ein." Sie schenkt ihm ein hinreißendes Lächeln und dreht sich kurz um, um zu telefonieren. Ruedi hätte nicht gedacht, als er am Morgen zum Bezirksgericht ging, dass er heute nochmals glücklich sein würde. Aber er ist es! Sie gehen zusammen essen. Sie können Freunde sein! Was braucht er mehr? Er ist ein freier Mann ... Und es fühlt sich wirklich leicht an, ohne Besitz zu sein.

Ruedi und Aylin gehen zum Restaurant Roter Turm, wo sie oft zusammen essen waren. Es ist wie all die Jahre zuvor, wenn sie miteinander in ein Restaurant gingen. Er nimmt ihr den Mantel ab, wartet, bis sie sich gesetzt hat, und bestellt dann zwei Martinis. Es ist sogar besser! Aylin ist nicht zickig und schlecht drauf, wie sie das oft war, sondern eine richtig gute Gesellschaft.

Nach dem Essen verabschieden sie sich freundschaftlich vor dem Stadttor. Aylin geht Richtung Bahnhof und Ruedi läuft Richtung

Ländli, bis ihm in den Sinn kommt, dass er seiner Tochter etwas aus dem Manor mitbringen soll. Kurzerhand dreht er um, sieht Aylin noch in der Badstraße verschwinden und geht in den Laden. Etwa zehn Minuten später kommt er raus und sieht, dass Aylin mit einem Strauß Calla ins Café Moser hineingeht. Ruedi bleibt kurz stehen. *Sie muss in Begleitung eines Herrn sein,* denkt er, *woher hätte sie sonst die Blumen?* Er versucht noch kurz zu erkennen, mit wem sie unterwegs ist, doch der Herr hat das Café vor Aylin betreten und er konnte ihn durch die Scheibe nicht erkennen. Ruedi schüttelt den Kopf. „Dieses Mordsweib!", sagt er vor sich hin und lacht. Ihm war klar, dass sie nicht alleine bleiben wird. Doch dass es so schnell geht, verwundert ihn. Seinem Glücksgefühl kann dies jedoch nichts anhaben – sie werden Freunde bleiben. Gut gelaunt läuft er nach Hause zu seiner Tochter.

28. August 2012,
Restaurant Isebähnli

„Herr Schmid?" Urs rüttelt den alten Mann am Arm.
„Ja? Entschuldigung. Ich bin mit meinen Gedanken abgeschweift. Das passiert mir in letzter Zeit öfter."
„Schon gut."
„Kann ich noch etwas zu trinken haben?", fragt Ruedi Schmid und hebt, ohne eine Antwort abzuwarten, eine Hand und gibt der Serviertochter sein Zeichen.

„Hat Frau Schmid Ihnen am Sonntag gesagt, woher Sie zu Ihnen gekommen ist? Hat sie vielleicht erklärt, warum sie zu spät war?" Urs hat seinen Block erst nach dem Essen herausgeholt und beginnt nun, ein paar Eintragungen nachzutragen. Jedenfalls schaut er nicht auf, als er Ruedi Schmid die Frage stellt, und schreibt weiter.

„Warum sollte sie? Hochmut kommt vor dem Fall. Sie war hochmütig. Sie hätte nie eine Verspätung zu erklären versucht. Nun ist sie gefallen."

„Wo könnte Ihre Exfrau türkisch gegessen haben?"

„Ich möchte Sie jetzt mal etwas fragen: Warum stellen Sie mir all diese Fragen?"

„Wir ermitteln in einem Mordfall."

„Und was sollen dann die Fragen über meine Exfrau?"

„Ihre Exfrau wurde ermordet." Urs merkt, dass der Mann, der neben ihm sitzt, zwar wütend auf Aylin ist, weil sie ihm das Geld für seinen kranken Enkel nicht gegeben hat, doch er spürt auch, dass Ruedi Schmid sie im Grunde seines Herzens noch immer bewundert. Er legt ihm also seine Hand auf die Schulter als Zeichen des Trostes.

Ruedi Schmid bleibt lange ruhig. Er schluckt ein paar Mal leer, bis er schließlich meint: „Ermordet? Wer tut denn so etwas? Ich dachte, sie sei verunfallt." Tränen steigen ihm in die Augen.

Leise schluchzend sagt er: „Sie war kein Engel – nein, das war sie wirklich nicht. Sie war ein Biest. Doch das hat sie nicht verdient."

Urs und Uschi bleiben ruhig und erwidern nichts. Sie lassen Ruedi Schmid Zeit, sich wieder zu fassen. Uschi reicht ihm ein Taschentuch. Ruedi Schmid nimmt dies dankbar entgegen und wischt sich die Augen ab. Ganz ruhig spricht er nun weiter: „Sie wollen wissen, ob ich sie umgebracht habe? Nein, ich habe sie bestimmt nicht umgebracht. Ich hätte viele Gründe dafür gehabt, das kann man wohl sagen. Und ich gebe zu, dass ich oft sehr wütend auf sie war. Am letzten Sonntag zum Beispiel. Oder als ich wegen ihr meine Arbeit verloren habe und vorzeitig in die Pension geschickt wurde. Sie meinte damals nur ‚Mein Lieber – es tut mir leid, aber du bist definitiv zu alt für das Geschäft. Du verwechselst vieles und machst Fehler. Es ist bestimmt besser so – für dich und die ABB – wenn du deine Frühpension genießt. Auf deine Unterhaltszahlungen verzichte ich mit sofortiger Wirkung.' Aber niemals hätte ich diese Frau umbringen können."

Weder Urs noch Uschi zweifeln an dieser Aussage. Der Mann, der mit ihnen am Tisch sitzt, ist kein Mörder. Er ist ein bedauernswertes Opfer von Aylin. Uschi muss an ihre Mutter denken. Sie war offensichtlich sehr viel stärker als dieser Mann. Aylin hatte sie in ihren Bann gezogen, hatte sie benutzt und ausgenutzt – doch sie hat sich schließlich von ihr abgewendet. Sie hat ihr nicht verziehen und sich damit auch nicht weiterhin der Bösartigkeit dieser Frau ausgesetzt. Uschi spürt, dass sie stolz auf ihre Mutter ist. Sie hatte sie all die Jahre als schwach und unselbstständig angesehen. Nun wusste sie, was ihr geschehen ist und sie bewundert die konsequente Haltung ihrer Mutter. *Was wohl Paps morgen dazu sagen wird?*

Urs unterbricht ihre Gedanken. „Wir glauben Ihnen, dass Sie nicht der Mörder sind. Doch vielleicht können Sie uns helfen, den Mord aufzuklären. Ihre Exfrau wurde so um neunzehn Uhr an diesem Sonntag vergiftet. Das muss während eines türkischen

Essens geschehen sein. Das Gift hat dann so zwischen halb elf und elf zum Tod geführt. Wir müssen herausfinden, wo Ihre Exfrau an diesem Sonntag gegessen hat."

„Türkisch?"

„Ja, ihr Mageninhalt lässt darauf schließen."

„Vielleicht am Stand in der Badstraße?"

„Können Sie sich vorstellen, dass sie an diesem Stand gegessen hat?"

„Nein, eigentlich nicht. Nein – das ist gar nicht Aylins Art … Haben Sie schon herausgefunden, ob ihr Bruder oder ihre Mutter zurzeit in der Schweiz sind? Vielleicht hat sie in ihrem Elternhaus in Nussbaumen gegessen, wo jeweils ihre Familie wohnt, wenn sie sie in der Schweiz besuchen."

„Das ist ein guter Hinweis, Herr Schmid, danke schön." Urs schreibt wieder in sein Notizbuch.

„Noch eine letzte Frage für heute: Haben Sie eine Idee, wer hre Exfrau umgebracht haben könnte?"

Ruedi überlegt. „Nein. Ich habe keinen Verdacht. Wer hat denn die Blumen an den Tatort gelegt? Vielleicht sind die vom Mörder. Dann wäre es ein Mord aus Leidenschaft … Denn sie ließ sich von einem Mann oder Liebhaber immer nur diese Blumen schenken. Alles andere, meinte sie, sei ihrer nicht würdig. Sie sei kein Rosentyp – das sei ihr zu langweilig."

„Gut, Herr Schmid." Urs steckt seinen Block ein. „Danke schön. Wir werden jetzt gehen und am Tresen noch ein Bier für Sie bezahlen. Falls wir weitere Fragen haben, wie können wir Sie erreichen?"

„Ich bin jeden Tag hier, in diesem Restaurant. Immer abends. Wenn ich nicht da bin, bin ich krank."

„Kann man Sie auch anrufen?"

„Nein. Ich wohne in einem sozialen Wohnungsbau und verzichte auf einen Festnetzanschluss. Ein Handy leiste ich mir auch nicht. Sie können im Restaurant Isebähnli anrufen und mir etwas ausrichten lassen. Das funktioniert bestens."

„Gut." Urs macht Anstalten, sich zu erheben, als Uschi fragt: „Herr Schmid, was hat Ihr Enkel für eine Krankheit?" Urs setzt sich nochmals hin und zückt seinen Block. Er schenkt Uschi einen warmen Blick. *Das ist Uschi*, denkt er, *sie hat das Herz am rechten Fleck.*

Ruedi Schmid schaut Uschi verdutzt an: „Morbus Pompe heißt das, glaube ich. Das ist so eine Muskelerkrankung. Jedenfalls hat Sven Medikamente bekommen, welche ihm geholfen haben. Jetzt kommt die Krankenkasse und bezahlt dieses Medikament nicht mehr. Warum weiß ich auch nicht. Es müsse eine neue Diagnose gestellt werden und das kann Monate dauern. In dieser Zeit braucht Sven aber das Medikament trotzdem und meine Tochter und ihr Mann können es nicht mehr bezahlen. Ich kann ihnen auch nicht helfen."

„Ich mach' mich mal schlau, Herr Schmid. Vielleicht kann ich Ihnen helfen." Uschi reicht Herrn Schmid die Hand und lächelt.

„Dankeschön … das wäre … das ist …"

„Ich kann Ihnen nichts versprechen. Aber ich hör' mich um."

Urs und Uschi verlassen das Isebähnli und gehen zum Stadttor. Sie bleiben kurz stehen, bevor Uschi nach Hause Richtung Halde läuft und Urs sein Auto im Ländliweg abholt.

„Der arme Mann!", seufzt Uschi.

„Ja, das ist wirklich ein bedauernswerter Mensch." Urs hält kurz inne und fragt dann: „Kannst du morgen mal checken, ob ihre Mutter oder ihr Bruder hier sind?"

„Ich habe das Sekretariat bereits beauftragt, Angehörige zu suchen. Ich kümmere mich morgen aber noch mal darum."

„Mord aus Leidenschaft … Glaubst du, dass sie von einem Mann vergiftet wurde?"

„Man sagt ja, dass Gift eher die Waffe der Frau sei … Vielleicht eine betrogene Ehefrau? Affären hatte sie ja offensichtlich."

„Eine betrogene Ehefrau, mit der sich Aylin zum Essen trifft?"

„Wir wissen ja gar nicht, ob sie in Gesellschaft gegessen hat …"

„Ich weiß nicht. Ich habe das Gefühl, es war ein Mann. Und ich glaube auch, dass die Blumen vom Mörder stammen. Bin gespannt auf die Untersuchungsergebnisse morgen! Jetzt fahre ich nach Hause. Bis morgen!"

„Tschüss Urs", sagt Uschi und läuft Richtung Stadthaus. Kurz überlegt sich Uschi, ob sie ihre Mutter noch anrufen soll. Es ist erst halb neun. Doch sie fühlt sich unendlich müde, und die Aussicht auf eine erfrischende Dusche, denn es war heute sehr warm, und ihr Bett sind sehr verlockend. Sie wird sich morgen bei ihrer Mutter melden und fragen, wie es ihr und Nina geht.

29. August 2012, Ländliweg 2, Baden

Uschi hat sehr gut geschlafen und fühlt sich an diesem Mittwochmorgen richtig gut ausgeruht. Sie ist schon kurz nach sieben in Büro und geht gleich ins Sekretariat, wo Anita schon bei der Arbeit ist. „Guten Morgen Anita, schon fleißig?"
„Guten Morgen Uschi – ja, ich habe viel zu erledigen. Ferien müssen immer verdient werden – sowohl davor als auch danach!"
Anita lacht und fragt: „Kaffee?"
„Gerne. Sag mal, hast du schon Angehörige von Aylin Schmid finden können? Ich weiß inzwischen, dass sie eine Mutter und einen Bruder hat, welche in der Türkei wohnen, aber ab und zu in die Schweiz kommen."
„Ja, das habe ich schon gecheckt. Die sind beide nicht da."
„Hm ...Hast du die Adresse aus der Türkei?" Uschi hat das Dossier von Aylin Schmid bei sich und macht eine Notiz.
„Klar!" Anita streckt ihr ein Blatt mit Adresse und Telefonnummer entgegen, welches Uschi in die Akten legt.
„Danke schön. Hast du noch weitere Verwandte gefunden?"
„Nein. Ihr Vater starb schon vor sehr langer Zeit. Aylin war damals noch ein Kind. Andere Verwandte hatte sie hier in der Schweiz nicht."
„Gut. Haben wir schon Post vom Erkennungsdienst?"
„Nein. Aber ich denke, wir werden heute Morgen noch Post bekommen." Anita hat Kaffee gemacht und stellt eine Packung Guetzli auf ihr Pult. Sie ist eine lustige, fröhliche Frau mit ein paar Pfunden zu viel auf den Hüften, was sie aber ganz und gar nicht stört. Sie hat lustige dunkle Knopfaugen, welche ihr, zusammen mit dem dunklen, langen Haar, dass sie wie in den 60er Jahren toupiert und mit einem knalligfarbigen Haarreif frisiert, etwas das Aussehen von Minnie Mouse verleihen. Sie kocht und isst äußerst gerne. Weil sie mit ihren sechsundvierzig Jahren allein lebt und gerne Gäste bewirtet, sind Urs, Uschi

und Ilona, ihre Kollegin im Sekretariat, schon oft von ihr bekocht worden.

„Nimm!" Anita streckt Uschi die Guetzli hin.

„Nein danke … Ich habe eben zu Hause noch ein Müsli gegessen." Anita zuckt mit den Schultern und langt gleich nochmals zu.

„Heute kommt ein Bruno Heller vorbei, um zehn Uhr. Kannst du ihm bitte gleich seine Fingerabdrücke abnehmen, wenn er sich anmeldet, und ihn dann zu uns rüberschicken?"

„Klar. Seid ihr schon weitergekommen? Ich habe von Ilona gestern gehört, dass sie vergiftet wurde."

„Nicht wirklich. Die Frau war kein Schätzchen. Es gab einige Menschen, die einen Groll gegen sie hegen. Wir sind am Einkreisen. Kannst du mir bitte noch Adresse und Telefonnummer von Roger Berger raussuchen? Ich habe gestern in der ABB vergessen, danach zu fragen. Er war nach Hause gegangen und wir konnten nicht mit ihm sprechen. Er ist krank. Wir besuchen ihn heute Nachmittag zu Hause."

„Mach ich … Sag mal: Wie geht es deiner Schwester?" Uschi verschluckt sich am Kaffee und schaut Anita verdutzt an.

„Woher weißt du?"

Ilona hat mich gestern Abend angerufen. Du hast ihr ja deine Aufzeichnung von der Befragung von Nina Klein zum Tippen aufs Pult gelegt … und am Abend hat sie mich angerufen und mir davon erzählt. Ist das ein Problem?"

„Nein, natürlich nicht. Ich hab mich nur gewundert. Ich hatte ihr diese Notizen erst so gegen halb sechs hingelegt. Habe nicht realisiert, dass sie noch nicht nach Hause gegangen war."

„Sie kam gestern Abend noch mal ins Büro. Sie ging ja schon um fünfzehn Uhr nach Hause, wegen ihrem schlimmen Zahn. Am Abend ging es ihr besser und sie kam noch mal ins Büro, weil sie noch ein paar Sachen erledigen wollte. Sie war bis nach einundzwanzig Uhr im Büro … Aber nun sag schon! Das ist doch eine verrückte Geschichte!"

„Ja, Anita, das ist es wirklich. Ich weiß selber noch nicht, wie ich das finden soll. Sie ist sehr sympathisch. Doch ich habe im Moment keine Zeit, sie näher kennenzulernen. Aber ich hol' das nach."

„Ist sie hübsch?"

„Sie sieht aus wie meine Mutter – aber genau so!"

„Bleibt sie nun hier?"

„Anita …" Uschi hat heute Morgen keine Zeit für eine Plauderstunde, obwohl sie dies bei weniger Arbeit sehr schätzt. Es ist ihr wichtig, sich mit ihren Mitarbeiterinnen nicht nur über das Geschäftliche auszutauschen, sondern auch einen freundschaftlichen Umgang mit ihnen zu pflegen. Dazu gehört auch, dass sie sich gegenseitig Dinge aus ihrem Privatleben erzählen. Sie ist heute jedoch extra früh ins Büro gekommen, weil sie sehr viel zu tun hat. „Können wir ein anderes Mal darüber reden? Ich habe viel Arbeit heute."

„Kein Problem!" Anita steckt sich ein weiteres Gebäck in den Mund. „Und wenn du mit jemandem darüber reden willst, du weißt ja, ich bin immer für dich da!"

„Ja, danke." Uschi nimmt sich nun doch auch ein Guetzli. „Ich geh' dann mal in mein Büro." Sie öffnet die Tür zum anliegenden Büro und lässt diese offen stehen. Im hinteren Teil des Büros steht noch immer die Pinnwand mit verschiedenen Sprüchen von großen Philosophen. Sie hatte vor zwei Jahren die Idee, eine Pinnwand ins Büro zu stellen, wo sie Fakten eines Mordfalles aufhängen wollte, so, wie sie es bei einer Weiterbildung gelernt hatte. Urs kam damit aber gar nicht zurecht, obwohl er sich sehr bemühte und Uschi für diese Initiative auch immer wieder lobte. Doch sie merkte schon bald, dass die Pinnwand Urs in seiner Art, Morde aufzuklären, keine echte Unterstützung darstellte. Nachdem sich Urs während vier Wochen in dieser Methode geübt hatte, druckte Uschi die Zitate aus und hängte diese an die Pinnwand.

„Damit die Pinnwand trotzdem für etwas gut ist …", meinte sie damals, und Urs schätzte einmal mehr, wie pragmatisch und empathisch seine Assistentin doch ist.

Als erstes versucht sie, Markus Wegmann zu erreichen. Sie versucht es in seiner Kanzlei, doch niemand nimmt den Anruf entgegen. Sie wundert sich, dass auch nach zehn Mal Läuten keine Telefonansage kommt. *Seltsam*, denkt sie. *Wenn ich Anwalt wäre, würde ich außerhalb der Bürozeiten einen Anrufbeantworter besprechen.* Sie wählt seine Privatnummer und hat ebenfalls kein Glück. Auch hier klingelt das Telefon durch, ohne Hinweis auf eine mögliche Erreichbarkeit. Uschi zuckt mit den Schultern und beginnt, ihre Pendenzen zu sortieren. So wie das aussieht, müsste sie dringend mal Büroarbeit erledigen. Sie wird Urs fragen, ob er die Befragung von Bruno Heller alleine machen könnte, damit sie Zeit hat, das Liegengebliebene zu erledigen. Falls das möglich ist, wäre sie bis Mittag wieder ajour. Uschi arbeitet konzentriert und bemerkt gar nicht, wie die Zeit vergeht. Sie kommt gut voran und überlegt sich, ob sie wohl alles bis zehn Uhr schaffen könnte, als die Tür aufgeht.

„Guten Morgen Uschi", begrüßt Urs sie und setzt sich an sein Pult.

„Hey, guten Morgen. Ist es schon neun Uhr?"

„Nein. Noch nicht ganz. Ich bin meiner Mutter früher entkommen."

„Und? Hatte sie Neuigkeiten?"

„Na ja, ich weiß nicht. Sie hat mir erzählt, dass diese Nachbarin, Marianne, mit welcher sie gestern unterwegs war, eine Bekannte hat, die eine Freundin hat, deren Mann … egal … Sie hat behauptet, dass Aylin Schmid und dieser Wegmann ein Verhältnis haben."

„Wundert dich das?"

„Nein – das wundert mich überhaupt nicht! Hast du Wegmann schon erreichen können?"

Uschi war so in ihre Arbeit vertieft, dass sie kein zweites Mal versucht hatte, Markus Wegmann zu erreichen. Er war heute Morgen bestimmt auf dem Weg zur Arbeit, als sie es versuchte. Inzwischen müsste er ja im Büro angekommen sein.

„Ich hab's probiert, aber ihn nicht erreicht. Ich versuche es gleich noch einmal." Während sie das sagt, wählt sie die Nummer der Kanzlei. Wieder hebt niemand ab und noch immer klingelt das Telefon ins Leere.

„Wieder nichts. Vielleicht ist er beim Bezirksgericht. Ich versuche es am Nachmittag noch einmal ... Urs, könntest du die Befragung mit Bruno Heller heute alleine machen? Du nimmst das Gespräch ja auf. Ich habe einiges zu tun und wäre froh, wenn ich heute bis Mittag im Büro arbeiten könnte. Habe Anita schon gesagt, dass sie Fingerabdrücke nehmen soll."

„Ungern ... aber ja, klar. Dafür machst du jetzt eine kurze Pause und trinkst mit mir einen Kaffee, okay?"

„Gern."

)O(O(

Bruno Heller läuft gut gelaunt durch die Stadt zum Ländliweg. Er hat heute Morgen mit seiner Frau und seinen Kindern gefrühstückt und sie haben abgemacht, dass er mit den Kindern an diesem freien Nachmittag in die alte Badi gehe. Seine Frau hat sich darüber gefreut, dass er ein paar Tage frei hat, und war bestens gelaunt, als sie realisierte, dass sie einen ganzen Nachmittag nur für sich alleine hat. Gleich hat sie einen Termin beim Coiffeur vereinbart und sich mit ihrer Freundin für einen Kaffee danach verabredet. Bruno Heller läuft durch die Badstraße und kommt zum Café Moser, wo er die letzten Tage jeweils um diese Zeit noch gesessen hat und Zeitung las. Kurz bleibt er stehen und atmet tief ein. Er ist so froh, dass sein Albtraum vorbei ist. Er ist sicher, dass er seinen Job wiederbekommt und er heute einen regulären freien Tag vor sich hat, an dem er sich nicht verstecken muss. Er freut sich auf den Nachmittag in der Badi mit seinen Kindern, und wenn das Wetter hält, möchte er seine Familie am Abend mit einer Einladung in den Biergarten überraschen.

Kurz vor zehn Uhr erreicht er den Ländliweg und meldet sich beim Sekretariat. Er ist verwundert, dass er Fingerabdrücke geben soll, doch ihm wird versichert, dass dies nicht zu bedeuten habe, dass er tatverdächtig sei. Bruno Heller überlegt kurz, ob er sich dagegen wehren soll, entscheidet sich jedoch, kooperativ zu sein. Danach bittet Anita Herrn Heller, im Gang zu warten, bis Herr Leu ihn rufe.

Bruno Heller hat sich gerade auf einen der beiden Stühle im Gang gesetzt, da öffnet sich auch schon eine Bürotür etwa vier Meter rechts von ihm. „Bruno Heller?", fragt ihn der große, kräftige Mann, der aus dem Büro kommt.
Bruno Heller steht auf und geht Urs entgegen. „Ja, der bin ich." Bruno streckt ihm die Hand zur Begrüßung hin und ist kurz verblüfft, welche große, starke Hand die seine umschließt. „Guten Morgen Herr Heller. Mein Name ist Urs Leu. Ich bin der ermittelnde Kommissar im Fall Aylin Schmid." Mit diesen Worten führt Urs Bruno Heller in ein kleines Besprechungszimmer und bedeutet ihm, Platz zu nehmen. Er selber nimmt auf der gegenüberliegenden Seite des Tisches Platz.
„Ich werde unser Gespräch aufzeichnen", meint er. „Ist das für Sie okay?"
„Klar", antwortet Bruno Heller. Er ist noch immer gut gelaunt, wenngleich ihm nun etwas mulmig wird. Er fragt sich außerdem, weshalb dieser Herr Leu einen kleinen Block aus seiner Tasche zieht, wenn das Gespräch doch aufgezeichnet wird. Urs bemerkt, dass Bruno Heller ihn beobachtet und meint: „Ich mach' mir jeweils ein paar Notizen … Das hilft mir."
Bruno Heller erzählt, was er Urs schon am Telefon gesagt hat. Er erzählt, warum er seine Arbeit verloren hat, dass seine Frau davon nichts weiß, und er schildert auch noch mal sein „Gespräch" mit der toten Aylin Schmid in der Nacht von Sonntag auf Montag. Als er davon berichtet, kommt ihm sein Verhalten in dieser Nacht noch seltsamer vor. In diesem Moment klopft Uschi an die Tür des Besprechungszimmers und öffnet sie.
„Guten Tag Herr Heller", sagt sie zu Bruno Heller gewandt und zu Urs: „Urs, hast du kurz Zeit?" Urs weiß, dass Uschi ihn nicht bei einer Vernehmung stören würde, wenn es nicht wichtig wäre. „Ich bin gleich wieder hier, Herr Heller." Mit diesen Worten steht er auf und verlässt mit Uschi das Besprechungszimmer.

Nachdem er die Tür geschlossen hat, zeigt Uschi ihm die Unterlagen, die sie in der Hand hat. „Der Bericht des Erkennungsdienstes ist eingetroffen. Die Fingerabdrücke von Herrn Heller sind identisch mit Fingerabdrücken, welche auf Aylin Schmids goldenem Armband gefunden wurden."

„Das hab' ich mir gedacht", meint Urs und Uschi ist etwas verwundert. „Na ja, dieser Bruno Heller hatte ja dieses Gespräch mit der Toten. Er hat mir eben nochmals ausführlich darüber berichtet. Dabei hat er sie wohl auch angefasst. Ich 'ird' ihn aber gleich nochmals fragen. Danke, Uschi." Urs dreht sich wieder zur Tür des Besprechungszimmers.

„Da ist noch etwas: Ich habe diesen Herrn Wegmann noch immer nicht erreichen können. Dafür habe ich mit Roger Berger gesprochen. Er ist noch immer krank und zu Hause. Ich habe mit ihm heute Nachmittag abgemacht. Er wohnt in Ennetbaden."

„Sehr gut! Um welche Zeit?"

„Gleich nach dem Mittag, 14. Uhr."

„Gut – kommst du mit mir ins Restaurant Höhtal essen?"

„Ist deine Mutter schon wieder unterwegs?"

„Nein. Aber ich habe mich abgemeldet zum Mittagessen. Ich hatte heute schon das Vergnügen mit ihr und würde mich freuen, mit netterer Gesellschaft zu essen."

Uschi ist leicht verwundert. Urs ist ein interessanter und auch ein gut aussehender Mann, doch eher scheu und zurückhaltend. Dieses Angebot zum Mittagessen, und vor allem, *wie* er dies macht, irritiert sie. Etwa ein halbes Jahr, nachdem sie miteinander bei der Kantonspolizei mit ihrer Arbeit begonnen haben, gab es eine Zeit, in der sie öfter an Urs dachte und sie musste sich eingestehen, dass sie sich ein wenig verliebt hatte. Obwohl sie damals versucht hatte, ihm näherzukommen, hat er mit seiner unromantischen Art alles vereitelt. Schließlich erkannte sie in ihm den wirklich guten Freund und Kollegen und ihre Gedanken, etwas anderes darin zu sehen, haben sich in Luft aufgelöst. *Hat Urs seine Scheu verloren? Oder hat er einfach etwas länger gebraucht, um jemanden näher an sich heranzulassen?* Wenn sie darüber nachdachte, gab es in der letzten Zeit verschiedene Hinweise, dass er gerne mit ihr zusammen ist. Im Moment hat sie jedoch keine Zeit, sich damit zu beschäftigen.

„Ja, sehr gerne! Aber heute lade ich dich ein!"

Als Urs das Besprechungszimmer wieder betritt, fragt er Bruno Heller: „Haben Sie die Tote eigentlich angefasst?"

„Nein!" Bruno Heller erschrickt. Was hat ihm diese Assistentin erzählt? Er hat Aylin nicht getötet. Plötzlich beschleicht ihn die Angst, nun fälschlicherweise einer Tat verdächtigt zu werden, die er nicht begangen hat. Sofort stellen sich in seinem Kopf Bilder und Wortfetzen seiner ungerechtfertigten Entlassung ein und seine Angst wird größer. Vielleicht war seine Entlassung nur der Beginn einer Reihe von Ungerechtigkeiten. Vielleicht wird er nun unschuldig eines Mordes verdächtigt und schließlich noch angeklagt! Obwohl er sich bemüht hat, nach seinem Rauswurf in der ABB nicht in ein Loch zu fallen, so ist ihm bewusst, dass er dadurch misstrauischer geworden ist und sein Selbstwert massiv gelitten hat. Er kommt sich vor wie in einer Falle und beginnt zu schwitzen. Urs bemerkt, dass Bruno Heller nervös geworden ist. Doch für ihn ist klar, dass der Mann kein Mörder ist.

„Herr Heller, überlegen Sie. Wir haben Ihre Fingerabdrücke am Armband der Toten gefunden. Können Sie sich erklären, wie die dahin gekommen sind? Nur ruhig, Herr Heller, ich bin sicher, dass es dafür eine Erklärung gibt." Die ruhigen Worte von Urs zeigen Wirkung. Bruno Heller entspannt sich etwas. Er überlegt und kommt schon bald zum Schluss: „Ja! Ich habe sie angefasst. Als ich sie Sonntagnacht erblickte, habe ich erst, bevor ich mich zu ihr setzte, ihren Arm gehoben und fallen gelassen. Ich habe den Arm gleich hinter der Hand angefasst ... da war ein Goldarmband. Ich konnte erst nicht glauben, dass sie tot war, auch wenn ihre Augen weit aufgerissen in den Nachthimmel starrten. Deshalb hab' ich ihren Arm hochgehoben und losgelassen. Als dieser gleich nach dem Loslassen runterfiel, war mir klar, dass sie wirklich tot ist."

„Sehen Sie. Das ist doch eine Erklärung. Herr Heller, Sie haben am Telefon etwas über Verhältnisse von Aylin Schmid erzählt und von einer interessanten Beobachtung letzte Woche."

„Ja. Die Affäre mit Philipp", fährt Bruno Heller sichtlich erleichtert fort.

„Philipp?"

„Philipp Gauss, unser jüngster Mitarbeiter. Er hat damals damit geprahlt, dass er mit Aylin eine Affäre habe. Sie hatte 2008 gerade in der Marketing-Abteilung zu arbeiten begonnen, als wir an einem Freitag noch auf ein Bier gingen. Wir waren alle sehr gut gelaunt und sind noch weitergezogen: Erst waren wir im Biergarten, dann im Hirschli und dann liefen wir zurück zum Bahnhof. Ich bin dann mit dem Bus nach Hause gefahren, doch die anderen kehrten noch im Mojo ein. Am nächsten Montag erzählte Philipp jedem, der es wissen wollte, dass er mit Aylin nach dem Mojo nach Hause gegangen sei. Sie habe ein Haus in Nussbaumen und er habe dort übernachtet. Aylin war darüber gar nicht begeistert und sie hat Philipp in ihr Büro zitiert. Was sie ihm gesagt hat, weiß ich nicht. Doch er hat aufgehört, damit zu prahlen und war sofort ruhig. Allerdings konnte er es nicht unterlassen, ihr immer wieder etwas näherzukommen. Sie wehrte seine Annäherungen fortan sanft, aber bestimmt ab. Ich bin nie schlau aus den beiden geworden. Philipp war zwar ruhig, hat sich ihr aber trotzdem immer wieder genähert und Aylin hat ihn eher wie ein nerviges Kind abgewehrt, aber seine Annäherungsversuche auch ein Stück weit auch zugelassen."

„Glauben Sie, dass Philipp Gauss etwas mit der Ermordung von Aylin zu tun haben könnte?"

„Niemals! Nein, das glaube ich nicht. Das kann ich mir nicht vorstellen."

„Und was war letzte Woche?"

„Na ja ... Ich habe meine morgendliche Runde gedreht, wie jeden Tag. Kurz vor der Schiefen Brücke, unten an der Limmat, sah ich von weitem Aylin auf einer Parkbank sitzen ... mit einem Mann. Ich bin erschrocken und wollte nicht, dass sie mich auch sieht, weshalb ich schnell und mit abgewandtem Kopf an ihnen vorbei und die Treppen rauf zur Brücke lief. Sie hat mich nicht erkannt, dessen bin ich sicher. Sie war sehr in ein Gespräch mit diesem Mann verwickelt. Als ich oben auf der Brücke ankam, schaute ich runter und konnte die beiden unbemerkt beobachten, was ich deshalb tat, weil dieser Mann plötzlich aufstand, um sich gleich danach vor Aylin auf den Boden zu knien."

„Er kniete auf dem Boden?", fragt Urs.

„Ja, ganz sicher! Deshalb blieb ich ja auch stehen und hab' die beiden beobachtet. Das erschien mir doch sehr komisch."

„Sie haben von da oben wohl nicht gehört, was sie gesprochen haben?"

„Nein, hören konnte ich sie nicht. Aber die Szene war filmreif, stummfilmreif. Er flehte sie an und sie neigte ihren Kopf zur Seite und wandte sich ab." Während Bruno Heller dies erzählt, führt er gleichzeitig vor, wie Aylin ihren Kopf gedreht hatte.

„Kurz darauf erhob sich dieser Mann wieder und setzte sich neben sie. Sie schienen eine kurze Weile ruhig zu sein, da nahm Aylin seine Hand in ihre beiden Hände und begann beschwörend auf ihn einzureden. Er saß nur da und ich glaube, er hat geweint. Ich wollte schon weiter, da sah ich, dass er nochmals aufstand und seine Hände gen Himmel streckte, als wolle er beten. Dieser Mann hat sich ziemlich zum Trottel gemacht, wenn Sie mich fragen."

„Haben Sie diesen Mann gekannt?"

„Nein."

„Würden Sie ihn erkennen, wenn Sie ein Bild von ihm sehen würden?"

„Ich glaube schon." Urs steht auf und bittet Herrn Heller kurz zu warten. Er verlässt den Besprechungsraum und kommt schon kurze Zeit später mit Fotos zurück, welche er vor Bruno Heller auf den Tisch legt.

„Könnte es jemand von diesen Männern gewesen sein?"

Bruno Heller schaut sich die fünf Bilder, welche Urs gebracht hat, genau an. „Nein, es war keiner dieser Männer."

„Können Sie mir beschreiben, wie er ausgesehen hat?"

„Er war recht groß und von schlanker Statur. Ich denke, so im gleichen Alter wie Aylin. Er hatte dunkles, kurz geschnittenes

Haar, war gut gebräunt und hatte ein eher kantiges Gesicht. Mehr konnte ich nicht erkennen."

„Wie war er gekleidet?"

„Er trug Jeans und ein Hemd mit Jackett und irgendein Seidentuch um den Hals."

Urs hatte damit gerechnet, dass dieser Mann nicht auf den Fotos abgebildet war. Er musste an die Worte von Ruedi Schmid denken ‚Ein Mord aus Leidenschaft'. Die Szene, die Bruno Heller ihm eben beschrieben hat, war ohne Zweifel leidenschaftlich. Wer war dieser Mann? Gerne hätte er die Befragung jetzt beendet, weil er etwas Zeit und Ruhe brauchte, um darüber nachzudenken. Doch Bruno Heller unterbricht seine Gedanken. „Ich hätte noch eine weitere Beobachtung, welche ich vor ein paar Wochen gemacht habe ..."

„Ja, klar ... Sie meinen Roger Berger."

„Genau. Ich glaube, dass Aylin und Roger ein Verhältnis hatten. Ich habe an diesem verflixten Halbjahresbericht gearbeitet und war am 17. Juli länger im Büro. Das war ein Dienstag. Meine Frau geht normalerweise am Dienstag zur Gymnastik und ich habe sie angerufen und ihr gesagt, dass ich es nicht schaffen werde, bis halb acht zu Hause zu sein. Sie war ziemlich sauer deswegen. Doch Aylin hatte mir kurz vor Feierabend noch den Auftrag gegeben, für Mittwoch im Restaurant Spedition vier Plätze für ein Mittagessen mit den Leuten aus China zu reservieren, welche sich angemeldet haben. Außerdem sollte ich ihr eine kurze Aktennotiz über die Besucher machen: Name, Alter, Funktion usw. So um halb neun war ich durch mit meiner Arbeit und ging zu Aylins Büro, um ihr die gewünschten Informationen aufs Pult zu legen, bevor ich ging. Als ich vor ihrem Büro stand, hörte ich, gerade als ich die Tür öffnen wollte, dass sie noch da war und nicht alleine. Die Tür war nicht ganz geschlossen. Gesehen habe ich nichts, aber gehört hab' ich alles. ‚Mein Teufelchen' ... danach nur noch Stöhnen und irgendeinen Gegenstand, der zu Boden fiel. Ich bin überzeugt, dass dies die Stimme von Roger war. Ich entschloss mich, die Aktennotiz mit nach Hause zu nehmen und am nächsten Tag ganz früh ins Büro zu kommen und sie dann auf Aylins Pult zu legen. Ich bin ganz sicher, dass Roger bei ihr war."

„Wurden Sie bemerkt?"

„Nein, ich glaube nicht. Als ich mich umdrehte, um zu gehen, streifte ich allerdings den Kleiderständer, der vor Aylins Büro steht. Die Bügel sind leicht aneinander gekommen und verursachten ein metallisches Geräusch. Ich habe sie aber sofort ruhig gehalten und mich dann davongemacht. Die waren zu beschäftigt, um das gehört zu haben."

„Gut, Herr Heller. Im Moment habe ich keine Fragen mehr." Urs will unbedingt noch ein paar Minuten haben, um seine Gedanken zu ordnen. Er überlegt sich kurz, Uschi wieder auszuladen und die Mittagszeit alleine zu verbringen und schaut auf seine Uhr. Noch fast eine halbe Stunde bis zum Mittag, das sollte ihm genügen und er musste Uschi nicht absagen. Schnell verabschiedet er Bruno Heller und bittet ihn, sich zur Verfügung zu halten, falls er noch Fragen habe. Außerdem könne er ihn auch anrufen, wenn ihm noch etwas Wichtiges in den Sinn komme.

Urs kehrt zurück in den Besprechungsraum, setzt sich auf den Stuhl und schaut aus dem Fenster. Er wird heute Nachmittag Herrn Berger befragen, doch er glaubt nicht, dass dieser Aylin Schmids Mörder ist. Falls er wirklich ein Verhältnis mit Aylin hatte, weiß er vielleicht etwas über diesen Mann, mit welchem Bruno Heller Aylin an der Limmat beobachtet hat. Andernfalls wird die Befragung wohl eher kurz ausfallen. Tatsache ist, dass der unbekannte Mann nicht aus ihrem Arbeitsfeld kommt, sonst hätte Bruno Heller ihn ja erkannt. Bei diesem Gedanken fällt Urs auf, dass es keine Hinweise auf einen Freundeskreis von dieser Frau gab. Hatte sie überhaupt Freunde? Sie lebte seit der Scheidung mit Ruedi Schmid alleine in der Eigentumswohnung in Baden. Es scheint nur oberflächliche oder berufliche Bekanntschaften gegeben zu haben und Männer, die ihr irgendwie verfallen sind. Mord aus Leidenschaft – war dies das Motiv? Warum hat der Mörder oder die Mörderin Aylin vergiftet, mit einem Gift, welches einen solch grausamen Tod verursacht? Hass? Vergeltung? Verschmähte Liebe, Eifersucht? Je länger Urs darüber nachdenkt, je sicherer ist er, dass Aylin von jemandem ermordet wurde, dessen Bekanntschaft Aylin schon früher in ihrem Leben gemacht hat. JETZT ist es vorbei, stand auf dem Zettel, der an den Blumen angebracht war. Das deutet darauf hin, dass vorher etwas war ... Seine Gedanken beginnen sich im Kreis zu drehen, als er an das Gespräch von heute Morgen denken muss. Seine Mutter hat gesagt: *Jetzt kommt's! Dieser Anwalt war ihr Gspusi!* Das hat ihn nicht groß verwundert. Aylin Schmid war eine sehr attraktive Frau. Sogar als sie tot dalag, sah sie irgendwie leidenschaftlich aus, obwohl sie einen grausamen Todeskampf gehabt hat. Es macht den Anschein, dass sie alles, was sie tat, mit Hingabe getan hat. Sie war ohne Zweifel intelligent und hat es verstanden, über Jahre ihr Umfeld so zu gestalten, wie es für sie stimmig war. Es war also nicht ausgeschlossen, dass sie verschiedene Liebhaber zur gleichen Zeit hatte. Für Urs war diese Information heute Morgen lediglich eine Antwort auf die Frage, warum sie bei so verschiedenen Rechtsfällen denselben Anwalt engagierte: Er war ihr Lover. War er der Mann an der Limmat?

Bei diesem Gedanken schnellt er von seinem Stuhl auf und läuft ins Büro: „Uschi, ich will unbedingt mit diesem Wegmann sprechen! Hast du ihn ..." Urs steht in einem leeren Büro. Im selben Moment kommt sie durch die Tür.

„Hey, alles gut gelaufen? Wollen wir gleich gehen?" Uschi nimmt ihre Handtasche vom Stuhl.

„Wo warst du?"

Uschi versteht die Frage nicht. Sie hat alles erledigt und zusammen mit Anita sogar einen gemeinnützigen Förderverein für Kinder mit seltenen Krankheiten gefunden. Sie haben dort angerufen und den Fall geschildert. Es besteht eine fünfundneunzigprozentige Chance, dass dieser Förderverein das Geld für die Behandlung von Ruedi Schmids Enkel zur Verfügung stellen wird. Uschi hat diese Info auf einen Zettel geschrieben, alle Kontakte aufgeführt und ein Couvert mit Ruedi Schmid, Isebähnli angeschrieben. Sie will dieses Couvert heute noch schnell vorbeibringen.

„Ich war nur kurz weg."

„Ja, natürlich." Urs scheint völlig aufgelöst. „Hast du Wegmann erreichen können?"

„Nein, ich hab's mehrere Male versucht. In seiner Kanzlei und zu Hause. Nichts. Nicht mal ein Anrufbeantworter."

„Okay, gehen wir?" Urs hat sich gesammelt. Sie fahren über die Hochbrücke Richtung Ehrendingen. Auf dem Weg ins Restaurant Höhtal erzählt Urs von der Vernehmung mit Bruno Heller und dessen Aussagen über diesen unbekannten Mann, den Chef von Aylin und den Mitarbeiter, der offenbar einen One-Night-Stand mit ihr hatte. Es ist nur noch ein Tisch fei, als sie in der Gartenwirtschaft eintreffen und beiden ist klar, dass sie unter diesen Umständen nicht über Geschäftliches reden können. Die Gefahr, dass jemand zuhört, wäre zu groß. Urs bestellt wie immer, wenn sie im Höhtal sind, die Spezialrösti, welche nicht auf der Karte aufgeführt sind … mit Speck und Ei und Käse. Sie wundert sich, dass Urs diese Rösti auch bei dieser Hitze essen mag und bestellt sich selber einen Salatteller. Sie erzählt ihm von diesem Förderverein und Urs erklärt sich bereit, den Umschlag heute nach Feierabend im Restaurant zu hinterlegen. Weil sie nicht über die Ermittlungen sprechen können, nutzt Uschi die Gelegenheit, mit Urs über Nina zu sprechen. Während der Arbeit fällt es ihr leicht, nicht immer an das Unglaubliche zu denken, von dem sie gestern erfahren hat. Sobald sie jedoch eine Pause macht, dreht sich bei ihr alles um Nina. Urs hört ihr aufmerksam zu und stellt erneut fest, wie glücklich Uschi mit dieser Wendung in ihrem Leben ist. Es hätte auch sein können, dass diese Nachricht irgendeine Angst in ihr ausgelöst hätte. Dabei überlegt er sich, wie er mit einer solchen Tatsache umgehen würde. Auch er ist ohne Geschwister aufgewachsen. Wenn er heute erfahren würde, dass er einen großen Bruder hätte, dann würde er sich ebenso freuen. Er kann die Gefühle von Uschi gut nachvollziehen. „Findest du, dass ich zu euphorisch bin, was Nina betrifft?"

„Nein, warum meinst du? Ich kann dich gut verstehen. Ich bin auch als Einzelkind aufgewachsen."

Uschi freut sich darüber, dass Urs sie so gut versteht. Es ist schön, sein Glück teilen zu dürfen. „Wie findest du Nina?", fragt sie.
„Sie sieht aus wie deine Mutter. Ich kenne sie ja nur von gestern Nachmittag. Doch ich habe das Gefühl, ihr seid euch sehr ähnlich. Ihre Antworten waren mir irgendwie vertraut ..." Urs schmunzelt.

Die Mittagszeit vergeht wie im Flug. Es ist angenehm im Schatten unter den Bäumen in der Gartenwirtschaft, und schließlich müssen sie sich noch beeilen, um rechtzeitig bei Roger Berger zu sein.

Um vierzehn Uhr klingeln sie bei Roger Berger, welcher unweit vom Restaurant Höhtal im Rebberg wohnt. Es ist noch immer heiß, doch am Himmel sind erste Wolken sichtbar. Es ist schwül und die Luft ist zum Abstechen dick. Uschi überlegt sich, wie froh sie ist, eine Frau zu sein. Sie ist heute in ein leichtes Sommerkleid geschlüpft und will sich nicht vorstellen, wie man Hosen, einen Gürtel und ein – zugegeben – sommerliches Leinenhemd anziehen muss. Urs hat einen legeren Kleidungsstil, doch niemals würde man ihn bei der Arbeit in kurzen Hosen sehen. Uschi erinnert sich an den Geschäftsausflug vor einem Jahr. Es war Spätsommer und das Ziel des Ausfluges war die Rigi. Urs trug eine 3/4 Leinenhose und ein T-Shirt. Auch das passte gut zu ihm. Deshalb entfuhr ihr „Du Armer!", als sie das Auto vor dem modernen Terrassenbau parkieren.

„Warum?"

„Es ist ganz schön heiß ... und du musst lange Hosen tragen!"

„Das ist kein Problem. Doch manchmal beneide ich euch Frauen schon", lacht Urs.

Die moderne, großzügige Eigentumswohnung, welche vor Kurzem gebaut wurde, erreichen sie mit einem Lift. Sie klingeln und hören das Bellen eines Hundes. Kurz darauf wird die Türe geöffnet. Ein kleiner weißer Hund springt heraus und bellt unaufhaltsam die Besucher an. Ein unrasierter Mann mit Hausanzug und Bademantel und traurigem Blick befiehlt: „Ist guuuut, Fifi!" Der kleine Hund hört nicht auf seinen Befehl und bellt munter weiter. Urs und Uschi stellen sich vor und werden hereingebeten, den kleinen Kläffer dicht auf den Fersen. Sie werden in ein Wohnzimmer geführt, von dem man das ganze Höhtal überblicken kann. Der Blick reicht bis nach Baden. Uschi und Urs setzen sich in die weiße Design-Polstergruppe. Wohnzimmer, Esszimmer und Küche bilden einen einzigen großen Raum, in welchem die Farbe Weiß dominiert. Verschiedene, bestimmt teure, Kunstgegenstände zieren Wände und Ecken und sind entweder auch weiß oder überwiegend weiß gehalten. Einzig ein paar sehr große Pflanzen geben dem Raum etwas Farbe. Uschi hätte sich hier nicht wohlfühlen können. Ihre heimelige und kuschelige Wohnung in der Halde ist farbenfroh. Viele kleine Möbelstücke, bunt zusammengewürfelt, sind zwar wenig stylish, doch sehr gemütlich.

Ein trauriger, gebrochener Mann mit leicht grauem, gewelltem halblangen Haar setzt sich ihnen gegenüber.

„Wir waren gestern an Ihrem Arbeitsplatz. Sie hatten sich krank gemeldet."

„Ja, es geht mir nicht gut."

„Können wir Ihnen trotzdem ein paar Fragen stellen?"

„Natürlich."

„Die Frage, ob Sie mit Aylin Schmid liiert waren, erübrigt sich", stellt Urs fest.

„Ja", meint Roger Berger, „wir wollten heiraten."

„Mein herzliches Beileid, Herr Berger." Urs steht auf und reicht ihm die Hand. Uschi tut es ihm gleich und kondoliert, bevor sie sich wieder setzen. Urs nimmt seinen Block hervor.

„Herr Berger, wie haben Sie vom Tod von Aylin Schmid erfahren?"

Roger Berger muss sich zusammenreißen, dass er nicht losheult. Er kommt sich vor wie in einem schlechten Traum. Noch vor drei Tagen war seine Welt vollkommen in Ordnung. Jetzt war nichts mehr, wie es sein sollte.

„Ich habe es im Radio gehört, am Montag, im Büro. Als ich heute Morgen die Zeitung gelesen habe, erfuhr ich, dass Aylin nicht verunfallt, sondern ermordet wurde! Wie ist sie gestorben?"

„Sie wurde vergiftet."

„Vergiftet? Wie vergiftet?"

„Sie muss am Sonntag so um neunzehn Uhr beim Abendessen vergiftet worden sein. Mehr wissen wir zurzeit noch nicht. Wann haben Sie Aylin Schmid zum letzten Mal gesehen?", fragt Urs. Roger Berger senkt seinen Kopf und stützt ihn auf die rechte Hand, indem er sich an die Stirn greift. Ein Schluchzen wird hörbar.

„Entschuldigung", schluchzt er. Es dauert eine gefühlte Ewigkeit, bis er antworten kann. Uschi und Urs lassen ihm diese Zeit.

„Wir haben uns gestritten!", platzt es aus ihm heraus. „Am Sonntag. Sie hatte am Abend mit ihrem Team eine Verabredung und wollte sich zuvor noch mit ihrem Exmann und ihrem Anwalt treffen. Sie verließ mich um 17.18 Uhr. Mit einem Knall. Sie knallte die Wohnungstür zu!"

Wieder verfällt Roger Berger ins Schluchzen. Urs wartet kurz, dann fragt er: „Wissen Sie, warum sie ihren Anwalt und ihren Exmann sehen wollte?"

„Natürlich! Markus hat einen Käufer für ihre Wohnung in der Stadt gefunden und die Verkaufsunterlagen bereit gemacht. Diese wollte sie unterschreiben und danach ihrem Exmann klarmachen, dass er nicht auf Geld von ihr hoffen solle." Urs ist erstaunt, dass dieser Markus Wegmann auch als Wohnungsmakler für Aylin Schmid tätig war. *Das scheint ein sehr vielseitiger Anwalt zu sein.* Urs kritzelt etwas in seinen Block. Er will Uschi nachher sagen, dass sie heute keinen Termin mehr haben. Sie soll nach Hause gehen oder schwimmen ... oder einen schönen Nachmittag mit ihrer Schwester verbringen. Sie hat eine Pause verdient. Er selber wird nach Nussbaumen fahren und sich dort etwas umsehen. Aylin Schmid hatte ein Haus in Nussbaumen und dieser Markus Wegmann wohnt auch dort.

„Ich habe heute mit Ihrer Mutter telefoniert", spricht Roger Berger weiter. „Sie ist noch in der Türkei und wird morgen mit dem ersten Flug in die Schweiz fliegen. Wir möchten wissen, wann wir Aylin beerdigen dürfen." Uschi reicht ihm eine Visitenkarte und ein Merkblatt. Sie hat solche Unterlagen immer dabei und war schon oft froh, diese bei Bedarf zur Hand zu haben.

„Hier steht alles, was Sie wissen müssen, damit Aylin Schmids Leiche bestattet werden kann", sagt sie in ruhigem und leisem Ton. „Sie finden hier auch Telefonnummern von Bestattungsinstituten."

„Danke schön." Roger Berger beruhigt sich.

„Wir haben uns zum ersten Mal gestritten. Ich habe von der Entlassung von Bruno Heller erst nachträglich gehört und ich war nicht einverstanden damit. Bruno Heller ist ein sehr guter Mitarbeiter und seine Entlassung habe ich vehement infrage gestellt. Sie meinte, ob ich sie zwingen wolle, mit einem Menschen zusammen zu arbeiten, der ihr absolut gegen den Strich geht. Sie habe alles versucht – aber sie könne ihn nicht ausstehen. Ich erwog, dass dieser Mann Familie habe, doch das beeindruckte sie nicht im Geringsten."

„Wir haben von dieser Entlassung gehört", meint Urs.

„Ich weiß, wer Aylin ist. Ich habe mich am ersten Tag, als sie vor vier Jahren zu uns kam, in sie verliebt. Sie war verheiratet. Ich fühlte mich von dieser Frau magisch angezogen, doch ich achte die Ehe. Ich war nie liiert. Ich habe bis jetzt noch nie mehr als eine Affäre gelebt. Doch Aylin habe ich geliebt. Sie konnte grausam sein. Sie war verwöhnt ... Eigentlich war sie ein reiner Albtraum, doch ich liebte zum ersten Mal in meinem Leben. Als sie geschieden wurde, wurden wir ein Paar. Wir haben unsere Heirat geplant und Aylin wollte sich aus der Arbeitswelt zurückziehen. Sie hat mir alles von sich erzählt und bitte glauben Sie mir ... Sie war kein Engel, doch ich spürte, dass sie mich ebenso liebt wie ich sie." Wieder muss Roger Berger weinen.

„Hat Aylin bei Ihnen gewohnt?" Es dauert eine Weile, bis Roger Berger antwortet. „Ich habe uns diese Wohnung gekauft. Aylin wohnte noch nicht hier, doch es war geplant, sobald wir unsere Hochzeit angekündigt hätten, dass wir hier zusammen leben werden. Ihre Wohnung in der Stadt konnte sie ja bereits verkaufen per Ende Jahr. Das Haus in Nussbaumen sollte nun auch endlich vermietet werden. Die Vermietung war schon geplant, nachdem ihre Mutter vor fast zwanzig Jahren zurück in die Türkei ging. Sie hatte das Haus aber ab und zu bewohnt und es stand vor allem ihrer Mutter und der Familie aus der Türkei zur Verfügung, wenn diese in der Schweiz waren. Meist stand es leer, doch Aylin konnte sich bis vor Kurzem nicht dazu überwinden, es zu vermieten. Es ist so ungerecht, dass sie jetzt sterben musste!" Wieder beginnt Roger Berger zu schluchzen.

„Warum wissen Sie so genau, wann Aylin gegangen ist?"

„Als sie die Wohnung verließ, war ich außer mir. Ich wollte ihr hinterhereilen und bin in die Küche gelaufen, um mein Handy zu holen, welches ich dort aufgeladen hatte. Es zeigte 17.18 Uhr."

„Sind Sie ihr dann nachgegangen?"

„Ja, ich habe Fifi einen Knochen gegeben und ging aus der Wohnung. Sie muss die Treppe genommen haben, denn sie war schon unten. Ich habe gesehen, dass sie in ihr Auto stieg und losfuhr. Da bin ich zurück in die Wohnung."

„Und dann?"

„Ich versuchte sie anzurufen. Doch sie hat meinen Anruf nicht entgegengenommen. Beim vierten oder fünften Mal hat sie ihr Handy offensichtlich ausgeschaltet, denn sie war nicht mehr erreichbar."

„Sind Sie zu Hause geblieben?"

„Ich bin auf und ab gelaufen, wusste nicht, was ich jetzt tun sollte. Doch irgendwann beruhigte ich mich und habe den Fernseher eingeschaltet. Ich kam zum Schluss, dass es vielleicht besser war, jetzt erst etwas Ruhe einkehren zu lassen. Weil Aylin ja noch auf die Badefahrt ging, entschloss ich mich, früh zu Bett zu gehen und habe so um halb acht Uhr eine Schlaftablette genommen. Ich schaute noch die Tagesschau und ging dann zu Bett. Ich schlief sofort ein. Wäre ich ihr doch nur nachgefahren, dann würde sie vielleicht noch leben!" Wieder fällt Roger Berger in sich zusammen und Tränen laufen über sein Gesicht.

„Haben Sie Aylin Schmid Sonntagnacht zurück erwartet?"

„Nein", schluchzt Roger Berger, „sie wollte in Baden übernachten, in ihrer Wohnung."

„Bitte entschuldigen Sie die indiskrete Frage: Hatten Sie am Sonntag Sex mit Aylin Schmid?"
„Ja, wir hatten Sex. Am Sonntagmorgen. Warum wollen Sie das wissen?"
„Obduktion ... Wir wissen es, weil die Leiche obduziert wurde. Wir versuchen herauszufinden, was am Sonntag passiert ist. Darf ich Ihnen eine weitere etwas persönliche Frage stellen?"
Roger Berger schaut Urs fragend an.
„Ich will ganz offen zu Ihnen sein: Jemand hat Aylin Schmid mit einem unbekannten Mann an der Limmat gesehen ... letzte Woche. Dieser Mann hatte offensichtlich ein leidenschaftliches Gespräch mit ihr."
„Ich verstehe nicht ..."
„Dieser Mann ist vor Aylin Schmid in die Knie gegangen. Können Sie sich vorstellen, wer das hätte sein können?"
„Nein ... nein", Roger Berger schüttelt ungläubig den Kopf.
„Darf ich mir ein Glas Wasser holen?"
„Ja, klar!"
„Wollen Sie auch etwas Wasser?"
Uschi und Urs nicken. „Ja, gerne", sagt Uschi.
Roger Berger kommt zurück und stellt einen Krug Wasser mit Eis und drei Gläser auf den Salontisch. „Bitte, bedienen Sie sich."
„Herr Berger, hat Aylin Schmid etwas davon erzählt, dass sie am Sonntag vorhatte, essen zu gehen?"
„Essen?", fragt Roger Berger.
„Ja, essen. Sie hat das Gift mit Nahrung zu sich genommen, genau genommen mit türkischem Essen. Das muss so um neunzehn Uhr gewesen sein."
Roger Berger wirkt erstaunt. „Wir haben sehr spät gefrühstückt. So um vierzehn Uhr. Sie hätte mir bestimmt gesagt, wenn sie noch türkisch hätte essen gehen wollen. Sie hatte nicht vor, essen zu gehen."
„Falls sie sich nach ihrem Streit dazu entschieden hätte, wo wäre sie hingegangen?"
„Warum hätte sie das tun sollen?"
„Gibt es ein Restaurant, welches sie bevorzugt hat?"

„Ja, das Forum in Zürich. Wir waren ein paar Mal dort, weil ihre Mutter den Restaurantbesitzer kennt. Sie ist doch nicht nach Zürich gefahren?"

„Das wissen wir nicht. Wir werden diesem Hinweis aber nachgehen." Er nickt Uschi zu und sie versteht, dass Urs genug gehört hat und gehen möchte. Uschi erinnert sich an die Blumen und fragt: „Herr Berger, haben Sie Blumen an den Tatort gebracht?"

„Nein. Ich war Montag und gestern nur kurz im Büro. Ich bin auf dem direkten Weg hin und wieder nach Hause gefahren. Ich überlegte gestern, als ich nach Hause fuhr, ob ich zum Casino gehen soll. Doch das schaffte ich nicht. Also fuhr ich nach Hause und war seither nicht mehr in Baden. Es gab Blumen am Tatort?"

„Ja, einen Strauß Calla." Uschi erzählt nichts von dem Band.

„Calla! Jetzt verstehe ich gar nichts mehr. Wer hat meine Aylin umgebracht? Finden Sie das heraus!"

„Wir bemühen uns." Uschi sieht, dass Roger Bergers Gesichtsfarbe sich von bleich in grau verwandelt.

„Geht es Ihnen gut?", fragt sie.

„Seien Sie mir nicht böse, doch ich bräuchte etwas Ruhe. Ich fühle mich gerade gar nicht gut."

„Kann ich Ihnen helfen?", fragt Uschi.

„Nein, es geht schon. Ich brauche nur etwas Zeit, mich auszuruhen."

Uschi holt aus ihrer Mappe zwei weitere Visitenkarten heraus und steht auf. Roger Berger schaut ins Leere. Er scheint völlig verwirrt zu sein. Erst als sie kurz vor ihm steht, blickt er zu ihr auf und erhebt sich sofort.

„Hier können Sie uns erreichen, falls Ihnen noch etwas in den Sinn kommt oder Sie noch Fragen haben." Uschi streckt ihm die Visitenkarten entgegen.

Auch Urs hat sich aus der Polstergruppe erhoben und seinen Block in der Jackentasche verschwinden lassen. Die beiden verabschieden sich und werden von Roger Berger und Fifi, welcher sich nun wieder bemerkbar macht und wild um sich bellt, zur Tür begleitet. Vor dem Lift fragt Uschi: „Was meinst du?"

„Er tut mir sehr leid."

„Glaubst du ihm, dass er zu Hause geblieben ist? Oder ist er ihr doch nachgefahren? Er wusste immerhin, wo sie hinwollte und es wäre für ihn ein Leichtes gewesen, ihr zu folgen, auch wenn sie schon weg war."

„Das stimmt." Urs wirkt abwesend.

„Meinst du, sie ist nach Zürich gefahren? Wenn sie so gegen achtzehn Uhr bei ihrem Anwalt war, um den Verkaufsvertrag zu unterschreiben, hätte sie genug Zeit gehabt, danach nach Zürich zu fahren und um einundzwanzig Uhr wieder in Baden zu sein ... Zumal sie ja erst gegen halb zehn da war." Urs nickt nur, gibt aber keine Antwort.

„Alles gut bei dir?", fragt Uschi. Sie warten noch immer auf den Lift.

„Ja ... klar. Ich bin nur etwas müde", schiebt er vor. „Machen wir doch für heute Schluss. Ich fahre noch kurz in Nussbaumen vorbei."

„Was willst du dort?"

„Nichts Bestimmtes."

„Soll ich dich begleiten?"

„Nein, danke... Mach dir einen schönen Nachmittag." Der Lift geht auf und sie steigen ein.

„Sicher?" Uschi drückt auf E.

„Ja, sicher. Erhol dich etwas – es war eine harte Woche bisher. Nur noch eins, bevor ich es wieder vergesse: Gab es Spuren auf dem roten Band oder der Karte, die bei den Calla lag? Oder Hinweise?"

„Nein, nichts. Absolut sauber."

Unten angekommen fragt Urs, ob er Uschi zum Steg-Lift oder sonst wohin fahren soll. Dieser Lift wurde vor Kurzem in Betrieb genommen und wird sehr oft benutzt, um einfach von Ennetbaden mitten in die Stadt Baden zu gelangen. Er führt von der Limmat hinauf auf den hinteren Bahnhofsplatz, direkt zum Restaurant Schweizerhof.

„Nein, da ich jetzt schon in Ennetbaden bin und ich unverhofft frei bekommen habe, werde ich kurz bei meiner Mutter vorbeischauen. Die paar Straßen laufe ich, danke." Uschi klingt vergnügt. Sie ist froh, dass sie heute Morgen all ihre Pendenzen erledigt und nun mit gutem Gewissen den Rest des Nachmittages zur freien Verfügung hat. Urs und Uschi verabschieden sich, und während Urs zu seinem Auto geht, steht Uschi schon auf der Treppe, welche sie zur Schlierenstraße führt. Von da aus ist es nicht mehr weit zu ihrem Elternhaus.

Sie erreicht das Haus von der nördlichen Seite und hört, als sie klingeln will, Gelächter auf dem Sitzplatz. Neugierig geht sie ums Haus und erblickt ihre Mutter, ihren Vater und Nina fröhlich miteinander sprechend und Wurzelgemüse rüstend.

„Gerry, hast du Uschi geschrieben, dass sie heute hierher zum Essen kommen soll?", fragt Bea ihren Exmann und lächelt ihn an.

„Nein, das hol' ich gleich nach." Gerry nimmt sein Handy hervor und beginnt, eine SMS zu schreiben, während Bea und Nina sich weiter dem Gemüse widmen. Uschi schaut eine ganze Weile um die Ecke, ohne entdeckt zu werden. Sie kann sich nicht daran erinnern, ihre Mutter schon einmal so gelöst und glücklich gesehen zu haben. Sie strahlt über das ganze Gesicht und wirkt jugendlich und beschwingt. Auch ihr Vater wirkt ausgelassen und sehr gut gelaunt und Nina fügt sich in das Bild ein, als hätte sie schon immer dazu gehört. Uschi hört das Piepsen ihres Handys und liest die Nachricht ihres Vaters: *Hallo Kleines, bitte komm heute Abend statt nach Wettingen in Ennetbaden vorbei. Ich habe eine Überraschung für dich. Bis später, Paps.*

Uschi schaut dem lustigen Treiben noch etwas zu, dann kommt sie hinter der Hausmauer hervor und geht auf den Sitzplatz. Ihre Mutter sieht sie zuerst. „Uschi! Du bist schon da?", begrüßt sie ihre Tochter und läuft ihr mit offenen Armen, in der rechten Hand den Sparschäler, entgegen. Sie umarmt Uschi, noch bevor diese etwas sagen kann, und drückt sie ganz fest an sich. „Ich bin so glücklich, mein Kind. Jetzt wird alles gut", flüstert sie ihrer

Tochter während der langen und intensiven Umarmung ins Ohr. Uschi spürt, wie sie diese Worte rühren und sie bekommt wässrige Augen. Sie genießt die Umarmung ihrer Mutter und die beiden Frauen bleiben eine ganze Zeit lang so stehen. Ihr Vater und Nina nähern sich den beiden. Als Bea ihre Tochter freigibt, wird sie gleich von ihrem Vater umarmt und herzlich begrüßt. Auch Nina umarmt Uschi zur Begrüßung und sie gehen zusammen die drei Treppen hinauf zum Sitzplatz.

„Hast du mein SMS bekommen?", fragt Gerry seine Tochter.

„Ja, gerade eben. Doch ich kam zufällig hier vorbei. Wir hatten an der Rebbergstraße zu tun und ich wollte mal schauen, wie es Mam und Nina geht. Wie ich sehe, geht es euch blendend!"

„Ja, wirklich, es geht uns sehr gut. Und wir bereiten zusammen ein Abendessen vor. Dein Paps hat mich heute Morgen angerufen und wollte wissen, wie es mir geht", erklärt Bea.

„Und sie hat mir dann erzählt, was in den letzten Tagen alles vorgefallen ist", spricht Gerry weiter. „Ich habe kurzerhand mein Geschäft geschlossen und bin nach Ennetbaden gefahren. Deine Mam und Nina haben mir dann ausführlich alles berichtet und wir haben beschlossen, dass wir hier ein feines Essen miteinander kochen und ich dich herbitten soll."

„Möchtest du etwas trinken?", fragt Nina. „Einen Wein?"

„Ja, dagegen ist nichts einzuwenden!" Die Fröhlichkeit ihrer Eltern und von Nina ist ansteckend und Uschi legt ihre schwere Aktentasche auf einen Stuhl.

„Ich nehme an, du wolltest mir heute Abend erzählen, dass du eine Halbschwester hast, nicht wahr?", fragt Gerry seine Tochter.

„Ja, das wollte ich. Nun hast du sie ja schon kennengelernt ... Danke, Nina." Uschi nimmt das Glas Rotwein, das Nina ihr reicht.

„Sie ist deiner Mutter wie aus dem Gesicht geschnitten!" Gerry stellt sich neben Nina und legt ihr den Arm auf die Schultern.

„Ja, das stimmt allerdings", pflichtet Uschi ihm bei. Für Uschi ist es noch immer ein seltsames Gefühl, eine Schwester zu haben. Sie sieht, wie fröhlich und ungezwungen ihre Eltern mit Nina umgehen und kurz überlegt sie sich, ob sie eifersüchtig sein müsste. Doch in ihr gibt es kein solches Gefühl. Sie fühlt sich vom ersten

Moment, in dem sie Nina sah, wohl mit dieser Frau, die völlig unerwartet in ihr Leben kam. Es kam ihr vor, als wäre jemand wieder da, den sie lange vermisst hat. Am meisten erstaunt ist sie jedoch über ihre Mutter. Der schwere Schleier, welcher ihre Mutter oft umgab, scheint wie weggeblasen. Sie erkennt, dass sie sogar ihre Lippen geschminkt hat und anstelle ihrer oft dunklen Kleidung ein helles Sommerkleid trägt, das sie schon Jahre nicht mehr an ihr gesehen hat.

„Kann ich beim Essen vorbereiten helfen?", fragt Uschi.

„Klar – gerne. Möchtest du den Salat rüsten?" Ihre Mutter bedeutet ihr, sich neben sie zu setzen und hält ihr ein Rüstmesser entgegen. In diesem Moment kommt Nina auf Uschi zu und fragt: „Hast du vorher kurz Zeit für mich?"

Uschi schaut Nina fragend an.

„Ich möchte mich mit dir unterhalten", erklärt Nina, und zu Bea und Gerry gewandt: „Ist es okay, wenn ich Uschi kurz entführe?"

Bea und Gerry schauen sich an, und einen kurzen Moment bleiben ihre Blicke aneinander hängen, als würden sie miteinander sprechen.

„Wir gehen nur kurz spazieren und sind in spätestens einer halben Stunde wieder da."

„Natürlich!" Gerry löst seinen Blick von Bea. „Lasst euch Zeit. Wir kommen gut alleine zurecht." Bei dieser Bemerkung sieht Uschi, wie ihr Vater ihrer Mutter zuzwinkert. Uschi lacht in sich hinein. *Die sehen ja aus, als wären sie verliebt*, denkt sie. Ihr Vater hatte nach der Trennung mit ihrer Mutter eine neue Lebenspartnerin, Monika, gefunden und lebte mit ihr fast acht Jahre zusammen. Uschi fand Monika sehr nett und hätte sich für ihren Vater gefreut, wenn er noch einmal geheiratet hätte. Doch davon wollte er nichts wissen. An einem Ostersonntag vor über zehn Jahren, sie war bei ihrem Vater und Monika eingeladen, saß er alleine in seiner Wohnung. Er erzählte ihr, dass sie sich getrennt haben und Monika ausgezogen sei. Das hat Uschi unheimlich leidgetan, doch ihr Vater schien mit dieser Wende in seinem Leben nicht unglücklich zu sein. Sie hat ihn seither oft gefragt, ob er nicht noch einmal eine Frau kennenlernen wolle und ihm verschiedene Chats für ein Kennenlernen vorgeschlagen, doch sie konnte damit genau so wenig erreichen wie bei ihrer Mutter. Irgendwann hat sie akzeptiert, dass ihre Eltern wohl lieber alleine bleiben wollten. Seit ein paar Jahren haben ihre Mutter und ihr Vater regelmäßig Kontakt und sind zu Freunden geworden. Dass ihr Vater in Ennetbaden zu Besuch ist, ist keine Seltenheit. Doch die Blicke, die sie heute miteinander tauschten, waren eindeutig mehr als freundschaftlich.

Nina hakt Uschi unter und zieht sie vom Haus weg über die Straße. Sie laufen an zwei Häuserblocks vorbei Richtung Wald und es dauert eine Weile, bis Nina sagt: „Uschi, ich bin so froh, dass ich meine Mutter gefunden habe. Obwohl ich eine lange Zeit in meinem Leben nicht wusste, dass meine Mutti nicht meine Mutter war, hatte ich oft gefühlt, dass etwas nicht stimmte. Ich kann das nicht gut erklären. Jetzt, wo ich unsere Mutter kennengelernt habe, geht es mir so gut wie noch nie in meinem Leben. Ich bin wirklich glücklich."

„Das freut mich sehr", meint Uschi aufrichtig. „Ich habe Mam heute fast nicht wiedererkannt. Sie ist auch sehr glücklich, ihre verloren geglaubte Tochter nun endlich bei sich zu haben."

„Ich möchte dir sagen, dass ich ... ich meine ... ich will nicht ..." Nina findet nicht die richtigen Worte. Uschi bleibt stehen und schaut Nina in die Augen: „Nina, ich kann mir vorstellen, was du sagen willst. Ich kann dir nur sagen: herzlich willkommen in unserer Familie!" Bei diesen Worten umarmt Uschi ihre Schwester. „Ich möchte dich kennenlernen, Nina. Ich wünsche mir, dass du zu uns gehörst und ich endlich die große Schwester habe, von der ich so oft geträumt habe. Mach dir keine Gedanken. Ich bin richtig froh, dass es dich gibt." Die beiden jungen Frauen lösen sich aus der Umarmung und laufen weiter in den Wald hinein. Sie gehen eine ganze Weile wortlos nebeneinander und spüren, dass sich auch das Schweigen gut anfühlt. Sie sind sich nahe, obwohl sie sich noch keine Woche kennen, und vertraut.

„Sag mal, läuft da etwas zwischen Mam und Paps?" Uschi setzt sich auf die Bank, welche vor ihr auftaucht und Nina setzt sich daneben.
„Das kann ich dir versichern! Als dein Vater heute Nachmittag auftauchte, strahlte Bea über das ganze Gesicht. Sie haben sich umarmt und geküsst und ich war kurz irritiert, wusste ich doch von Bea, dass ihr geschiedener Mann sich angemeldet hat. DAS hatte ich dann allerdings nicht erwartet. Sie albern miteinander rum, lachen und necken sich ... Wenn die nicht verliebt sind, dann ist mein Urteilsvermögen gleich null."
„Ich habe meine Mutter nur sehr selten so gelöst und fröhlich erfahren. Ich vermute, es ist deine Anwesenheit ... Es kommt mir vor, als sei sie aus einem bösen Traum aufgewacht. Außerdem denke ich schon sehr lange, dass Mam und Paps eigentlich zusammengehören ... Nina?"
„Hm?"
„Nina, bitte bleib doch hier, in der Schweiz, bei uns. Geh nicht zurück nach Deutschland. Kannst du dir das vorstellen?" Nina ist eine Weile still. Sie hatte dieselben Gedanken bereits am Montag, als sie aus Kempten zurück nach Ennetbaden kam. Es schien ihr allerdings sehr unrealistisch und nicht sehr erwachsen, eine solch spontane Entscheidung zu treffen. Sie beschloss, abzuwarten und ihre Gefühle zu ordnen, bevor sie sich hinreißen lässt, ihre Zelte in Deutschland abzubrechen und in die Schweiz zu kommen. Immerhin hat sie dort eine schöne Wohnung, viele Freunde und einen guten Job. Sie fühlte, dass sie hierher gehört, doch sie hat die Erfahrung gemacht, dass man seinen Gefühlen nicht immer trauen darf. Trotzdem hat sie sich auch heute Nachmittag immer wieder vorgestellt, wie es wohl wäre, wenn sie sich hier niederlassen würde.
„Komisch, dass du das fragst", meint Nina. „Es ist genau die Frage, die mich seit Montag immer wieder beschäftigt. Findest du nicht, dass dies eine sehr übereilte Entscheidung wäre?"
„Nein, absolut nicht. Du gehörst zu uns. Ich spüre es ... und schau dir Mam an! Sie sprüht vor Energie, sie lacht und ist glücklich. Weißt du, es ist, wie wenn etwas, was irgendwann mal zu

Unrecht geschehen ist, nun wieder richtiggestellt wurde. Fühlst du das nicht auch?" Uschi dreht sich zu Nina und sieht, dass ihr Tränen in die Augen steigen.

„Warum weinst du? Habe ich etwas Falsches gesagt? Bist du unglücklich, weil du ohne Mam aufwachsen musstest?" Uschi streicht Nina eine blonde Haarsträhne aus dem Gesicht.

„Nein Uschi, ich bin nicht traurig. Ich bin unendlich glücklich!" Weinend und zugleich lachend stehen die beiden jungen Frauen auf und spazieren Hand in Hand zurück zum Haus. Sie wissen beide, dass dies der Anfang einer tiefen Beziehung ist.

)o)o(

Urs findet auf dem Schwimmbadparkplatz in Nussbaumen noch einen freien Platz, bei dem sein Auto allerdings in der prallen Sonne steht. Er lässt die Fenster offen und schließt ab, bevor er den kurzen Fußweg zu den Eigentumswohnungen macht, in denen Markus Wegmann wohnt. Schnell hat er den Balkon von Wegmanns Wohnung im ersten Stock ausgemacht und stellt fest, dass dieser Balkon der einzige ist, bei dem die Sonnenstoren nicht heruntergelassen sind. Er geht zur Haustür und klingelt. Niemand öffnet ihm. Er läuft noch mal ums Haus. Alle Fenster von Wegmanns Wohnung scheinen geschlossen zu sein, bei den meisten sind die Jalousien unten. Urs fragt sich, ob Wegmann verreist ist. Falls Aylin Schmid am Sonntag wirklich zu ihm gefahren ist, müsste er wohl gleich am nächsten Morgen abgereist sein, noch bevor bekannt wurde, dass Aylin Schmid tot aufgefunden worden ist. Hätte er sich sonst, als ihr Anwalt, nicht bei der Polizei gemeldet? Immerhin wäre er einer der Letzten gewesen, der Aylin Schmid am Sonntag gesehen hat. Ist sie gar nicht zu ihm gefahren? Aber wo war sie dann? Urs schaut auf die Uhr. Es ist kurz vor sechzehn Uhr. Er will gerade zu seinem Wagen zurückgehen, als er eine junge Frau zum Hauseingang laufen sieht. Er geht ihr nach und erwischt sie noch, bevor sie im Haus verschwindet.

„Grüezi. Darf ich Sie etwas fragen?"

Die junge Frau hat ihn nicht bemerkt. Sie trägt Kopfhörer und Urs stellt sich vor sie, um sich bemerkbar zu machen. Sie erschrickt und streift ihre Kopfhörer von den Ohren nach hinten, ohne diese jedoch abzunehmen. Urs vernimmt Techno-Musik, welche munter weiter gespielt wird.

„Entschuldigung, ich wollte Sie nicht erschrecken. Darf ich Sie etwas fragen?" Die junge Frau nickt nur, gibt aber keine Antwort und kaut gut erkennbar einen Kaugummi. „Ich wollte zu Herrn Wegmann. Wissen Sie, ob er da ist?"

„Markus? Weiß nicht, habe ihn in letzter Zeit nicht gesehen. Schon möglich, dass er nicht da ist. Kommt öfters vor. Sonst noch was?"

„Wohnt Herr Wegmann alleine hier?"

„Und ob der alleine lebt! Das ist ein komischer Kauz. Den hab ich noch nie in Begleitung gesehen. Warum wollen Sie das wissen?"

„Nur so ... Danke schön." Urs weiß, was er wissen wollte und hat keine Lust, sich weiter zu unterhalten.

Die junge Frau zuckt mit den Schultern, schiebt sich ihre Kopfhörer wieder über die Ohren und betritt das Haus.

Der Wagen hat sich trotz geöffneter Fenster in der kurzen Zeit sehr aufgewärmt. Urs atmet tief durch, stellt die Kühlanlage an und lässt die Fenster aber offen. Er fährt fast Schritttempo bis nach Baden. Die Obersiggenthalerbrücke ist voll. Er hätte etwas früher losfahren sollen, bevor der Berufsverkehr eingesetzt hat. Er braucht über eine halbe Stunde, bis er sein Auto in der Tiefgarage am Ländliweg abstellen kann. Dann macht er sich zu Fuß durch die Stadt Richtung Kanzlei von Markus Wegmann, welche sich hinter dem Bahnhofplatz befindet. Die Luft ist feucht und schwül. Dunkle Gewitterwolken stehen am Himmel und es dauert nicht lange, bis erste schwere Regentropfen dunkle Flecken auf der Badstraße hinterlassen. Er kommt bis zum Restaurant Himmel, als ein heller Blitz in den Brunnen auf dem Bahnhofplatz niedergeht und gleich darauf ein lauter Donner knallt. Als sich kurz nach dem Donner die Schleusen im Himmel öffnen und der Regen wie aus Eimern auf die Straße fällt, flüchtet er sich mit ein paar weiteren Leuten, welche vor dem Straßencafé Himmel sitzen, ins Restaurant.

Zwei Serviertöchter stürzen indes hinaus und versuchen, im Regen die Tische abzuräumen. Die Kissen auf den Stühlen sind schon arg durchnässt und nach kurzer Zeit triefen auch die Kleider und Haare der beiden Serviertöchter. Im Restaurant herrscht ein lautes Durcheinander und Urs sucht sich einen Platz gleich neben der Auslage von Hochzeits- und Geburtstagstorten. Er holt seinen Block hervor und beobachtet Mütter, welche ihre weinenden Kinder zu beruhigen versuchen, und zwei elegant gekleidete Damen, die sich kopfschüttelnd über das Wetter beklagen und dabei ihren Goldschmuck an Hals und Händen zurechtrücken. Er überlegt, ob er noch zur Kanzlei von Wegmann gehen soll, als ihm der Umschlag für Ruedi Schmid in den Sinn kommt. *Mist*, denkt er. *Den habe ich im Auto liegen gelassen!*

„Sie wünschen?" Neben ihm taucht eine der beiden durchnässten Serviertöchter auf.

„Sie sind ja ganz schön nass geworden!", meint Urs.

„Ja, das kann man wohl sagen. Das Gewitter ist aber auch schnell gekommen. Möchten Sie etwas trinken?"

„Einen Eistee, bitte."

„Kommt sofort!" Die tapfere Serviertochter lässt sich nicht anmerken, dass sie völlig durchnässt ist, nimmt seine Bestellung auf, um gleich darauf am nächsten Tisch nach einer Bestellung zu fragen. Urs überlegt sich, was er jetzt machen soll. Das Couvert für Ruedi Schmid kann er auch morgen noch im Isebähnli vorbeibringen. Er möchte unbedingt mit diesem Wegmann sprechen, doch in diesem Regen weiterzulaufen, um dann unter Umständen eine leere Kanzlei vorzufinden, scheint ihm nicht sinnvoll. *Vielleicht ist Wegmann wirklich weggefahren. Seine Wohnung sah verlassen aus. Es wäre eine gute Zeit, in die Ferien zu fahren, wenn man keine schulpflichtigen Kinder hat. Vielleicht ist er auch beruflich unterwegs. Warum hat er keine Telefonansage aufgeschaltet? Hat er das einfach vergessen?* Er überlegt sich, ob er sich zu sehr auf diesen Wegmann *fixiert hat, und lässt sich das Gespräch mit Roger Berger nochmals durch den Kopf gehen. Könnte er Aylin Schmid nachgegangen sein? Immerhin hatten sie Streit. Es wäre genug Zeit gewesen, ihr nachzugehen und dann? Wie sollte er sie vergiftet haben? Nein, Roger Berger war nicht der Mörder. Ein Giftmord musste geplant werden und Berger hatte keinen Grund, einen Mord an Aylin Schmid zu planen. Er wollte sie heiraten. Ist sie nach ihrem Besuch beim Anwalt tatsächlich nach Zürich gefahren? Allein? Hatte sie noch eine Abmachung, von der Roger Berger nichts wusste? Und wenn ja, mit wem?*

„Ihr Eistee!", unterbricht die Serviertochter seine Gedanken.
„Dankeschön. Kann ich gleich bezahlen, bitte?" Inzwischen ist im Restaurant Himmel wieder Ruhe eingekehrt, während draußen noch immer viele große Regentropfen den heißen Asphalt kühlen. Die Serviertochter nimmt den Coupon und kommt gleich darauf mit einem großen Portemonnaie wieder zurück. Urs bezahlt und reibt sich das Kinn.

Vielleicht war der unbekannte Mann an der Limmat jemand aus Aylin Schmids Familie? Er war möglicherweise nicht sonnengebräunt, sondern hatte einen dunklen Teint. Die dunklen Haare, modisch gekleidet …
Wenn sie mit türkischem Essen vergiftet wurde und der Restaurantbesitzer in ihrem Lieblingslokal ein Freund ihrer Mutter war, steckt vielleicht eine Familiensache dahinter! Urs erinnert sich an Uschis Worte. „Du musst groß denken!", sagt sie jeweils, wenn die Ermittlungen stocken. Obwohl er Mühe damit bekundet, diesen Wegmann erst mal beiseite zu stellen, erweitert er in Gedanken den Täterkreis.

Er nimmt sein Handy und schreibt Uschi ein SMS: *Mache auch Feierabend. Komm bitte morgen um acht Uhr ins Büro … Wir fahren nach Zürich.*

30. August 2012, Ländliweg 2, Baden

Uschi ist gut gelaunt aufgestanden. Sie und Nina hatten es gestern gerade noch rechtzeitig geschafft, vor dem Gewitter wieder zu Hause zu sein und sie verbrachte einen lustigen und gemütlichen Abend mit ihrer ganzen Familie: Mam, Paps, Nina und sie. Sie kam erst gegen Mitternacht nach Hause, doch sie hat so gut und tief geschlafen, dass sie um 6.00 Uhr ausgeruht aufwachte und sich Zeit genommen hat zu frühstücken, bevor sie um 7.30 Uhr im Büro eintrifft.

„Guten Morgen!", ruft sie ins Sekretariat, wo Ilona und Anita, welche heute beide im Büro arbeiten, schon fleißig sind. Anita steht sofort von ihrem Arbeitsplatz auf und kommt Uschi entgegen. „Du bist ja gut drauf! Morgen Uschi! Hast du im Lotto gewonnen?"

„Nein, besser!" Uschi geht lachend zu ihrem Pult und stellt ihre Handtasche ab.

„Ich hatte einen schönen Abend gestern." Während sie erzählt, geht sie zurück ins Sekretariat. Auch Ilona ist jetzt neugierig geworden: „Morgen Uschi ... Magst du einen Kaffee?"

„Nein danke, ich habe eben gefrühstückt. Aber nehmt euch doch einen Kaffee, ich nehme mir ein Wasser."

Die drei Frauen setzen sich an den kleinen Besprechungstisch im Sekretariat, wo sie manchmal auch ihre Mittagszeit verbringen, wenn sie viel zu tun haben und keine Zeit, Essen zu gehen. Der Pizzakurier kennt diese Adresse und hat ihnen schon oft ihr Mittagessen geliefert.

Uschi erzählt Ilona und Anita von ihrem gestrigen Abend, von Mam und Paps, aber vor allem von Nina. Die Augen ihrer beiden Kolleginnen werden immer größer und sie hören aufmerksam zu, ohne Uschi zu unterbrechen. Erst als Uschi meint: „Nina und ich sind uns einig, dass meine Eltern völlig verliebt sind", rutscht Anita ein „Hoppala!" raus.

„Das sind ja sehr gute Neuigkeiten!", ruft Ilona. „Ich freu mich so für dich! Du siehst blendend aus und man sieht, dass du glücklich bist."

Die drei plauschen noch etwas weiter, als das Telefon klingelt. „Ich geh' schon!", meint Anita und schiebt sich noch einen Keks in den Mund. Ilona und Uschi sprechen mit etwas leiserer Stimme weiter und kümmern sich nicht um den Anruf. Erst als Anita den Hörer aufhängt und rausplatzt: „Das glaubt ihr nicht!", sind sie sofort ruhig.

„Was sollen wir nicht glauben?", fragt Uschi. In diesem Moment geht die Tür auf und Urs kommt herein. „Guten Morgen allerseits!", grüßt er und geht flott zur Kaffeemaschine. Er lässt sich einen Espresso aus der Maschine und meint, ohne aufzublicken: „Ich trink nur schnell eine Tasse, dann können wir gehen, Uschi."

„Wohin wollt ihr?" Anita ist verwirrt.

„Ach, das hab' ich ganz vergessen euch zu sagen, Urs und ich gehen heute nach Zürich. In ein türkisches Restaurant", antwortet Uschi.

„Das glaub' ich nicht", meint Anita. „Ihr geht jetzt erst mal nach Nussbaumen!"

Ilona versteht überhaupt nichts mehr: „Nun sag schon, was sollen wir nicht glauben und warum gehen die beiden nach Nussbaumen anstatt nach Zürich?"

Anita platzt schier, kostet die Aufmerksamkeit, die sie nun hat, aber voll aus. Sie schaut von einem zum anderen, auch Urs hält inne mit trinken und schaut erwartungsvoll zu Anita.

„Die Polizei hat eben die Wohnung von Markus Wegmann aufgebrochen, weil sie einen Anruf bekommen haben, dass es aus dieser Wohnung komisch rieche. Sie haben Wegmann gefunden. Er ist tot." Nun war es raus. Keiner sagt ein Wort und es ist ganz still. Man hört nur das Ticken der hübschen Fotouhr, welche Ilona von zu Hause mitgebracht hat und auf der sie selber reitend an einem Sandstrand abgebildet ist.

In diesem Moment wird Urs klar, dass sein Instinkt doch besser arbeitet als sein Verstand. Er lächelt in sich hinein, denn augenblicklich weiß er, was passiert ist. „Selbstmord", kommt es Urs über die Lippen.

„Das ist, glaub' ich, noch nicht ganz klar. Lang ist schon da. Ihr sollt vorbeikommen", sagt Anita.

„Dann wollen wir mal!" Urs stellt die Espressotasche auf den Besprechungstisch. „Wir melden uns", meint Uschi zu Ilona und Anita, schnappt sich ihre Handtasche und verschwindet mit Urs aus dem Büro.

Urs und Uschi steigen ins Auto und sprechen bis nach dem Tunnel in Ennetbaden kein Wort. Beide hängen ihren Gedanken nach. Dann unterbricht Uschi das Schweigen: „Ich hab' mich immer gefragt, was du mit diesem Wegmann hattest. Warum dir der so aufgefallen ist. Warum der dir so wichtig erschien. Ob der sich nun selber umgebracht hat oder nicht – er muss etwas mit Aylins Tod zu tun haben. Für mich hat sich einmal mehr bestätigt, dass du einfach einen guten Riecher hast."

Urs fährt etwas zu schnell, so als könnte er es nicht erwarten, zur Wohnung von Wegmann zu gelangen. „Er hat sie umgebracht. Ich bin mir ganz sicher."

Als er sieht, dass die Ampel bei der Obersiggenthaler Brücke auf Rot schaltet, meint er zu Uschi: „Häng die Sirene rein!" Uschi holt die magnetische Sirene aus dem Handschuhfach, stellt sie ein und setzt sie durch das geöffnete Fenster auf das Autodach. Kurze Zeit später treffen sie am Tatort ein. Inzwischen versperren viele Schaulustige den Weg in den Hauseingang und Uschi und Urs quetschen sich durch die Menschenmenge.

„Hey Lang!", ruft Urs, welcher zuerst in der Wohnung eintrifft. „Vergiftet?"

„Ich gehe davon aus. Morgen Urs", begrüßt Lang den Kommissar. „Warum meinst du, dass er auch vergiftet wurde?", will Lang wissen. „Weil er es selber getan hat ... Er ist denselben Weg gegangen wie Aylin Schmid. Er hat sie nur früher losgeschickt." Inzwischen ist auch Uschi in die Wohnung gelangt. Sie hält sich die Hand vor Nase und Mund und fragt sich, wie die beiden Herren diesen süßlichen Leichengeruch ignorieren können. „Mir wird schlecht", meint sie zu Urs. „Können wir ein Fenster öffnen?" Lang greift in die Tasche seiner Jacke und holt einen Beutel hervor. „Hier!" Er wirft den kleinen Leinensack zu Uschi. „Riech daran; dann geht's dir besser." Uschi hält sich den nach Zitronen duftenden Leinensack vor die Nase und spürt, dass ihre Übelkeit etwas schwächer wird. „Den hab ich immer dabei", meint Lang.

Uschi schaut sich in der Wohnung um. Es ist alles aufgeräumt. Auf dem Tisch steht eine Vase mit weißen Calla. Ein dicker weißer Umschlag wurde mit einem roten Band wie ein Geschenk verpackt. Wenn sie sich nicht täuscht, ist dies dasselbe Band wie das der Calla, die sie am Tatort von Aylin gefunden haben.

„Urs? Schau mal ..." sie zeigt auf den Umschlag auf dem Esstisch. Urs kauert mit Lang noch neben der Leiche und steht nun auf. Er zieht sich Wegwerfhandschuhe an, nimmt den Umschlag an sich und löst das rote Band. Der Umschlag ist nicht geschlossen und er holt ein Bündel Schriftstücke heraus.

Geständnis

Nussbaumen, 27. August 2012

Ich, Markus Wegmann, geboren 27. März 1958 von Widen AG, gestehe, Aylin Schmid am Sonntag, 26. August 2012, vorsätzlich vergiftet zu haben.

Tathergang

Ich habe Aylin für Sonntag zu mir bestellt. Der Verkauf ihrer Stadtwohnung musste unterschrieben werden und ich log ihr vor, dass ich anderentags in die Ferien fahren wolle, um besser damit fertig zu werden, dass sie unser Verhältnis beendet hat.

Vorgängig habe ich eine Person, welche ich nicht nennen werde, darum gebeten, aus gemeinem Schierling ein Extrakt zu mischen, mit welchem ich Kichererbsen vergiften konnte. Ich erhielt dieses Extrakt, welches in einer Einwegspritze abgefüllt war, am Morgen dieses Sonntages. Es war an der Zeit, Aylin den „Schierlingsbecher" zu geben. Weil sie diesen nicht wie Sokrates freiwillig geschluckt hätte, musste ich mir etwas anderes einfallen lassen. Also habe ich ein großartiges türkisches Essen gekocht, was mich den ganzen Tag beschäftigt hat. Ich kochte zwei Portionen Kichererbsen: Die einen waren nicht giftig, in die anderen spritzte ich eine gehörige Menge dieses Extraktes. Mir fehlten genaue Angaben über die Dosierung, doch ich wollte sichergehen, dass das Gift wirkt.

Aylin traf etwas früher als verabredet ein. Doch die Kichererbsen waren fertig. Ich konnte sie überreden, noch einen Happen mit mir zu essen. Ich gab mich mondän und verständnisvoll, machte ihr keine Vorwürfe und täuschte vor, ihren Entscheid, unser Verhältnis zu beenden, akzeptiert zu haben. Als sie kam, schien sie etwas wütend zu sein, doch sie sagte nicht, weshalb, und ich fragte nicht. Nach kurzer Zeit lachte sie wieder. Einen kurzen Moment war es wieder wie früher. Doch ich wusste, dass es nie wieder wie früher sein kann.

Wir aßen und tranken Wein, als sie auf die Uhr schaute und meinte, dass sie jetzt gehen werde. Es war kurz nach halb neun.

Ich wartete kurz, dann folgte ich ihr. Ich wusste, dass sie vorhatte, ihren Wagen im Casino-Parkhaus abzustellen und anschließend noch ein paar Arbeitskollegen auf der Badefahrt zu treffen. Unbemerkt folgte ich ihr schließlich den ganzen Abend. Das war leicht, denn die Stadt war voller Menschen. Ich beobachtete, wie sie ihren Exmann getroffen hat, wie sie danach zum Cordulaplatz lief, wie sie mit einer jungen, mir unbekannten Frau gesprochen hat. Ich habe eine Auseinandersetzung mit dieser jungen Frau hinter dem Casino gesehen und schließlich, dass Aylin hinfiel und ein kleines Stück den Abhang herunterrollte. Leider konnte ich nicht gleich nachschauen gehen, weil diese junge Frau noch immer da war. Sie hat sich hinter dem Casino versteckt. Ich wartete, bis sie schließlich weglief. Danach lief ich die Böschung hinab, um mich zu versichern, dass Aylin tot war. Es ist möglich, dass Aylin mich noch wahrgenommen hat. Sie lag wortwörtlich „in den letzten Zügen". Ich lief gerade rechtzeitig weg, bevor die junge Frau zurückkam.

Ich lief den kurzen Weg zu meiner Kanzlei. Dort habe ich die ganze Nacht damit zugebracht, Unterlagen von laufenden Verfahren in große Couverts zu stecken und an meine Mandanten zu adressieren. Unterlagen von abgeschlossenen Verfahren habe ich alle vernichtet. Ich räumte die Kanzlei ordentlich auf und löschte die Telefonansage. Danach schloss ich die Kanzlei und ging zurück zu meinem Auto.

Heute schlief ich bis zehn Uhr. Ich verfasste mein Geständnis und räumte die Wohnung auf und vor allem die Küche.

Anmerkung: Es wäre vergebens, in der Küche nach Spuren eines Giftlieferanten zu suchen. Darauf habe ich sehr geachtet. Selbstverständlich befindet sich das Giftbehältnis, die Einwegspritze, nicht mehr in dieser Wohnung, auch nicht auf diesem Gemeindegebiet. Der Lieferant des Giftes war der Meinung, diese Probe für Forschungszwecke zur Verfügung zu stellen. Ich machte ihm dies mit entsprechenden Dokumenten glaubhaft. Er wohnt nicht in der Schweiz. Es wäre nicht richtig, diesen Mann anzuklagen.

Tathergang Selbstmord Markus Wegmann

Es ist jetzt Montag, 27. August 2012, 18.00 Uhr, 24 Stunden nachdem Aylin die Kichererbsen gegessen hat. Ich habe alles, wie geplant, erledigt. Ich habe die Couverts abgeschickt und Blumen gekauft.

Ich bin bereit. Ich werde gleich meinen Teller in der Mikrowelle wärmen, eine Flasche Wein öffnen und meine letzte Mahlzeit im Wohnzimmer einnehmen. Danach werde ich abwaschen, die Blumen mit meiner Nachricht an Aylins Todesstätte hinterlegen, vorliegendes Schriftstück ausdrucken und für die Akten bereit machen. Ich gehe davon aus, dass ich ebenfalls so um halb elf sterben werde.

Ich war immer ehrlich zu den Menschen. Ich war auch immer sehr ehrlich zu mir selber. Ich würde niemals jemandem etwas zumuten, ohne selber bereit zu sein, das gleiche von mir zu erwarten. Ich habe noch nie etwas gefordert, was ich selber nicht bereit wäre, zu tun.

Ich werde also denselben Weg wie Aylin gehen. Ich habe es Aylin zugemutet – also werde ich mir das auch zumuten.

Motiv

Ich habe aus demselben Grund ein Psychologiestudium begonnen, aus dem ich es drei Jahre später abgebrochen habe: Ich bin ein Außenseiter.

Soweit ich mich zurückerinnern kann, war ich ein Außenseiter. In der Familie, im Kindergarten, im Fußballverein, in der Schule, bei Schulkollegen. Ich begann mich zu fragen, was ich falsch mache. Es kam eine schwere Zeit. Ich versuchte, mein Verhalten so anzupassen, dass ich mich zugehörig fühlte. Doch wenn meine Fußballkollegen zusammenliefen und sich umarmten, weil ihnen ein Goal gelungen ist, blieb ich abseits stehen und fragte mich, warum die das tun. Ich versuchte mitzujubeln, doch es fühlte sich nicht gut an. Ich verlor an Selbstwert und war überzeugt, dass ich etwas nicht kann, was allen anderen offensichtlich sehr leicht fiel. Einzig zu meiner Mutter hatte ich ein Gefühl von Zugehörigkeit. Es war kein großes Gefühl und wir gingen beide mehrheitlich unsere eigenen Wege. Doch ab und zu kreuzten sie sich und wir fühlten uns nahe. Das war oft dann der Fall, wenn wir Zeit fanden, miteinander zu reden. Das dauerte schon mal Stunden, irgendeiner Sache auf den Grund zu gehen. Durch minuziösen Sprachgebrauch, indem wir keine Unklarheiten stehen ließen, näherten wir uns langsam der jeweiligen Erkenntnis. Wir haben „gesagt" und nicht „gemeint". Als ich mit zwölf Jahren nach Hause kam, war meine Mutter nicht mehr da. Sie hat sich unter einen Zug geworfen, wie ich gleichentags erfuhr. Auch sie war eine Außenseiterin – selbstredend, dass ich ohne meinen Vater groß geworden bin. Doch sie hat sehr darunter gelitten und immer wieder versucht, eine Zugehörigkeit zu finden. Sie ist offensichtlich daran gescheitert.

Ich kam in ein Heim. Dort ging es mir eigentlich ganz gut. Ich war zwar immer noch ein Außenseiter – doch die Gruppe hieß jetzt nicht Familie oder Freunde, sondern „andere Außenseiter": Nicht dazugehörige Kinder, solche, die von ihren Familien verlassen wurden. Sogar die Heimleiter waren Außenseiter. Wer in unserem Heim zuständig war, musste fähig sein, für sich selber gut zu schauen. Das können – und das meine ich nach langjähriger Erfahrung – die meisten Menschen nicht. Sie können sich zugehörig fühlen und wissen, was für die anderen gut sein soll, zu anderen schauen. Aber nur wenige Menschen können im gleichen Umfang zu sich selber schauen, und meist wissen sie auch nicht, was für sie selber gut ist. Die Heimleiter dort konnten das. Sie waren also anders als die meisten Menschen, die ich bisher kennengelernt hatte. Ich war unter „meinesgleichen".

Schließlich überlegte ich mir, Psychologie zu studieren, um zu verstehen, warum es Menschen gibt, die sich nirgends zugehörig fühlen können. So sehr sie sich bemühen, sie scheitern. Menschen wie ich, meine Mutter und weitere wenige Leute, die ich kennengelernt habe.

Im Studium erlangte ich Gewissheit darüber, dass ich anders bin. Ich habe das akzeptieren können. Ich habe entdeckt, welche Vorzüge dieses Anderssein hat und was ich besonders gut konnte. Ich habe begonnen, meine Kompetenzen zu kultivieren. So stellte ich fest, dass es Dinge gibt, welche mir so leicht fallen wie anderen eine Umarmung nach einem Goal. Dinge, bei denen sich die anderen aber sehr schwertun. Ich habe aufgehört, so sein zu wollen wie die anderen. Im Gegensatz zu meiner Mutter wollte ich mein Leben überleben. Zumindest wollte ich einen Weg dafür finden. Ich glaubte, diesen in meiner Akzeptanz von mir selbst gefunden zu haben.

Dann studierte ich die Beweggründe, die die anderen von mir unterscheiden. Sie müssen sich nicht überlegen, wie sie es anstellen sollen, sich innerhalb einer sozialen Gruppe aufzuhalten. Sie wissen einfach, wie das geht. Sie fühlen es einfach. So als wäre daran nichts Schwieriges. Ich kam für mich zum Schluss, dass ihr Verhalten schließlich nur instinktiv ist. Es dient der Arterhaltung. Es kommt von ganz unten. Es steuert ihr Verhalten im sozialen Bereich ebenso, wie dies bei den anderen Grundbedürfnisse, Essen, Trinken, Schlafen, der Fall ist. Das kenne ich auch. Mir fehlt dieses Wissen nur im Sozialverhalten. Das Sozialverhalten selber dient ebenfalls der Arterhaltung. Das macht es relevant. Doch in Anbetracht der Anzahl unserer Art auf der Erde entschied ich mich, mein Leben nicht der Arterhaltung zu widmen. Einer mehr oder weniger kann keinen Schaden anrichten.

Nach drei Jahren hat mich das gelangweilt.

Als dies für mich alles klar war, brauchte ich das Psychologiestudium nicht mehr und ich habe damit aufgehört. Ich habe alle Informationen, die ich über „gesunde" und „kranke" Menschen brauchte, aufgenommen. Mir wurde klar, dass es mir nie gelingen könnte, in einem entsprechenden Beruf Fuß zu fassen. Doch es gab einen anderen Beruf, den ich ausüben kann: Anwalt. Ich war geradezu geschaffen dafür.

Ich habe während meines ganzen Jus-Studiums die Menschen beobachtet. Ich habe von ihnen gelernt.

Es war jedoch nicht immer leicht, diese Akzeptanz aufrechtzuhalten. Ich wusste zwar nicht, wie man dazugehören kann und sich nicht immer fühlt, als wäre man eine andere Gattung, doch ab und zu kam die Sehnsucht danach. Das waren schwere Zeiten. Ich bin Beziehungen mit Frauen eingegangen. Doch so sehr ich mich bemühte, irgendwann kam der Punkt, an dem es vorbei war. Meist, weil die Frau mein Anderssein nicht mehr ertragen konnte und sich schließlich selber schützen wollte – wofür sie immer mein volles Verständnis hatte. Doch ich gebe zu, ich habe es immer wieder probiert und bis heute nicht aufgegeben. Heute bin ich daran gescheitert. Wie meine Mutter. Ich habe es einfach nur länger ausgehalten.

Zwischen den Studien war ich als Animateur in einem Globi-Hotel in Spanien tätig. Dort lernte ich Aylin kennen.

Entgegen allen Menschen, die ich bis dahin kennengelernt hatte, besaß Aylin eine Eigenschaft, die ich sehr schätzte: Sie war fähig, für sich selber zu schauen. Sie nutzte ihre Fähigkeit, ohne Probleme in jedes soziale Umfeld ihrer Wahl einzusteigen, um weitere Menschen zu animieren, für sie zu schauen. Sie nutzte die Menschen so, wie es für sie selber am vorteilhaftesten erschien. Sie war so stark. So klar. Sie wirkte auf mich so erfrischend. Sie war nicht wie ich, doch mit ihr war für mich das Zusammensein leicht. Sie hatte wenig bis keine Skrupel, nahm sich, was sie wollte und gestand dies auch ihrem Gegenüber zu.

Das war es, was es für mich so gut machte: Sie fand nichts dabei, wenn ich ein Verhalten zeigte, was den Freundinnen vor ihr als moralisch nicht akzeptabel erschien. Sie war die erste Person, die ich nach meiner Mutter kennenlernte, die mir in nichts nachstand und die stark genug war, an mir nicht zu zerbrechen. Man könnte sagen: Sie war das Wesen aus der Gattung Mensch, das den Schneid besaß, einen ersten Schritt auf mich zuzumachen, und die Fähigkeit, mir eine Brücke zu bauen. Sie lud mich ein, auf der Erde zu bleiben.

Als sie abgereist war, brauchte ich eine Zeit, um mir dessen bewusst zu werden. Danach nahm ich Kontakt zu ihr auf. Das war vor fast dreißig Jahren. Eine lange Zeit.

Zwischen Weihnachten und Neujahr 1993 machte ich mir erstmals Sorgen um unsere Freundschaft. Aylin wollte heiraten. Ich habe bange Tage verbracht und war nahe daran, meiner Mutter zu folgen. Dann hat sie sich gemeldet. Ich war erlöst.
Die Heirat von Aylin war wirklich nicht relevant für unsere Beziehung.

So weit – so gut.

Ich habe sehr wohl bemerkt, dass sie sich langsam veränderte. Es hat schon vor über einem Jahr begonnen. Sie entfernte sich von mir. Sie wurde wie die anderen. Sie begann, jemanden mehr zu lieben als sich selber. Wir haben uns nicht mehr gut verstanden und unsere Treffen wurden seltener.

Vor ein paar Wochen rief sie mich an und bestand darauf, ihre Wohnung in Baden zu verkaufen und unser Liebesnest in Nussbaumen zu vermieten. Es war klar, was nun kommen würde.

Ich traf mich schließlich am Montag, 20. August 2012, mit ihr im Kaffee Himmel. Wir saßen draußen auf dem Platz. Sie eröffnete mir, dass sie unser jahrelanges Verhältnis beenden wolle, weil sie sich verliebt habe und bald heiraten werde.

Ich war am Boden zerstört. An diesem Tag habe ich beschlossen, zu sterben. Als Anwalt ist mir völlig klar, dass Aylin damit kein Verbrechen beging. Niemand würde Anklage erheben, weil ich eines unnatürlichen Todes gestorben bin, nachdem sie mir mitteilte, zukünftig kein Teil mehr Lebens zu sein.

Bei meiner Mutter gab es auch keine Anklage. Bei niemandem, der sich selber das Leben nimmt, gibt es eine Anklage – der Schuldige ist tot.

Was es gibt, sind Gründe für einen solchen Entscheid. Dass Aylin mir sagte „Es ist vorbei" war mein Grund für diesen Entscheid. Dann überkam mich ein gewaltiges Gefühl von Trauer. Ich konnte es kaum aushalten. Es tat so weh, doch ich fühlte mich gleichzeitig auch lebendig;

ich war überwältigt. Ich begann auf eine Art zu denken, die ich bisher nicht gekannt habe.

Schade, hat sich dieser Durchbruch in meiner Seele nicht in einer positiven Situation entfalten können. Falsche Zeit, falscher Ort.

Ich fühlte, wie der Schmerz und die Trauer in Wut übergingen. Es ist nicht vorbei. Es ist erst vorbei, wenn es das für uns beide ist. Nicht Aylin sollte unsere Beziehung beenden, sondern das Leben. Ich wurde zum Richter und habe sie zum Tode verurteilt.

Mir ist klar, dass Selbstjustiz strafbar ist. Doch das wird in diesem Fall nicht mehr von Belang sein. Ich bin mir bewusst, ein Verbrechen begangen zu haben. Doch dazu kann ich nur sagen: Ich konnte nicht anders handeln. Von all den Gefühlen, die ich an diesem 20. August 2012 gefühlt hatte, blieb schließlich die Wut zurück. Sie war am stärksten!

Ich konnte Aylin überreden, mit mir noch einen kleinen Spaziergang zu machen. Ich fühlte mich unwohl inmitten der vielen Kaffeebesucher. Wir spazierten Richtung Ennetbaden und bogen vor der Schiefen Brücke ab, wo wir über eine Treppe zur Limmat gelangten. Bei den Bänken, welche etwas zurückversetzt zur Limmat gleich nach der Schiefen Brücke standen, setzten wir uns hin. Hier gab es weniger Leute, ein paar Hundebesitzer, die Gassi gingen.

Ich habe versucht, sie umzustimmen. Ich habe sie angefleht, mich gedemütigt, doch hätte sie mich angehört, hätte ich ihr das verzeihen können. Ich habe gebettelt, gedroht, nicht akzeptiert, fiel in mich zusammen ... die ganze Palette. Und ich habe während dieser ganzen Zeit gehofft, dass ich sie davon überzeugen könnte, mich nicht loszulassen. Mich nicht alleine zurückzulassen. Es war die letzte Chance für sie und mich, mit dem Leben davonzukommen. Doch ihre Meinung blieb unverändert: Es ist vorbei. Sie liebte wahrhaftig. Sie war angekommen. Sie brauchte mich nicht mehr.

Ich gab mich geschlagen. Sie hatte ihre Chance.

Ich meldete mich am Donnerstag bei ihr und bat sie, am Sonntag um 18 Uhr vorbeizuschauen, um die Verkaufspapiere zu unterschreiben. Sie ist gekommen.

Jetzt ist es vorbei.

Die Autorin

Gabrielle Allmendinger wurde 1963 in Brugg geboren und wuchs im ländlichen Gebenstorf in einer gutbürgerlichen Familie auf. Nach einer kaufmännischen Ausbildung heiratete sie und zog mit ihrem Mann nach Zürich. 1985 bekam sie einen Sohn und 1987 eine Tochter.

Nach einer turbulenten Ehe wurde diese 1992 geschieden. Als alleinerziehende Mutter war sie gezwungen, wieder ins Berufsleben einzusteigen. Sie bildete sich stetig weiter und übernahm bald eine Stelle in der öffentlichen Verwaltung. Später folgten Referenten- und Beratungsaufträge für Non-Profit-Organisationen, nebenbei war sie als Dozentin an Fachhochschulen tätig.

Mittlerweile ist Gabrielle Allmendinger seit zehn Jahren in dritter Ehe glücklich verheiratet und wurde im Sommer 2015 zum vierten Mal Großmutter.

Nach einer schwierigen beruflichen Erfahrung suchte sie einen konstruktiven Umgang mit dem Erlebten, indem sie ihren Gefühlen mit ihrem ersten Kriminalroman Luft machte.

Der Verlag

> *Wer aufhört*
> *besser zu werden,*
> *hat aufgehört*
> *gut zu sein!*

Basierend auf diesem Motto ist es dem novum Verlag ein Anliegen neue Manuskripte aufzuspüren, zu veröffentlichen und deren Autoren langfristig zu fördern. Mittlerweile gilt der 1997 gegründete und mehrfach prämierte Verlag als Spezialist für Neuautoren in Deutschland, Österreich und der Schweiz.

Für jedes neue Manuskript wird innerhalb weniger Wochen eine kostenfreie, unverbindliche Lektorats-Prüfung erstellt.

Weitere Informationen zum Verlag und seinen Büchern finden Sie im Internet unter:

www.novumverlag.com

novum VERLAG FÜR NEUAUTOREN

Bewerten
Sie dieses Buch
auf unserer
Homepage!

www.novumverlag.com